大 美 中 国

巴山夜雨

吴佳骏 著　云南民族出版社

图书在版编目（CIP）数据

巴山夜雨 / 吴佳骏著. -- 昆明：云南民族出版社，2014.4
（大美中国）
ISBN 978-7-5367-6079-0

Ⅰ．①巴… Ⅱ．①吴… Ⅲ．①散文集－中国－当代 Ⅳ．①I267

中国版本图书馆 CIP 数据核字（2014）第 044804 号

书　名	巴山夜雨
作　者	吴佳骏著
策　划	高力青　赵和平
主　编	柳　岸
责任编辑	李福春　杨浩林
责任校对	张京宁
装帧设计	吴楚人
出版发行	云南民族出版社
	（昆明市环城西路 170 号云南民族大厦 5 楼　邮编：650032）
邮　箱	ynbook@vip.163.com
印　制	南京汇文印刷有限责任公司
开　本	787mm×1092mm　1 / 16
印　张	16
字　数	250 千
版　次	2014 年 3 月第 1 版
印　次	2014 年 3 月第 1 次
印　数	1～5000
定　价	32.8 元
书　号	ISBN 978-7-5367-6079-0 / I・1154

本书若有印装错误，请与承印厂联系调换。

总序

美丽中国！中国美丽！

这种美只能是一种大美，一种大气、大化、大写之美：既有杏花春雨的优美，又有骏马西风的壮美；既有肃穆山岳的静美，又有奔腾江河的流美；既有高楼广宇的华美，又有边村野寨的淳美；既有椰林蕉风的自然美，又有秦关汉月的人文美；既有古色古香的经典美，又有日新月异的时尚美；既有乡风民俗的人情美，又有大餐小吃的风味美……不同美的形态，体现了不同的文化特征；不同的文化特征，又造就了不同的文化地域：江南、西北、塞外、中原、湖湘、岭南、青藏、川渝、皖赣、齐鲁……大体上便组成了中国的文化地域版图。

深入中国的文化地域版图，了解不同地域的文化，或许是我们许多人都有的愿望，因为中国文化的这条大河虽然宽阔而绵长，但它毕竟是由一条条支流汇集而成的，唯有深入这些支流，才能了解中国文化的来龙，当然也更能把握其去脉，以及其特质、品位和优势，以至懂得如何珍惜，如何利用，如何发展。

因为是深入支流，自然面临的或许是更小的支流，甚至是一条条文化的毛细血管，所以我们选择以散文的语体来叙写——唯有散文的语体，可以或记叙，或描写，或议论，或抒情，使作者自由书写、多方地揭示；唯有散文语体，最平实，最亲切，最生动，最自然，使读者可读、可感、可思、可叹；唯有散文语体最能与实地印证，与实物比读，与实景对照，使读者"读万卷书"后，方便"行万里路"。

  本丛书的十位作家，都是生活在各文化地域中的一流实力散文家，老、中、青三代，各书都是他们有关本地域文化散文的精品力作。全书采用图文并茂的版式，精编精印，以期为读者提供一套精品文化读物。

  我们期望你通过本书的阅读，能更加了解"中国的美丽"，进而更加热爱"美丽的中国"；

  我们期望你读完放下本书后，能走出书斋，就此踏上人生"行万里路"的征程，去追寻更广阔的世界；

  我们期望再次回到现实的你，能为自己的人生书写出更丰富，更美丽的篇章，也为"美丽中国"增添上新的美丽。

柳 岸
2014年3月20日

目 录

风景风物 之美

巴渝大地，风情无限，斯情斯景，怎不令人陶醉？当你每天为工作和生活所累，请放下心灵的重负，读读这些宁静而优美的文字吧，尽情享受那来自天籁的美景。

红叶的舞者…………………………………………………2
绿地毯上的石柱……………………………………………7
在荣昌路孔镇的一个下午…………………………………11
城口的雪城口的夜…………………………………………14
潼南菜花记…………………………………………………18
黔江行………………………………………………………21

风情风俗 之美

土地是厚实的，可土地上活着的人是卑微的。当一个卑微的人，遭遇坚硬的城市，当他渴望飞翔的翅膀被残酷的现实折断，他是该继续拖着疲惫的身躯在城市里游走呢，还是返身大地？

艾草和菖蒲浸染的端午……………………………………24
贴着大地生活………………………………………………32

1

卑微的鸟雀卑微的人 42
活着，是一笔债 52
一个乡村孩子在城市的游走 58
祖脉上的兄弟 71
胎记的鸟巢 79
是缘分让我们今生成为兄妹 86

风物风雅 之美

城市是梦想的温床，但这张床不是为农村人而准备的。当一个双脚沾满泥巴的孩子，不惜一切代价，拼命想挤在这张床上培植理想的胚芽时，却依然没能改变乡下人的身份。于是，他在床上所听到的，不是对未来的歌唱，而是无奈的呓语……

图腾的澡盆 98
子夜雨 106
饥饿面 111
躺在稻草堆上的呓语者 114
往事已成往事 119
耳膜间的颤动 125
家族人物志 130
复活或尘封的故乡 135
太阳升起以后 140
遗失的故乡 142

风雨风烟 之美

　　巴山蜀水，长路迢迢。乡村与城市，现实和梦想，挣扎和迷茫，让一个年轻人备受煎熬。蹲在城市的边沿或角落，他想起了过往生活的一切：隐痛、黑暗、尊严……往事不堪回首，可未来的路啊，他又该怎样忍辱负重，风雨兼程。

乡村诊所……………………………………… 148
水稻扬花的季节……………………………… 154
院　墙………………………………………… 163
一个木匠的尊严……………………………… 173
被黄土收藏的人……………………………… 182
最后一个夜晚………………………………… 187
对一个女人的记忆和想象…………………… 197
鬼魅飘荡的村庄……………………………… 206
母亲的世界…………………………………… 217

风华风韵 之美

　　巴渝大地，故土苍茫。一个青年不甘命运的拨弄，在生存与精神的双重重压下，以顽强的毅力与贫穷抗争。可那难舍的浓浓亲情，又使他迷茫和徘徊。他的内心就这么纠结着，撕扯着……他到底该何去何从呢？

3

背篓谣……………………………………………………224
寻找冬日的灯盏……………………………………………228
水车转动的年轮……………………………………………233
一只墨水瓶改装的煤油灯…………………………………238
洋槐树上的钟声……………………………………………243

风物风景 之 美

巴渝大地,
风情无限,斯情斯景,
怎不令人陶醉?
当你每天为工作和生活所累,
请放下心灵的重负,
读读这些宁静而优美的文字吧,
尽情享受那来自天籁的美景。

红叶的舞者

一

巫山红叶

第一次去巫山，这给了我无尽的神秘和遐想。

传说中的巫山是雄性的。且不说三峡的奇险与峭峻，长江的宏阔与湍急，单是那漫山遍野的红叶，就有一种惊心动魄的美。巫山，作为一个地域概念和一个文化象征，在我心境的天空里，和思想的原野上存活多年，却始终无缘与之接近。我只能处于仰望的姿态，在梦里，去勾勒它的容颜和身影，赞叹它的清高和圣洁。

巫山，是一个高贵的情人，诱惑我鼓足勇气，去抵达它，像抵达我灵魂的高度，爱情的尖顶，精神的内核……

秋阳从车窗外照进来，很安静，一如这个安静的季节。巫山是拒绝喧扰的，它是一个沉默的智者，修道的高僧。它只接待心境澄明的人。李白曾在它的江边濯足；杜甫曾在它的枕边聆听涛声；欧阳修曾在它的臂弯里放声歌唱；陆游曾在它的瞳仁里观察风云；元稹曾站在它的肩膀上眺望天穹……

古往今来，巫山，曾使多少文化名人魂不守舍？它独有的诗性气质和朴实的大美，征服了一颗又一颗为艺术而狂躁不安的灵魂。

今天，我随同几十名作家、诗人，沿着历代骚人墨客的足迹，再次走进它，怀着朝圣的心情。我仿佛看到了李白、杜甫等人，云游巫山时的情景，这个幻觉，让我获得了洒脱、豪迈的性情。莫非，我是受了他们的指引，才来巫山的。这些古代的文化巨擘，是所有后来的文化人精神上的一盏明灯。而巫山，无疑是这些文化人心灵的一处驿站，精神的一个港湾。

"曾经沧海难为水，除却巫山不是云"、"神女应无恙，当今世界殊"……谁能说，这些脍炙人口、经久传诵的诗句，不是天性多情的文人们写给巫山的爱之赠言呢？这些赠言，不仅打动了巫山，也打动了千千万万因爱而生的人。

当然了，自古以来，所有的赠言，就不止是献给爱情和大地的，还献给人生与梦想，社稷和苍生。那些古代文人，同我们一样，都是寻梦之人——梦里浓缩着对生命的扣问，人世的考量，终极的关怀。

巫山，是梦的载体。这一切扣问，似乎都能在它的静谧与坦荡中找到答案。

溪涧

二

抵达巫山，已是夜晚。巫山的夜是湿润的，厚重中弥漫着淡淡的水汽。此时的巫山，已经熟睡了，我仿佛听见它的心跳声，随着水波暗动的节奏，洋溢楚楚动人的旋律。它的心跳，是有温度的。我感到这温度，热乎乎的，暖融融的，正在渗透我的肌肤，仿佛爱人在我的枕侧发出一阵软软的梦呓后，又安详地入睡了。

我眼中的巫山，是水性的，有着流动的诗意和神韵。阳刚和巍峨，只是它的外表。我感受到的，是巫山骨子里的温情和寂寞。巫山的生命，与水、树、丘壑、夜莺、年轮、梦境融为一体。我体会到的，是它被岁月所遮蔽、深隐起来的那一部分。

我们下榻的宾馆，依临江边。汽笛声从窗外传来，宛如一句句睽违已久的问候，饱含着岁月的秘密和沧桑。县城的街道上，灯火辉煌。广场上健身的市民，在充满时代气息的音乐声中，享受着生活馈赠的惬意和甜蜜——一群未被世俗纷扰的舞者的精灵。

如今的巫山县城，是后来新建的。原来的旧县城，早已在声势浩大的三峡大移民时，被滔滔江水淹没，像一段久远的往事，被记忆的手掌抚摸得风平浪静。可历史，又是一个发光体。它穿透时间的屏障所折射出来的幽光，会使一个原本消逝的事物，成为另一个永恒的经典，或传说。譬如，过去的巫山，虽已被大浪湮没于江底，但它的另一种精神谱系和历史蓝本却浮出水面，成为巫山新的文化底蕴和象征。

我站在宾馆房间的窗口前，眺望夜幕下的巫山，我看到了巫山的灵魂，看到了巫山的前世与来世。

夜深了，时间将近零点，我回转身，上床，闭上眼，将思想也关闭，安静地入睡。我怕巫山的灵魂，会破梦而来，迫使我把自己的整个夜晚，都交给它。

巫山的灵魂，也是美的，慑人的。

三

早晨的风，还带着寒意。我们匆匆吃完早点，便乘船出发了。导游小姐说：我们今天的目的，是爬神女峰和赏红叶。同行的人都显得兴奋。每个人似乎都是一朵飘移的云，获得了飞翔的高度。也许是"神女"点燃了作家们心间那艺术的火种，诗人冉仲景独立船头，迎对长风，唱起了土家族山歌。歌声深情而陶醉。他的歌是专为"神女"而唱的吗？莫不是"神女"早已在他的歌声中化作了艺术的音符吧。

一切"神性"的事物，都令人高山仰止，而生敬畏之心。游船在一通颠簸之后，终于在神女峰下靠岸。导游说，我几次带游客爬山，都未能到达山顶，每次都是爬至山腰，便遗憾而返。导游的这番话，给好些人来了个下马威，以至于只能躲在船舱内，做着虚幻的想象。倒是几位年近古稀的老诗人，来了劲头，非要挑战一下"老骥伏枥，志在千里"的雄心，与"神女"来一场刻骨的"幽会"。

阳光出来了，裹着一层透明的水。山上大多数灌木，叶子都已凋零。风从裸露的枝桠间穿过，连痕迹也没留下。时间在这里是迷茫的，看不清来路，也辨不清方向。仿佛那位屹立山巅的"神女"，守望千年，却不知道她等待的人究竟是谁？

或许，她所等待的，原本就不是一个具体的人，而是一种命运，一种传说的图腾。她的等待和坚守，不仅是为看清大地，也为触摸天空。更重要的是，看清自己。

每爬一段路，累了，我就坐下来歇一歇。我累的时候，我相信山也是累的。我的累，在身躯。山的累，在身躯之外，如历史一般厚重。

山，也是有思想的。山的思想，比人类的思想，更深，更远。

歇息的时候，一片树叶，羽毛般落在我的肩上。我扭头一看，是一枚红叶。我轻轻地将其托于掌心，细心赏玩一番后，放进了衣袋。我想带回家作个纪念，或是做枚书签也好。

巫山的红叶，适合收藏。每一片叶子，都是"神女"遗失在山间的一枚信物。谁要是捡一片红叶回家，谁的身边就充满爱情。

这样想着的时候，我发现，山间所有的红叶，都笑了。那种笑，是幸福的。太阳的金光，照在被风翻乱的叶片上，整座山都泛起星星点点的酡红，仿佛一千个、一万个"神女"，喝醉了酒，在山间撒欢。

巫山，不是红叶的故乡，但巫山的红叶，是任何地方都没有的。巫山的红叶，是"神女"种下的相思树。每一片叶子，都是一次爱的燃烧。即使那些舞动的红叶，被爱的火焰燃完了，烧尽了，"神女"的爱也不会停止。她会将爱变成山下长江里的滚滚流水，为爱去流

浪、漂泊。为了真爱，就不要怕把眼泪淌成一条大河。

整条长江都是"神女"的相思泪。

越往上爬，阳光越明亮，风也越急。我们在一步步接近山顶，"神女"的朦胧身影，也在我们的视线里，越来越清晰。《红岩》杂志执行主编刘阳，是第一个爬上顶峰的人。看来，"神女"不仅对男性，对女性，也有着同等的诱惑力。老诗人华万里、万龙生，终于在大汗淋漓下，喘着粗气，爬上了峰顶。他们的成功，印证了神女峰的另一种神秘——倘若爬山的，是一个年轻人，在到达山顶后，他所收获的，必定是一个老年人才有的阅历和智慧。反之，倘若爬山的，是一个老年人，在到达山顶后，他所收获的，必定是一个年轻人才有的体魄和心态。

这是神女峰带给人们的生命哲学的启示。尽管，我们在山顶，并没见到真正的"神女"，但站在山顶的每个人，又的确拜见了一个属于自己的"神女"，在心的深处。

从神女峰下来，我有一种重诞的感觉。

巫山上的红野果

四

巫山，是阅读不尽的；三峡，是阅读不尽的。只能靠想象，才能完成对它的印象或记忆。从巫山回来，我一直对它保持着一种绝望的爱，像对爱情保持着忠贞。尽管，我的爱是那样脆弱，那样渺小，但我到底感受到了爱的真谛——爱，是一种态度，一种坚守，一种信仰。

巫山恢复了我爱的能力。"神女"之所以为"神女"，在于她使众多的普通人，也受到了"神性"的沐浴和滋养，从而闪现出灵性的光芒，活得更加自然和本真。

去一趟巫山，带回的，不止一个"神女"，还带回一个世界。

绿地毯上的石柱

一

　　阳光躲在云层后面，像一个怕羞的乡村姑娘。时间静下来，空气能拧得出水。蝉在森林里高一声，低一声地叫，叫得那样动情，那样柔软，那样浪漫，有着缱绻的柔肠和百转千回的妩媚。

　　石柱，是喧嚣城市之外的天堂，更是净化欲望，过滤杂念的圣地。那么，生活在这片土地上的人们，是有福的。如果你是一个心藏大爱的人，就一定会被石柱所感动——它的一草一木、一山一水，小伙子的坦率，大姑娘的热情……你的心一定会触碰到人世间最柔软的部位，像拨动你心尖上最敏感的那根琴弦，然后，坐在一块山石上，或者，蹲在一条溪流边，冥想，把平时想不明白的事情想明白，把过去没有弄懂的生活想通透。

　　想着想着，你的眸子里便含满了泪水——那是土家族姑娘的烈酒，将你的心，抑或，将你的灵魂，烧出了蜜。

二

　　来到石柱，我终于相信了，草场也是有高度的。就像风，也有思想。它从远处吹来，低头亲亲一吻，就掠走了草的体香。地上所有的草，都是风

绿地毯

的情人。

唯有石柱的草，是鄙视风的。它讨厌风的轻薄，讨厌风的傲慢，讨厌风伪装出来的绅士风度。石柱的草场是一座山的形状，山间遍布的石头，是它思想的刀锋。只要有风刮过，那些草就会齐心协力，抓住风的衣襟，拽住风的胳膊，借助锋利的石头，把它的皮割下来——喂牛。

牛在吃草的时候，实际上也在被风滋养。风吹，草长，牛也长，膘肥体壮。

成群的牛，在草场周围撒欢。夕阳照在它们身上，一片金黄。每一头牛，都是草场上的精灵。这些牛，是懂得感恩的。知道是青草喂养了它们，它们在吃草的时候，都很小心，吃得很斯文，生怕咬疼了草似的。有几头牛犊，钻进妈妈的胯下，吮吸着乳汁。母牛扭转头，一直盯着自己的孩子，眼里满是怜爱。

我被眼前的一幕深深打动。同行的姑娘季环说，给我和牛合张影吧，我最喜欢牛的。就在按下相机快门的那一刻，我的心再一次被打动了——为一个姑娘，和一头牛。其实，牛和人的情感，何其相似。

低下头是生存，抬起头是人间。

在石柱这个叫做"千野草场"的地方，我看到了牛和人的灵魂，同样高贵。

善良无处不在。美无处不在。

午休时，躺在宾馆的床上，我很快睡着了。梦里，我自己也变成了一头牛。满地的青草，都是我脸上的胡须。

草中顽石

三

　　下午，突然下起雨来。雨滴挂在树尖上，晶莹，透明。潇潇雨斜，满地新绿。四周弥散出一缕怀旧幽情来。我只身钻进树林中，天籁之音萦绕于耳，令人幻觉丛生，闭上眼，仿佛回到了童年。有数不清的自然的舞者，在你的大脑屏上跳动，全身骨节蹿长，似要生出翅膀来，振翮翩飞，朝着你梦想的方向。

　　石柱的日平均气温，要比主城区重庆低4至5度，适合来此消夏、避暑。重要的是，这里盛产黄连。从医学的角度讲，黄连具有清热解暑、滋肝润肺的功效。早晨，或者午后，坐在某个公园的凉亭里，某个树林里的石桌上，泡上一杯黄连茶，你的生活便多了滋味。苦中作乐，不也是人生的一种常态和境界吗？从人文的角度来说，黄连又是一种精神的象征，可以看成是一种身份和品质，类似有文化、有素养的人。其味苦，性甘，与大地联系得最为紧密，朴实，耐寒，看似卑贱，却是治疗伤痛、疾病的良药，具有本土性，民间性。

草地羊群

　　野菌子，是石柱的又一大珍宝。夏雨过后，各种野菌子像情窦初开的农家少女，羞答答地从地表下探出头，寻找如意郎君。也许是含蓄和腼腆吧，它们还有所顾忌，情感放不开，各各撑开一把小伞，把自己罩住，神秘兮兮的样子，娇嫩可人。要是戴望舒还在，见到此景，会不会也把这些小可爱，幻想成一个个撑着油纸伞、结着丁香一般愁怨的姑娘呢？

　　真就有提着竹篮子的小男孩，三三两两，在树林中穿梭，有说有笑，采蘑菇。他们率真，活泼，涉世不深，充满童趣。这样的男孩子，那些撑着小伞的"姑娘"是喜欢的。任他们采，任他们摘，能给自己找到一个好的归宿，何乐而不为呢！小男孩不知是被"姑娘"的美感动了呢，还是被她的纯真所吸引，竟然也学成人样，变得贪婪起来，不停地朝竹篮里放菌子。不一会儿，篮子满了，男孩的手还没停。"姑娘"们生气了，从竹篮里逃了出来，不小心摔到了地上。男孩伸手将她们捡起来，掸去泥土，放在嘴边，亲了一口。"姑娘"的脸，刷地一下鲜润了,水淋淋的。男孩们的心里,瞬间漾起一丝幸福感。

晚上,石柱接待我们的领导,安排我们吃"菌子火锅"。各种菌子,叫得上名的,叫不上名的,一应俱全。天然,绿色,新鲜,入口细嫩,滑而不腻,爽口,让我们这群在大都市里平时吃惯了大鱼大肉的人,有些欣喜若狂。敞开肚子吃,麻起胆子喝,仿佛一群回归山野的动物,吃最简单的食物,获得最珍贵的营养。

四

入夜,天幕上垂下一层薄纱。夜,更轻了,水一样柔滑。

篝火燃起来了,通红的火光照在每个人脸上,醉意朦胧。能歌善舞的土家族姑娘,手拉手,扯成一个圆环,跳起摆手舞。动作舒展,似流水行云。原汁原味的"啰儿调"唱起来了,一首《太阳出来喜洋洋》,唱得在场的每个人热血沸腾,激情澎湃。所有的灵魂,都躁动不安;所有的梦,都苏醒过来。一时间,年老的、年幼的,都加入到舞蹈的队伍,一起扭动身体。不管动作是否娴熟、准确,要的就是这种快感。这是民间艺术的魅力。姿体与姿体的碰撞,心灵与心灵的融合。原生态的文化,才真正是艺术的精粹。那堆熊熊燃烧的篝火,是艺术的宗教。四溅的火星,便是光芒耀眼的艺术的火种。

烤羊肉的香味,醇厚,浓烈;野梨子酒的芳香,甘甜,清洌。一个个土家族姑娘,高举酒盏,来到你的面前,送上真诚的问候和祝福,那脸上的笑容呵,那美呵,足以将你陶醉。煌煌柴火,人面桃花;莺歌燕舞,一帘幽梦。忽然间,我进入了冥想的时刻——在这个多情的夜晚,一定有些男性睡不着觉,也一定有些女性睡不着觉。这些失眠的男女,应该都是辣椒变的吧!石柱遍地都是辣椒,青的青,红的红,辣得你汗珠珠冒,辣得你心尖尖痛。其实,石柱的辣椒,原本都是青的。自从帅气的土家族小伙,俯下身子,给了它们一个深情的吻后,所有的辣椒,都变红了。

变红的辣椒,有个雅致而高贵的名字:"石柱红"。

在荣昌路孔镇的一个下午

那个下午，有风，从远处吹来，仿佛来自于明朝。

我站在古镇巷子的石梯子上——那上面布满了岁月的风霜和历史的尘埃。石梯一级一级蜿蜒向上延伸，好似古代仕女遗落在民间的腰带，有了些幽怨的成分。石梯两边，古朴、暗淡的木式结构的房屋，错落有致。单从它那还未完全褪色的木柱上看，曾经的华美可窥一斑。其中，有一座"赵家祠堂"，还依稀透露出过去年代的气派和恢宏。说不定，那青黛色的砖墙上，还残留着这家女主人当年留下的手印呢！

走进祠堂，扑面皆幽静。抬头望天窗，满目尽是白云苍狗。不知在这样的高墙里生活，人会不会寂寞。正这样想着，脑子里立刻浮现出南唐李后主词句里"寂寞梧桐深院锁清秋"的意境。其实，深院锁住的，又岂止是清秋呢？怕还有红尘世事，以

河堤

及无数寂寞的心吧！只是，春秋更迭，物是人非。如今的祠堂已不复昔日的生机，惟空余下如我者过客般的愁绪和遐思。

时间的无情，谁又能抵挡得住呢？

繁华与奢靡，爱与恨，都不过如梦幻泡影。

倒影

绕过祠堂，继续朝前走，一座"湖广会馆"赫然在目。从它内里设置的戏台看，曾经的风流烟花弥漫。人类迁徙的历史，真是波澜壮阔，且充满大苦痛！当年，那一批批从湖广背井离乡，浩浩荡荡填补四川的人，他们的内心该忍受着怎样的煎熬呢？"湖广会馆"是他们在异乡重新建造的一个"精神栖息地"和"灵魂避难所"。

路孔镇的历史，因有"湖广会馆"而厚重了许多。

巷道两侧，是贩卖各种东西的小贩。他们的表情里，有一种淡定和安静。这或许是路孔现在还没有被外界干预和打扰的缘故。我真希望这种原始的质朴不要被无所不能的商业铁手所蹂躏，让人间还能保留一点"净土"。

三三两两的孩童在巷子里窜来窜去，在寻找童年的梦想和记忆，欢声笑语洒落一地。这些孩子是幸福的，他们出生在这个小镇，他们的人生也一定多了一种自然和淳朴。

我在街边买了一个叶儿粑，入口，滑而不腻，黏软香甜。停留在舌苔上的，是来自民间的味道。借助这种味道的提示，我仿佛打开了深藏久远的童年密码——那种亲切的、虽然贫穷却不乏温馨的生活。

在路孔小镇，一个叶儿粑，激活了我的童年情感和印象。

从小巷出去，便是溪水潺潺的濑溪河。临河一架水车缓慢地转动。水车是另一种时间。缓和慢，是路孔小镇的生活节奏。河面上浮满水草，鱼儿在草下嬉戏。河的对面，几个垂钓者气定神闲，不知是在钓鱼，还是在钓时间。河岸边的几块油菜地，在风的吹动下，轻轻摆动，摇碎一地金黄。几只小舟停靠岸边，竹制的雨棚似一把大伞，遮住棚中的打鱼人和打鱼人的梦。古桥上，走着几个农人，或挑着担子，或背着背篓，远远看去，似一副天然的素描，气韵生动，惟妙惟肖。真是小桥，流水，人家；透出静谧，祥和，干净。

黄昏来临，我不得不披着暮色离开。再次从巷子的石梯走过，我的耳朵隐隐听到一种声音——清脆，如水滴，从历史深处传来，那是曾傲和尚[①]遗落的木鱼声。

我喜欢这种声音。禅的声音。

注释：①古镇得名来源于一段民间传说。相传明朝有位叫曾傲的和尚，云游至此，见河对岸一带风景宜人，适于修身养性，决定在此建座寺庙。修建时发觉坡边有六个石孔，似与河中相通，便往石孔倒入糠壳一试，不久糠壳果然从河中冒出，于是就把这里叫做"六孔河"，后来又喊做"路孔河"。路孔场、路孔乡、路孔镇也因此得名。2002年该镇被评为重庆市历史文化名镇。

城口的雪 城口的夜

城口初雪

没见到雪,已经很多年了。有时想想,便生出几分失落。我对雪花,是充满憧憬和向往的,就像我对洁白和诗意,充满着向往。

不想,却在城口见到了雪,这多少给了我几许慰藉和兴奋。

平生从未去过城口,这是第一次。城口是重庆最为偏远的一个县城,从市区坐5个小时的火车到万源后,还得转乘4个小时的汽车,才能到达县城。寂寞的旅途,给了我寂寞的时间。躺在火车上,从背包里拿出随身带着的一本书翻了翻,不料,却在困顿中熟睡了。醒来,已是薄雾缭绕。从万源火车站出来,天阴沉沉的,像要下雨,同行的人都纷纷从箱子里翻出外衣披上,又匆匆钻进了汽车,向城口方向进发。

山道弯弯,柏油公路像一条蛇,在丛林山峰中盘来绕去。车窗外,两边皆山,山脉错落,绵延无际。抬头望,只见山颠云来云往,幻变出各种形状,似狼、似虎、似豹、似熊……万千生灵,均似从天宫逃出,来到人间,给这僻静、幽深的山谷，增添了一缕灵气。全车的人都肃静了，转眼看窗外，回眸思内心。

到达城口县城，夜已经深了。次第亮起的灯火，多少驱除了沾在我们身上的寒气。吃罢饭，回到宾馆，躺在床上，把自己裹紧。外面淅淅沥沥下起了小雨，夜安静极了，关掉灯，关上自己的情绪。就这样，安安静静地把自己放进了城口的怀抱，城口的梦里。

翌日。早起。冷。全身哆嗦得不行，幸好接待我们的同志准备有军大衣，不然，我们恐怕就会被城口"冷藏"起来了。导游说："穿厚点，山上还要冷。"她说的山上，指的是黄安坝，城口海拔最高的山峰，也是城口县内最为著名的景点之一。"可能会遇上雪。"导游又补充了一句。大家听导游这么说，都议论纷纷，七嘴八舌地开始讨论起雪来。"雪"给这群久居都市的人，带来了心灵的刺激和情感的触动。

上山的路极不好走，汽车一路颠簸，全车的人的心都变得紧张起来。那条路应该是新修建的，还未铺草泥，路面碎石散布，坑凹不平。车子每拐一个弯，车内的气氛都会凝固好一阵。幸好一路上风光秀丽，转移了大家的注意力，才使得一颗颗悬着的心稍稍放松了些。

山上最好看的是树叶。各种树盘根错节，枝叶扶疏，大小各异，高矮相

冰凌

衬。每种树的叶子，颜色都不尽相同，黄的、红的、绿的、紫的、青的……组成一个颜色的王国。每一种颜色的树，都是这个王国里一个艳丽的公主，在展示她的亭亭玉立，婀娜多姿。一路上，大家都掏出相机，啪啪按动快门，恨不能把这些满山撒欢的"公主"，都收藏进自己的相机，带回家去。不，藏进自己的心里。

终于到了黄安坝，一下车，野风猎猎，刀子一样割着我们脸上的肉。人人都竖起了衣领，想抵挡风的入侵，可那纯粹是妄想。风是这座山上的"保卫队"，谁叫我们都那么贪呢，不但不知羞耻地偷窥了它家"公主"的容貌，还掠走了人家的美丽和青春。既然如此，那风是不能不给我们点惩罚的，否则，我们越贪婪，越心安理得。

冰花

站在黄安坝上，视野一下子开阔了。真的是站得高，看得远。远山近水，尽收眼底，让人看到了谦逊，想到了包容。当然，也让人想到了"高处不胜寒"。

当天夜晚，为欢迎我们的到来，黄安坝景区专门举行了一场篝火晚会，不少的同志，都唱歌去了，围着篝火，载歌载舞。人醉了，山醉了，夜也醉了。

晚会结束，大家都带着醉意，进了房间。只有我，独自一人站在草坪上。在黑暗中，我看不清自己。但我分明在等待，我在等待着一场雪。我渴望有一场雪，来洗礼我的人生。

遗憾的是，我的期许，并没有得到实现。我不得不带着失望睡去。

但惊喜到底还是来了。

天亮起床，我拉开窗帘一看，地上白茫茫一片，远山的树枝上，裹满了雾凇，路边的野草上，也挂着冰凌。我的心一下子激动起来，兔子一样蹿出了房门，来到雪地里，抓起一把雪，向空中扔去。这时，更多的人也发现下雪了，纷纷跑出房间，在雪地里跳、笑、惊呼、撒野。整个天地，冰清玉洁，晶莹剔透。

下雪过后的山，更可爱了，多了一层薄霜。树叶经雪一冻，更加的亮丽。每棵树上都像披了一条洁白的哈达，有点禅的意味。

一场雪，使城口充满了生机。

从山上坐车回县城，雪花仍在飘飘洒洒。车走一段路，又停下。车一停下，人们就赶紧跑下车，抓紧时间拍照。好像稍一停留，雪就化成水，流走了。果不其然，越往山下走，雪下得越小，直到后来，雪花就不见了，只剩了细密的雨线，在空中斜飞。

雪是只能生在高处的，因为圣洁原本在高处。

喧嚣之地留不住雪，所以喧嚣之地也留不住诗意。

走在城口县城的街道上，心里仍在想念雪，便约了同行的小薇出去走走。小薇是城市里长大的姑娘，很少见过下雪。她说，雪给了她美好和想象，给了她生命中从来没有体验过的感觉。她说这话的时候，很天真。我看着她，像看着一位天使。

城口县城不大，房屋也很陈旧，就是闭着眼，你大概也能找到它的方向。我们沿着城中的两条街巷慢慢走着，感受着这座小城的体温。街两旁的不少店铺都关了门，路灯鹅黄，照着湿湿的街道，我们像走在一幅简笔画里。当不少的人都在学会追赶快节奏的生活时，城口正在以它自己的生活方式，过一种慢的生活。其实，慢，又何尝不是一种快呢。

小薇说，城口其实很美。

我说，城口其实很富有。

我和小薇都没有说错，城口的冬天来得早，春天自然也该来得早的。

潼南菜花记

到达潼南的当天，下了点小雨。天灰蒙蒙的，像罩了一层纱。从住宿的宾馆窗户望出去，正好看见对面的杨闇公墓。两旁翠柏森森，浓荫掩路。历史的藐远，仿佛一下子拉到了眼前，多了几分沧桑，也增了几分厚重。

我想，菜花怕是看不成了，便匆匆洗了脸脚，躲进被窝，把自己送入了梦乡。岂料，翌日早起，天竟然放晴了。灿烂的阳光，一扫昨日的阴霾。我的心情，也随之高兴了起来。

吃完早点，我们先到宾馆附近的大佛寺转了转。寺庙有些陈旧，古木苍苍，梵音阵阵。

菜花丛中

三俩僧人，在院落里走动，给寺庙增添了生趣和禅机。我走进寺内，见一大佛，盘坐崖壁。雄伟的姿态，淡定的容颜，真有看破红尘的脱俗和高深。

据资料记载，寺庙曾遭到过几次洪水的淹没。在大佛旁边的岩石上，还刻着几条水位线，记录下了每次洪水淹没的高度。然而，屡遭劫难的大佛寺，却并未因此而受到毁灭性的摧残。经过当地政府的及时抢救和保护，大佛依然稳坐山畔，看云卷云舒，观世间万象，用它的佛法，护佑着潼南世代善良、勤劳的人民。

站在大佛寺前面，极目远眺，一条溪流，回溯蜿蜒。几个垂钓者，手持鱼竿，静静地蹲在溪边，钓鱼，也钓时间。在大佛寺门前垂钓，所钓的，恐怕不是鱼，而是别的什么吧。

溪流的对面，几块良田，错落分布。隐约可见一片淡黄，随风摆动——那便是菜花了。我真想变成一只蜜蜂，腾空而舞，去嗅嗅菜花的清香。可同行的朋友说，那几块田里的花，只是菜花的序曲，真正的菜花，还在别处呢。

于是，在朋友的带领下，我们朝着真正的菜花风景区进发了。

车子在弯曲的山村公路上穿行，公路两边全是农民住的房子。随处可见有农人扛锄背篓，在地里劳动，他们常年住在这里，靠山吃山，靠水吃水。用自己的汗水，浇灌着这方土地，他们才是真正敬畏土地的人。看着他们的身影，我们住在城里的每个人，都应该学会谦卑。

大约过了四十分钟，车子在一条大坝下停了下来。从车里出来，阳光明亮了许多，空气也变得清新起来。朋友说，大坝的那边，就是菜花风景区了。我急不可耐地冲上堤坝，果然，视野里黄艳艳一片，菜花的香味扑鼻而来，我的周身都被菜花的金黄包裹了似的。

沿着堤坝缓步而行，见不少的游客欢呼雀跃。他们大概也来自于城市，平时很少看到自然的风光，都扔掉了身上的负累，放开性子，撒起野来。有的向着菜花狂喊：菜花，我爱你。恨不得把自己的整个身子，都融化在菜花丛中，燃烧一次。

我问朋友，这里叫什么地方。朋友说叫崇龛镇。崇龛，一个古典味十足的名字。我顿时对它好奇起来。我想，这里一定藏着什么有趣的故事。就在我们攀登堤坝对面的山时，一条标语赫然映入我的眼帘：陈抟老祖故里欢迎您！我的心咯噔一下——这里竟是陈抟老祖的故乡？难怪这块风水宝地，如此有灵气——四面山脉绵延，山下，河流环绕，站在烟波岭上俯视，那片菜花地，竟然构成一个八卦图案。这不得不让人感到惊奇——浩

插图

浩天地，充满了幽深的奥秘和玄机。

　　从山上下来，我们便走进了"八卦"的迷宫中。在花丛中穿行，人突然变得精神了。蜜蜂在菜花上翩飞，像古代宫廷里的侍女，在富丽堂皇的宫殿中，舞姿婆娑。那些油菜不知是何品种，茎秆比人还高。走在菜地的小道上，菜花遮盖了头顶。只闻菜地对面传来阵阵欢笑声，却并不见人。这宛如童年时，和一群小伙伴在油菜地里捉迷藏。那种纯真的友谊，和两小无猜的缱绻，让人怀念。

　　好不容易从"八卦"中走了出来，我们又上了一条船，从白沙村水码头，沿琼江前进。此时将近午时，太阳越发明亮了。舟行水上，如游画中。琼江两岸，菜花依旧浓烈。江风吹来，不时将菜花吹落江面，花随流水，惹人怜惜。江的远处，几只水鸭在戏水，翅膀轻拍，脖颈相交，那抹柔情，那抹投入，怕是多情的人类，也无法比拟的了。我掏出相机，抓拍了一张照片。我想把这难忘的瞬间定格下来，没事的时候，就把照片拿出来看一看，感动一下自己。不然，在城市里待久了，心就会变得麻木，心麻木了，比什么都可怕。拍完照片，抬眼，岸边挺立着两棵高高的杨树。它们在蓝天白云下，站在一起，像一对生死与共的夫妻，守着脚下坚实的土地。树杈上，落着一个鸟窝，一只大鸟，正衔着食喂它的儿女。阳光照着它们，照着一个树上的家，暖暖的。

　　船停，上岸。朋友安排在一个餐馆吃农家菜。菜都是家常菜，农民自己种的，绿色，无公害，吃起来爽口。在城里，是吃不到这样的菜的。那天，我敞开肚子，美美地饱餐了一顿。我想，要是有时间，来这里住上一两个星期，人必定会变得安静，身体也会很健康。

　　吃罢饭，借着兴头。我们还去油菜生态博览园参观了一番。这里真可谓是一个油菜的大观园。上百种油菜争奇斗艳，各开各的花，各结各的籽，但又共同构成一片亮丽的风景。

　　下午就要离开了，同行的朋友纷纷掏出相机，合影，留念。尤其是那些女同志，在油菜花前摆尽各种姿势，与其说是照像，不如说是与花媲美。倘单从外表看，人是无论如何比不过花的。好在，人有一颗善良的心，这才不至于在花的面前感到羞愧。

黔江行

前不久，去了一趟黔江。

天下着小雨，雾大，路面能见度低。出发前，我隐隐有些担心，早就听说黔江那边路不好走，且武陵一带，崇山峻岭，耗时不说，还容易发生交通事故。我问驾车的朋友：有把握没，没有，咱就等天晴了再去。朋友朝我不屑地笑笑，说：你咋这么胆小，你说的那都是过去的老黄历了。现在，渝湘高速已经开通，既快，又安全，四个多小时就能到黔江。我没去过黔江，对朋友说的话将信将疑。朋友见我疑窦未解，也懒得理，一踩油门，朝黔江方向驶去。

我怕影响朋友开车，坐在后面一言不发，眼睛透过车窗，四处张望，手把坐垫抓得紧紧的。甫出重庆主城区，车便驶入一条宽阔的高速公路。由于路面平整而宽，且过往车辆少，朋友开得有些快。看到这个路况，加之对朋友驾车技术的了解，我紧抓坐垫的手，慢慢松开了，心情也逐渐平静了下来。

窗外，连绵起伏的高山，直耸云霄。山上怪石林立，多险峰。植被覆盖其上，葱茏而青翠。远远望去，云烟缭绕，如梦如幻。那些时而变换的烟岚，似天马，似赤兔，又时而换变成人形，搞不清楚是天上，还

黔江南海

是人间。我的想象跟随车子的速度一起奔跑。真没想到，武陵山区给人的印象，从来就是穷山恶水，却也藏着这般秀丽的自然风光。

于是便想，修筑这条公路的，都是些什么人呢？

一路上，隔不了多远，就是隧道。有的隧道，长达几百米。而有的地方，又只能搭桥。可想而知，要修这样一条高速公路，需要面对多大的技术难题和毅力的考验！稍有常识的人都知道，重庆地处丘陵，属高密度瓦斯积聚地带，只要一点火星，就能引起爆炸，更不用说突水、突泥了。试问，即使这些难题都解决了，那么，修路过程中，工人住什么地方？施工的设备又放什么地方呢？一个个问题，像地下泉水，从我的脑海里冒出来。我没有亲眼见到渝湘高速公路的建设者们修这条路时的情景，我只能从心里默默地向他们致敬！

山涧边

看得出，修这条公路的领导者和设计师是深谋远虑的，具有前瞻性和可持续发展的眼光。照理说，要在崇岭中开山筑路，对生态破坏是相当严重的，可渝湘公路沿途的生态却并未遭到多少破坏。相反，他们还在公路两边规划、种植了绿化带。汽车从武陵山区腹地穿过，感觉就像是坐着观光车，在游览迤逦的风景。更为人性化的是，沿途的几个地方，还设有观景台，当旅客疲惫的时候，可下车来活动活动筋骨，看看大自然鬼斧神工造就的杰作。

朋友说：渝湘公路的开通，使武陵人脱贫致了富。的确，要是在过去，他们交通闭塞，运输受阻，大量物资都运不到山区去。他们去一趟重庆，至少也得两天时间。有的人，活了一辈子，还没走出过大山呢。

"你看，这些房子，都是新修的。"朋友指着公路两边的农民住房说。我定睛看了一下，那些房子修得很漂亮，大多是预制板楼房。如今，交通便利了，进重庆购买建筑材料又方便，不少外出打工挣了钱的农民，都回家修了房，造了屋，小日子过得也算滋润。

这些，都是重庆高速公路的畅通带来的福利。

风俗风情 之

土地是厚实的，
可土地上活着的人是卑微的。
当一个卑微的人，遭遇坚硬的城市，
当他渴望飞翔的翅膀
被残酷的现实折断，
他是该继续拖着疲惫的身躯
在城市里游走呢，
还是返身大地？

艾草和菖蒲浸染的端午

一

端午节来了。

天刚亮，母亲就去后山的洼地，割回艾草和菖蒲，用一根红绳子捆着，挂在老屋的门楣上。艾草很鲜嫩，叶片尖细，青涩的汁液似要撑破叶脉。菖蒲则是一副饱经风霜的样子，悬垂的剑锋上，挂着一颗晶莹的露珠，仿佛它流出的泪滴。我站在屋檐下，静静地看着它们，像凝视一件充满神秘的事物，内心肃穆而敬畏。它们那带着潮湿水腥气的青翠的色泽，不止染绿了我惺忪的眼睛，也染绿了乡村早晨的炊烟，围绕炊烟飞翔的鸟群。

嫩芽

太阳还没有出来。房屋周围生长的李子树、桃子树、樱桃树、核桃树在湿气氤氲中，正舒展着枝条，呼吸新鲜的空气。院子边的晾衣绳上，落着几只麻雀。蓬松的羽毛，很有光泽度，远远看去，像几个穿着麻布外套的小矮人。它们安静的时候，就那么呆呆地站着，不嬉戏，也不吵闹，与背后的菜园子，以及远处的地平线，构成一幅简练、有力，极富浪漫情调的素描画。让人看了，内心暖烘烘的，温热又安静。

若单凭这样，就将麻雀认定为可爱、乖顺的小家伙，那就错了。麻雀是非常机灵的。它们看似安静地待着，实则在养精蓄锐。黑溜溜的眼睛，一直盯着院子中间那个圆圆的簸箕——簸箕里装满了白生生冒着热气的糯米，那是母亲刚从锅里捞出，等糯米冷却后来包粽子的。麻雀见院子里有人，找不到下嘴的机会，只能充满耐心地干耗着。

奶奶坐在屋檐下，剥麻。麻是才从山坡割回来的。浅绿的叶片，泛着银灰。每年的端午，奶奶都要剥许多麻。她将那些麻杆子，放在洗脚盆里，用清水泡着。过一两个时辰后，麻杆被水泡软了，再用一根竹片，像剔鳝鱼骨头一样，轻松将麻皮剥离，绾成一束，挂在树枝上暴晒。等麻皮晒干后，就搓成绳子，用来穿牛犊的鼻孔，或者，分给治丧的人家包孝帕。在我们家乡，麻被誉为一种神异的植物，可辟邪。据说，只要在端午这天剥麻，就可以驱除一切魑魅魍魉，保四季平安。而剥麻这件事，一般都由家中老人来做。老人阅历丰富，见多识广，是压得住邪的。因此，端午剥麻，便成了老人们的特殊仪式。剥麻的老人，不仅长寿，而且有福。

天色比先前明亮了一些，朝霞出来了，田野和远山，铺了一层红色的染料。圈里的牛开始刍草，羊望着田坎边上的青草，咩咩地叫。晾衣绳上站着的麻雀，等得有些不耐烦了，叽叽喳喳闹成一片。从绳子的这头蹿至那头，又从绳子那头蹿至这头，像一群学滑步的舞蹈演员，在练习技巧。好不容易等到院子里的人走开，这群大地上的精灵，俯冲着飞向院子中间的簸箕，叼上满满一嘴米粒，迅速振翅高飞，消失在这个被艾草和菖蒲浸染的早晨。

二

有一种东西潜伏着，我们看不见。它隐藏在凝固的空气中，混杂在飘浮的灰尘里。它习惯于躲在暗中偷窥人间的秩序。我为这么一种不明身份的事物，深感恐惧。

母亲端来一个瓷

黄花

盆，盆里装满浊黄的液体。液体散发出一股浓浓的苦味和辛辣味道，呛得我流泪。我问母亲：这是什么水？母亲瞪我一眼，示意我别多嘴。她那神神秘秘的样子，好像正在进行一场严肃的祭祀活动。事后我才知道，那盆水，是用艾草、菖蒲、大蒜、老姜熬出来的。母亲将我叫到院子里，让我脱掉衣裤，赤身裸体站在天空下。我拒绝听从她的命令，又哭又闹，死活不肯脱。母亲板着脸，放下手中的瓷盆，三两下便剥去了我的衣服和裤子。她在强行做这一切时，始终不说一句话。仿佛冥冥中有人在监视她的行为，惟恐一说话，就会造成对监视人的不敬。我被剥光衣裤的身子，像一条被人拖上岸的鱼，显得僵直。没等我回过神来，母亲便拿起一根艾草，沾了瓷盆里的水，从头到脚，在我身上拍打。一边拍一边念：

    艾叶香，艾叶苦
    驱痛驱寒在端午
    菖蒲青，菖蒲尖
    防灾防邪在今天
    大蒜和老姜
    蚊子螟虫全杀光
    ……

  我紧闭双眼，被母亲的咒语笼罩着。母亲的咒语，充满时空的奥秘。我仿佛被这种咒语所感化，生长出翅膀，整个身体都在向着高空飞升，脱离大地。等我睁开眼睛，发现自己的躯体全被药水染成了黄色，像敷了一层保护膜。很长一段时间，我的身体都被一种苦涩之味包裹，甚至晚上睡觉，都感觉身子不是躺在床上，而是被一盆药水浸泡，漂浮着。即使做梦，也带着苦涩的馨香。我童年的记忆，就这样染上了艾草和菖蒲的汁液。这种汁液，还渗入血液里，把我的生命也过早地泡成熟了。

  当然，我一个人是没有资格享受一整盆药液的，那样太奢侈了。母亲替我沐浴完身体，将剩下的药汁，端去洒在房屋周围，一圈一圈地洒，依然是边洒边念咒语。洒完屋外，还要洒屋内，旮旯角落，缝隙洞穴都要洒到。再老旧的

路边艾草

风俗风情 FENG SU FENG QING

房子，被药水一洒，也成了吉宅。人住在里面，不必担心生活中的坎坷，可以放心大胆地饮食起居。这种古老的风俗，是世代传承下来的，错不了。它包含着博大的生存法则，和高深的民间智慧，以及敬畏自然的力量。

忙完这一切，太阳偷偷地爬上了院子的土墙。爬山虎的叶子，在风的摇晃下，将光影切割成菱形的小块，投射在墙上，像正在上演的一场皮影戏。奶奶已经剥完了麻，在收拾地上的残局。她不允许零乱的垃圾破坏掉隆重的节日气氛。端午是干净的，任何来自传统的节日，都是干净的，也是神圣的，是乡间的大事。

母亲端张凳子，坐在院子里，开始包粽子——端午节的核心节目。我蹲在母亲膝前，看她把一张张宽大的芭叶壳展开，抹平，卷成一个圆锥形的空斗，再抓起一把糯米，像沙漏中的沙一样滑入叶壳中，压实，抄口，叠出一个三角形状，然后，用沸水煮过的棕叶捆紧，打上一个活套，一个粽子即包完成。每包一个粽子，母亲的脸上都会流露出一丝幸福感。我被母亲包粽子时的优美手势所征服，像在观看一个手艺超群的民间艺人制作工艺品。美就这样产生了，在劳动中，在传统节日的风俗中。奶奶清扫完地面，过来帮母亲包粽子。一对婆媳，并排坐在一起，有说有笑，其乐融融。手上比着技艺，嘴里谈着往事，将女性的柔美和贤惠，发挥到极致。时间慢下来，日子拉长了。两个朴实的乡村女人，仿佛从唐朝起，就一直坐在那里，伴随一个又一个端午，坐到现在，坐成岁月深处的两尊雕像。

叼走糯米的那几只麻雀，在享受了端午的美餐之后，重新落在院子的晾衣绳上，企图再满足一下口福。但这次，它们失望了，母亲和奶奶已经将簸箕里的糯米，全部包成了粽子。饱满的粽子垒在一起，堆得小山似的。麻雀眼谗，嘀嘀咕咕地闹脾气。它们恨自己的力气太小，不能将一个个粽子叼走，否则，端午节就是麻雀的天下了。

母亲将粽子放入锅内，羼水，盖上锅盖。奶奶坐在灶前，架柴，烧火，熊熊的火舌舔着锅底。不一会儿，锅里汩汩冒气泡。随着蒸腾的雾气，糯米的淡香弥漫开来，覆盖了我的嗅觉，奶奶的嗅觉，母亲的嗅觉。

三

炊烟缭绕，盘旋着升上天空。田间地头不见一个劳作的人。老人们三三两两蹲在村子里的大槐树下，吹牛，摆龙门阵。谈着谈着，竟回忆起过往的趣事来——谁谁骑在牛背上，扮嫩，装英雄，被干活回家的儿媳妇撞见，吓得从牛背上滚下来，像个熟透的老南瓜，从此，在儿媳妇面前，再也抬不起头；谁谁半夜三更躲在稻草棚里学猫叫，勾引村西边的张寡妇，结果，偷鸡不成蚀把米，被张寡妇用竹耙打得屁滚尿流……他们按捺不住性子，越说越风流。夸张地说，放肆地笑，老夫聊发少年狂。倘若自家的孙儿，不喊他们回去过节，他们的话头，必得像蚕子吐丝那样，不吐尽，是不肯收尾的。老人们剩下的时间不多了，只要有节过，就尽量过轻松，过得风声水起，过得逍遥自在。

阳光把整个院子都照亮了。村子里顿时响起狗吠声，汪、汪、汪、汪，音调沧桑，却也明快。白天的狗，不像夜间那样叫。在夜间，狗是防御战士，要看家护院，一有风吹草动，必叫得分外铿锵、泼辣，把夜幕都撕裂了，险些连月亮也吼落似的。人远远地听见，不说吓掉魂，至少可丧胆吧。白天就不同了，一切都在阳光下，明晃晃的，看得清，看得实在。纵使有贼来犯，胆量也小，狗的职责便也减轻了。若真打斗起来，两条腿的人是抵不过四条腿的狗的。况且，又是过节，狗的心情，自然也是愉快的。连麻雀都知道分享过节的好处，何况跟人类亲密无间的狗呢。狗在过节时，叫还是要叫的，这是做狗的本分，否则，就不讨主人喜欢了。一只被主人厌弃的狗，即使过节，恐怕也捞不到什么好处的。故每逢过节，村里的狗，不但要叫，而且

蝶舞

要叫得有水平，要变着花样叫。大大小小的狗，组成一个合唱团，从村北唱到村南，又从村东唱到村西，像唱民谣一样，营造、渲染出节日的气氛来。这样，它们才能从主人那里获得吃不完的美食。人只过一天节日，狗可以过上三天，甚至更多天。这大概也算是做狗的福分。

　　铁锅内的粽子，煮熟了，提起来，一串一串的，像些微型倒塔。母亲将其放入清水里，冷却。菜是热的好吃，粽子要吃冷的。我等不及，围着母亲转来转去，唾液在口腔内汹涌。母亲识破我的心事，伸手从水桶里提出一个粽子，剥去壳后，用一根筷子，直直地刺进粽子黏软的肉里，交给我。我接过粽子，转身逃跑了，比偷吃了糯米的麻雀消失得还快。我是第一个尝到端午节味道的人。

　　时间将近午时，村中细细长长的路上，多出些陌生的身影来。不消说，这些人都是赶来过节的。异地求学的孩子，从千里之外赶回，只想尝尝母亲包的粽子——粽子里不止包着糯米，还裹着亲情、思念和故乡。在路上边走边笑的，一定是出嫁的女人回娘家。自从成为别人家里的人后，回娘屋的次数也就少了。嫁出的女，泼出的水，收是收不回来的。人的心，往大了说，能装天，能装地；往小了说，也就一个火柴盒子。尤其是女人，心里既要装丈夫，又要装孩子，哪还有空间装下生养自己的爹娘呢。但当爹娘的，是永远不会忘记子女的。逢年过节，都不忘通知女儿、女婿过来聚聚，顺便看看外孙、外孙女。自己身上掉下的肉，终归还是疼爱的。也有青年小伙子，背上背个背筐，或手里提

29

个竹篮，里面装着好烟好酒、好糖好肉、新衣服新裤子，一看就知道是送未来的岳父岳母的。人虽年轻，礼数得周全。姑娘还没娶到手，态度自然得诚恳，表现也要大方。说不定人家一高兴，端午过后，就张罗把结婚酒给办了，这岂不是天赐良缘。

终于到了午饭时刻，每个人的味蕾，都似刚绽放的花瓣，吸收着来自餐桌上丰盛的菜肴散发出的气息。咸鸭蛋是必不可少的。剖开，装在圆盘里，翻沙的蛋黄，像一个个藏在深闺的女子的脸蛋儿，裸露在大庭广众之下，羞得连心都在流蜜。夹一块，放在嘴里，那种滋味呵，让人心跳。但心跳毕竟过于轻浮，真要体验端午的滋味，还是心醉的好。心醉了，才能沉潜。沉潜下来的东西，会跟你一辈子，想忘都忘不掉。怎么醉呢？喝雄黄酒吧。酒本身即是烈性的，兑入雄黄，就更烈了。酒壮英雄胆，男人的本色。几杯酒下肚，乾坤自在心中。老人们说：小孩喝过雄黄酒，一生都是男子汉。这话自然是有些夸张了。不过，雄黄具有杀毒疗病的功效，人吃了它，能排除体内的霸气和浊气，而把人性之中善的东西、真的东西，留存下来。

四

午后的时光，平静如水。节日的高潮已经过去，只是门楣上挂着的艾草和

橙子和薄荷

菖蒲的味道，依然浓烈。风拂过，满院子的苦香。老人坐在屋檐下，看太阳西斜，脸上浮现出少有的宁静。受到主人犒劳的大黄狗，躺在院墙根下，懒得动了。狗也是吃过粽子的，吃过粽子的狗，比人还幸福。孩子们呼朋引伴，跑去村边的池塘，捉虾，摸螺蛳，不必担心大人的责骂。过节是祥瑞的日子，大人是不会对孩子动粗的。即使孩子犯下大错，做父母的也要压制住心中怒火，而佯装笑脸，显出宽容作派来。等节日一过，孩子们就不敢造次了。精明一些的，皆对父母百依百顺，言听计从。不然，新账旧账一起算，那就大祸临头了。男人们酒喝高了，赤红着脸膛、脖子，躺在床上，鼾声如雷。女人进得屋来，看见男人裸露着臂膀，便牵开铺盖，为其盖上，出门时，轻骂一句：死猪。

太阳温和了些，像一个放大的蛋黄，印在青天上。时间不早了，回娘屋的女子牵着小孩，跟随丈夫回家。孩子的手上，提着两串粽子，开心得要命。女人和孩子，本来是要在娘家住一宿的，可丈夫不许，说家里养着鸡、鸭、猪、羊，需人照料。实际上，这只是男人的托词。平常与妻儿相处惯了，他是怕一个人在家寂寞。夫妻，说穿了，是个伴儿。伴儿怎么能分开呢？有哪一对鸟儿，不是双宿双飞。

走准岳父的小青年，看来运气不错，想必是得到家长的称赞，竟把未过门的媳妇接回家去了。一路上，两人打情骂俏的，俨然一对新婚夫妇。也许，明年的端午，他们就该怀抱小孩，去拜见外公外婆了吧。

入夜，村子更静了。月亮照着沉睡的大地，照着大地上沉睡的人们。喧腾一天的端午，拖着难舍的影子，遁入下一个轮回。月光下，满地的艾草，满地的菖蒲，蓬蓬勃勃，绿茵茵的，青油油的，把每一个熟睡中的人的梦境，也染上了颜色。

贴着大地生活

一

我从城市回到乡下，除了几本要看的书以外，什么也没带。在城市里生活，肉体和精神的负累，已经够沉重了，我不想再把这沉重带到乡下去。否则，生命将不能承受其重，心灵也会变得伤痕累累。倘在这个世界上短暂求活的人，都活成这般苦不堪言，也真够可悲的了，又哪来快乐和幸福可言呢。

最先出来迎接我回乡的是风。这么多年了，风还认识我。它能嗅出我身上的气味——那种带着草香和泥土的气息。

家乡的树

我是被风吹着长大的，它们熟悉我的脾气和性格，就像我熟知它们的体态和呼吸。在我童年的记忆里，风总是和落日连在一起。傍晚时分，我背着背篓，或牵着一头牛，走在山间的小路上。风吹着路边的野草和树叶，沙沙沙的声音，像成千上万只春蚕在啃噬桑叶。夕阳像画家的颜料，从远处的天幕上泼下来，形成一幅抽象画。那是自然的大写意，是风雕刻出来的人间杰作。我在风中走着，在大地上走着。我追赶着风，牛追赶着我。风改变了乡间的时间和岁月，也改变了乡村人的日子和憧憬。

路边的野花次第开放，黄的、紫的、粉红的……安静而不张扬，却又带着点野性。小时候，我曾将一朵野花，偷偷地放进一个姑娘的书包里，以表达我对她的喜欢;我也曾将一束野花,献给一只死去的麻雀。野花给过我太多情感上的慰藉和青春期的梦想。蜜蜂是最爱花,也是最懂花的。它们围着花朵翩翩飞舞,仿佛几个姑娘,在向意中人诉说心事。嗡嗡嗡的声音,压得很低,生怕过路的行人,偷听到了自己的私语。蜜蜂和花朵都是害羞的。

　　太阳红彤彤的,像一枚印在天空的印章。路旁的草叶上,还挂着露珠。那一颗一颗的露珠,晶莹,圆润,蕴藏着季节的秘密。我弯下腰,摘一片草叶,把那露珠滴入自己的眼眶里。顿时,我的眼睛变得清亮起来,似揭去了蒙在我眼睛上的一层阴翳。幼时,我早晨从床上爬起,揉着惺忪的眼,便向屋后的竹林走去,摘一滴竹叶尖上的露珠,

李子花

放入眼里,周身瞬间就被激活了,慵倦退去,神清气爽,人的气脉一下子与天地接通了。我爷爷一直用这种方法来进行视力保养。他称竹叶尖上的露珠为"神水",说长期用"神水"洗眼,不但明目,还延寿。我爷爷活了七十几岁,眼睛一直很好。他说,多亏了"神水",让他没做睁眼瞎。他活了一辈子,是把这个世界看清楚,看明白了的,也把自己的人生活通透了的。

　　认识我的,还有那些树。多年不见,它们都长得茂盛、葳蕤了。树冠像一把把翠绿的伞,罩着地面。干活累了的人,可以到树荫底下歇一歇,或打个盹,缓解身心的疲劳。夏日里,许多鸟儿喜欢来树上筑巢,叽叽喳喳闹翻了天。有时,人从树下走过,听到鸟叫,抬头一看,一泡鸟屎正好砸中额头。生气间,忍不住想骂一句鸟,可话未出口,头顶的鸟儿却唱着欢快的歌,展翅飞远了。留给你的,只有郁闷,只有委屈,只有抱怨,只有酸楚。

　　树的品种很多,有刺槐、麻柳、苦楝树、泡桐树、柏树、李子树、椿芽树……我最喜欢的是李子树,倒不是它有果实可吃,而是因为那洁白的李花。我喜欢李花的素洁、干净。几场风一吹,它就静静地开放了,一点都不张扬,不

像桃花那么红艳，招惹是非。我至今保存的一个笔记本上，还有我曾用铅笔勾勒出的一幅李花图。而且，我还给这幅画起了一个雅致的名字："夕照李花"。李花开在树上，也开在我的心里。开在树上的花，是短暂的，而开在心上的花，却永不凋零。

　　椿芽树给我的记忆最深。它常常和我母亲的头痛病联系在一起。那时侯，母亲经常喊头痛，头一痛，就叫我爬上树去摘椿芽。母亲说，用椿芽炒鸡蛋吃，可以治头痛。母亲也不知道这个偏方是从哪里来的，好像是听奶奶说的，抑或听外婆说的。总之，我为母亲摘过无数次椿芽，可就是不见她的头痛病好。母亲头痛病严重的时候，就用一张白帕子，死死缠住额头，痛得在床上滚来滚去，汗珠一颗颗往下掉。我见母亲可怜，下午割草的时候，都不忘爬上树为她摘椿芽。好几次，我从树上摔下来，把头磕破了，血水一样朝外流，吓得跟我一块割草的伙伴哇哇大哭。为不让母亲发现，我先用地瓜藤流出的汁液把血止住，然后，朝脸上抹泥巴，这样，母亲就不容易发现了。可母亲到底还是识破了我的伪装，她忍受着疼痛问我：你头上的伤是怎么回事？我说：割草时不小心摔的。母亲说：编吧，接着编。一阵沉默之后，母亲一把将我拉过去，揽进怀里，抱头痛哭，一边哭，一边抚摸着我的头说：乖孩子，以后别再为妈妈摘椿芽了，听话。我点点头，也跟着哭了起来，很伤心，很绝望。后来，我才知道，我为母亲摘回的椿芽，她并不是炒鸡蛋吃的，而是在滚水里汆一下，就强迫自己咽下去了。母亲把家里的那些鸡蛋，统统变成了我和父亲的口粮。

　　树总是跟我的生命达成了一种默契，它们给过我希望，也给过我失望。我曾清楚地记得，在那些暗淡的黄昏，我走进那片树林，坐在铺满落叶的地上，看倦鸟归巢，听风吹树响；看星星如何穿过林梢，送来夜的宁静；听虫鸣怎样从地缝钻出来，带着月光的气息……

　　我的每一次返乡，其实都是在返回一棵树的过程。

二

　　夜里，周围异常的清静。父母劳动了一天，早早地睡了。我怕影响他们睡觉，索性拉灭了电灯，点上一支蜡烛。暗黄的光影投到墙壁上，冷冷的，宛如我儿时的记忆，朦胧，缥缈，带着几分缠绵和温暖。躺在床上，即是躺在故乡的胸脯上。床底下，两只老鼠在叙旧，有悲伤，也有疼痛；有喜悦，也有美好。它们说到自己的童年、青年和壮年，说到时间的无情和岁月的沉重。自然，它们还说到了这张床，床上躺过的人。在我未出生之前，一直是我的父母在这张床上睡觉。我出生后，床上便多了一个我。再后来，等我长大了，有了单独的床，那张床又重新归属于我的父母。而老鼠们，也在这张床底下，繁衍它们的后代。人知道不少老鼠的秘密，老鼠也知道不少人的隐私。那些荒凉的夜晚，老鼠们目睹了一个人的出生；见证了两个人的苍老；聆听过三个人的梦呓和鼾声。只有床是沉默的，它似一个隐忍的智者，紧贴着大地，有几分孤寂的美。

蟋蟀是天生的歌唱家，集体躲在墙壁缝里举行烛光晚会。歌声低沉，迂回，短促，苍劲。这种久违的乐音，让我心静如水。我披衣下床，端着蜡烛四处搜寻，欲捉一只来玩。可只要我稍微靠近墙根，那声音便戛然而止。待我转身离开，复又歌声四起，美妙无比。我是听着蟋蟀的歌声长大的。有一年，我因故辍学，

李子

整天在家闷得慌，食欲不振，精神萎靡，身体一天比一天消瘦。母亲每晚为我泪湿枕头，眼睛都哭肿了。父亲为了安慰我，也安慰他自己，亲手替我编织了一只蟋蟀笼子，还跑去野草丛里逮来两只蟋蟀，关进笼子里，逗我开心。那段时间，我一直把那只笼子放在床边的柜子上。晚上寂寞得无法入睡的时候，就睁着眼看笼子里的蟋蟀相互打斗，听胜利者的赞歌，以此来消解心中的忧愁和落寞。那两只蟋蟀，曾给过我莫大的精神慰藉和心灵抚慰。那只蟋蟀笼子，至今还被我保存着，它将伴随我一生。那只笼子给我的，何止是两只蟋蟀的快乐啊！

夜越来越凉，我却并不感觉冷。蜡烛的火苗越燃越旺，照亮黑暗的屋子，

照亮这个古老的小村，也照亮我的心。小时候，没有电的日子，屋里就点燃一盏煤油灯。我在灯下看书，写字；母亲在灯下织毛衣，纳鞋底；父亲则坐在矮凳上编箩筐。一盏灯，给了我们生活的曙光。现在，父母都老了，一盏灯，已经无法给予他们更多的温暖，但他们仍在为一盏灯而活着。我也在为一盏灯而活着。我们彼此都能感觉到那盏灯的存在，它就燃在我们的心里，燃在我们相互的挂牵和祝福里。

隔壁依稀传来父母熟睡的鼾声，那么轻柔，又那么粗粝，像是从大地深处发出来的，带着庄稼和野草的气味。从这鼾声里，我听出了被岁月碾压过后的疲惫，更听出了被霜雪摧残之后的坚忍……

这个夜晚，我注定无法入眠。沉重的肉身束缚不了渴望朴素的心灵。辗转反侧下，翻开书本，泛黄的纸页上，恰是东坡词句："长恨此身非我有，何时忘却营营"。人生的苦恼再次涌上心头，索性连蜡烛也吹灭，打开房门，向院坝走去。

院坝一旁堆满了母亲割的柴草，那些草是经过冬天的，散发出淡淡的苦味。我走过去，靠草堆坐下，一股薄凉从臀部蹿至背脊。我打了个冷颤，寒气像一层纱，裹住了我。望望夜空，一弯新月高挂，明晃晃的，照着安静的大地。这月亮，曾照过多少帝王将相，照过多少英雄豪杰，照过多少才子佳人……可如今，他们安在？月色依旧，魂兮归来。仔细想想，多少往事付诸笑谈，多少苍生寄予流水。该消逝的都消逝了，该淡漠的也已淡漠。是非功过，宠辱得失，悲欢离合，恩怨纷争，有哪一样不烟消云散，抵得过一抹月色的宁静！

一阵明显的风，送来花的清香。环顾四周，却并不见花，但我又的确嗅到了花香。也许，这花香是从我的心底，抑或记忆里飘散出来的吧。我推开院坝的栅栏，向左边的菜圃走去。菜圃里，满是母亲栽的蔬菜：莴苣、四季豆、小白菜……青油油的，绿得鲜嫩。几只萤火虫，爬在菜叶子上，发出蓝色的光，夜便多了几分柔情和浪漫。我蹲在菜圃中，俯耳贴近蔬菜，我仿佛听到了它们伸懒腰的声音，那么清晰，那么富有质感。我还听到了蚯蚓在泥土里拱动的声音，它们是天生的"松土工"，以无私的劳动，帮助蔬菜吸收土里的养分。

菜圃的边上，两棵高大的梧桐树，直指苍穹。其中一棵树上，筑着一个鸟巢，近看，酷似一顶倒扣的毛毡帽。巢里不时发出两声鸟叫，我猜想，那一定是我无意中闯入了鸟雀的幽梦。它们认出了我这个乡下孩子,在睡梦中向我问好。动物是极通人性的,它们也有尊严,内心孤傲,喜欢本质上朴素的人,讨厌那种满身侩气,一离开乡村就忘了祖宗,忘了根的人。

重新回到院坝,雾气濡湿了地面和草堆。一只猫,静静地卧在院墙上,身子蜷缩成一团,把温暖抱住。那种简单到极致的幸福,真让人羡慕。我们家那条小黄狗,也乖乖地睡在墙根,守着我们这座简陋的房屋,屋檐下挂着的犁铧、锄头、镰刀……

这一夜,我是活得过于奢侈了,我发现了不少自然界的细节和秘密,我重新成了一个与大地厮守的人。

三

早晨的空气,湿漉漉的,透着薄凉。远山近树,全被一层雾岚罩住。村边的古井旁,有几个人在挑水。井壁上,爬满了青苔。井口的几块条石,凹陷下去,被磨损得光滑了。历代村民都饮这口井里的水。那些曾经饮过井水的人,有的已不在人世了,而这口井还在。井里的水,依然从地心深处汩汩地冒出来,滋养着这个村庄,村庄里的植物和动物。记忆中,无论是夏天,还是冬天,母亲起床后做的第一件事,就是去井边挑水。我站在院坝边,默默地看着她肩挑两个大大的木桶,向古井边走去。那瘦削的背影,那水桶搅动井水的声音,那提水揽绳的动作,一直在我的大脑屏上放映。这是母亲给我的最为深刻的印象。多年来,她和那口井一起,植入了我的生命。每每想起,都有一种辛酸中的温暖,让我饱含热泪。我感念那一口幽深的井,以及那像井一样幽深的生活。

那口井,还是一面镜子,照过我的童年,也照过我的青春。母亲是断然不敢让我们去井边玩耍的,时刻都

水缸

提防着。只要我们一靠近井边,她就气势汹汹地从厨房跑出来吼道:远点耍,掉下去咋办。我们像受惊的兔子,匆匆逃开。母亲不在家的时候,那口井则对我们具有天然的吸引力,邀约三两伙伴,偷偷揭开井盖,趴在井沿上,朝井里丢石子。石头落水的咚咚声,曾激起我们心中无限涟漪。我们还朝井下喊话,你一句,他一句,回音悠长,伴着串串笑声。那笑声里,夹杂着乡下孩子的顽皮和率真,成长的忧喜和心灵的秘密。我们那几张稚气的脸,倒映在水面上,水一样干净。我们互相扮着鬼脸,逗自己开心。扮着扮着,一只青蛙跳入井中,打破了水面的宁静。水波扩散,起了皱褶。我们的脸也跟着破碎了,同时破碎的,还有我们的童年光景——那些简单的快乐和忧伤。

有一段时间,那口古井突然沉寂了,像一个垂暮老者,沉沉睡去。那个圆圆的井盖,像一张大饼,遮住了井下的动静,也遮住了时间和悲伤。我们从此再也不敢去井边玩耍。挑水的人们也不再去井里挑水,而是跑到村头的池塘里去挑。井变得诡异起来,远远望它一眼,都会使人毛骨悚然。这一切,源于一个孩子的死亡。那个孩子,比我们大不了几岁。一天放学后,他请求母亲为其买一双白网鞋,说学校里某某同学刚买了一双,穿着很好看。母亲没有答应他的请求,只说家里缺钱,你的学费还欠着呢,等圈里的猪喂大卖掉后再买吧,孩子也没有反驳,事情就这样过去了。待到天快黑尽的时候,孩子的母亲发现儿子失踪了。一边哭一边找,哭声惊动了村里所有人家。全村的人都在喊孩子的名字,可没人回应。最终,当人们打着火把,从古井里把孩子

房前池塘

捞上来后，发现孩子那双打起跈子的脚上，套着两只塑料凉鞋。其中一只，鞋底已经磨穿，鞋袢也已断裂，断裂处，用一条布带，缠了又缠。

孩子死去不久，孩子的母亲就疯了。疯了的母亲，常常守在井边，从清晨坐到傍晚，从傍晚坐到深夜，又从深夜坐到黎明。春去秋来，几番霜雪过后，肉体和精神的创伤，都被琐碎的生活抹平了。渐渐地，村人们又开始饮用这口井里的水。死去的人死去了，活着的人继续活着。只是，逢年过节，人们都不忘去井边烧一沓纸，上一炷香，悼念消逝的人，消逝的日子……直到另一个季节，从消逝中抬起头，缓缓走向大地。

跟古井差不多老的，是那棵黄葛树，虬枝盘错，根深深地抓住泥土。每一条根，都是一段光阴。那粗大的树干，需两个大人伸手合抱，方能箍住。黄葛树的叶子，四季长青，总是那么绿，那么沉静。你很难看到时光从它身上走过的痕迹，仿佛它永远不老，抑或它就是时间本身。曾经，在它的绿荫掩盖下，光着屁股逮蚂蚱，躬着脊背捉蛐蛐，匍匐身子掏蚯蚓的那帮顽童，个个都已人到壮年，经历了生活的摔打和磨砺，饱尝了人世的辛酸和凄楚，变得成熟，也世故了。可只有它，依然苍劲，挺拔，傲岸，坚韧。风雪压不屈它，骄阳晒不枯它，一副永远冷眼看世间的姿态。

夏日傍晚，村中的老人各自端了凳子，聚在黄葛树下乘凉，拉家常。手里摇着蒲扇，摇得很轻，很自在。渴了，就舀一碗井水，咕咕灌下肚，一身清凉。他们年轻的时候，没有时间清闲，现在老了，劳累了一生，总得留点时间给自己。他们坐在树下，围一个圈，面对一棵树，开始回忆往事——庄稼、风雨，泥土和天空，人和牲畜，繁衍和衰老……事儿还是那些事儿，今天谈完，明天接着谈，周而复始，百谈不厌。人老了，大概都这样吧，喜欢唠叨，把一件小事情重复上千遍。听的人或许早就不耐烦了，但他们不管这些，他们不需要听众，他们只说给自己听。人活到这个份上，已经没有人能够走进他们的内心了。他们唯一能做的，就是把自己交给自己，把孤单交给孤单，把衰老还给衰老，把痛还给痛。大多数的人，就这么在回忆中走完一生。

比那些老人有趣味的，是村中的妇女。中午或黄昏，她们提桶拿盆来井边洗衣服。衣服有丈夫的、儿女的，也有公公婆婆的。她们勤劳，贤惠，孝顺，有着农村妇女的朴实和善良。衣服都很旧了，有的还打了补丁，但她们的日子是快乐的，心情也是愉快的，边洗衣服边聊天，聊自己的儿子，谈自己的丈夫。当然，也少不了说说女人的私房话。说高兴了，就哈哈大笑。那笑声，像一袋种子，被风吹得四处乱飞。种子落在什么地方，就会生长出一个女人的气息和柔情。

树和女人，都是一种村庄的美学。

四

母亲在地里除草，锄头旧了，却依然锃亮。锄头是母亲手的延伸，它替母亲抵达了土地的深处。母亲信赖锄头，胜过信赖自己。锄头上，储藏有母亲的体温和汗水，欢笑和忧愁。锄头每挖一锄地，母亲的手就粗糙一次，额际上就多一道皱纹。那一块块被锄头翻挖过的土地，便是母亲一生的疆土。岁月轮回，秋收冬藏。母亲在那些贫瘠的土地上收获过高粱、大豆、小麦、红薯……也收获过炎热、霜冻、眼泪、苦痛……母亲用她收获的粮食，喂大了我，也撑起了我们这个家。但锄头，也挖掉了母亲的风华和美丽，以及女人所特有的灵秀。

我站在田垄上，担心累着母亲，劝她歇一歇。母亲头也不抬地说：累不坏。我抢过母亲手里的锄头，想帮她锄地，可手中的锄头就是不听使唤，还差一点挖到脚趾。母亲朝我笑笑，说：锄头也认人。说完，夺过锄头，重又埋头锄起地来。我一下子感到羞愧。我一直自称土地的儿子，却不想已与土地有着如此之深的隔膜。到底是土地亏待了我，还是我背离了土地呢。我摸摸手掌，被锄柄磨出的两个血泡，像两颗硕大的红痣。一阵尖锐的刺痛，火辣辣的，穿过我的手心，直逼情感而来，让我来不及防范和躲藏。凝视着母亲俯向大地的身影，我看到了一种深刻的宁静。那宁静，足以让人再活一次。

被刈除杂草的田地，粗砺，却也光鲜。我曾赤脚站在泥地上，让黏软的泥土塞满我的趾缝。那种薄凉，痒痒的感觉，值得用一生去铭记。

仍记得那些时光暗淡的午后，父母在地里辛勤地劳作，我则独自蹲在离他们不远的一个角落，捏"泥塑"。我像揉面团一样，把泥土搓成各种形状，凭想象随意造型。马、牛、狗、猫……在我的手下变魔术似地出现，简单，大写意，不饰雕琢。它们赤裸裸，我也赤裸裸。父母挖一会儿地，就扭头看看我。目光刚一触碰，就融合了，像风遇到风，像水遇到水。父母在用泥土塑造他们的生活和人生，我也在用泥土塑造我的性格和世界观。

我离开故土，已经很多年了。这许多年来，我像一片浮萍，借着一点风，飘来飘去，无根，悬浮。我不知多少次在梦里，看见父亲坐在一片山坡上，望着落日，点燃一袋烟，守着地里的庄稼；看见母亲躬着腰，走在菜地里，捉菜叶上的青虫，青虫毛茸茸的，肥胖胖的，日子过得逍遥而从容；看见我——一个浪子，游走在田野上，四顾茫茫，无所依……

没有我在的日子，母亲一定也是寂寞的，不然，她就不会每天上坡干活时，都把那头山羊带在身边。那头羊，是她的另一个儿子。山羊很听母亲的话，让它跪下就跪下，跪下后，还用嘴去蹭母亲的腿。那种亲昵，那种情分，让人动容。母亲总是用上等的青草来喂养它。羊吃饱草后，就乖乖地卧在地垄边，陪母亲干活。自己的儿女靠不住，伴着一头羊老去，也是好的。至少，不至于让自己的晚年活得那么凄凉，

锄地的老人

落寞，失去尊严。父母是儿女的另一片大地，另一个故乡，精神的根，血脉的藤。而儿女，则是父母最后的牵挂，最大的伤，最深的痛。

重新走在故乡的大地上，我想到许多的事，许多的人，有内疚，有忏悔，有难过，有感恩……我憎恨过往生活的虚假和麻木，痛惜曾为那些毫无意义的人际纠纷、尔虞我诈所消耗掉的光阴。世间没有一样东西是没有道理的，你在生活中苦苦求索所得到的，并不比你从中失去的多。日子过一天，就少一天。身后的事，终归是寂寞的，最终接纳你的，唯有大地。

卑微的鸟雀卑微的人

一

屋顶上的麻雀

我睡的屋子,有一扇木窗,窗外,是一片茂密的竹林。竹林里,常有一些鸟儿,在里面筑巢,生儿育女。每天天不亮,它们就叽叽喳喳地闹腾开了,把我从睡梦中吵醒。我躲在被窝里,仔细聆听,每一只鸟,都在喊我的名字。

我从床上爬起来,穿好衣裤,把窗子打开,想看看那些鸟雀的样子。风从窗户外吹进来,贴在脸上,凉飕飕的。一颗颗洁亮的露珠,挂在竹叶尖上,欲落未落。我擦亮眼睛,搜寻鸟雀的踪迹,却没有发现一只鸟。我很失望,转身坐在床沿上,打算钻进被窝,再睡个回笼觉。就在这时,窗外的鸟叫声越发欢快了,婉转,清脆,那种时而悠扬、时而舒缓的节奏,令大地静谧,也令人心安静。我重新伫立窗前,想看清那些可爱的精灵的身影,但它们全都躲在竹林深处,跟我捉迷藏似的,不露一下脸。要了解一只鸟,是不容易的。

母亲是最早听到鸟叫声的,她每天五点钟就起床了,是全家起床最早的一个。母亲起床后做的第一件事,是煮猪食,煮好了猪食,再煮人的早饭。在乡下,一头猪的命,比一个人的命值钱。人死了,不过是黄土一抔;猪死了,还可以卖肉。这个浅显的道理,母亲是懂得的。因此,她对待一头猪的感情,决不亚于对待自己子女的感情。

只要母亲点亮灶屋里的煤油灯,一天的日子便开始了。煤油灯微弱的光源,从墙壁的缝隙射出去,惊醒了屋后竹林里鸟窝内的鸟。一只只鸟雀抖擞着翅膀,扑打着寒冷的气流,发怒似地喊叫开了,像是对母亲的埋怨,又像是同情。我不知道母亲从那些鸟儿的叫声里,听出些什么意思没有,但可以肯定的是,那些鸟儿知道不少母亲的秘密。那些秘密里,埋藏着一个农村妇女的喜乐悲欢,爱恨情仇。

无数个黎明,我睡在灶屋的隔壁,幻想母亲在鸟叫声的陪伴下,一天天老去的情形。灶火映红她沧桑的脸庞,毕毕剥剥燃烧的干柴,烘烤着她的年轮。她一辈子的辛酸和委屈,都化作炊烟,从烟囱里飘走了,唯留下些尘埃,撒落在清晨的曙光里——那是她遗落在人世的最伤痛的爱。这种爱是伟大的,也是隐忍的,锥心泣血。

父亲总是喜欢扛一把锄头,到田间地头转悠。从村东转到村西,又从村西

清晨

转到村东,像个懒惰的闲汉。其实,父亲并不懒,相反,他是村子里最勤快的人。他除了像其他人一样耕地,种庄稼,还善于观察天空中飞来飞去的鸟雀。有时,他坐在一条田坎上,或者蹲在村头的一棵大树下,嘴上叼一杆旱烟,望着从他头顶飞过的鸟雀发呆。看得出,父亲很羡慕那些鸟,自由,欢快,往来无羁。他熟悉村子里那些鸟,就像熟悉土里的高粱和大豆。他能准确地从高空中飞翔的鸟的姿态上,分辨出是岩鹰,还是白鹭。父亲这种识别鸟雀的能力,让我吃惊,也让村子里的人佩服。正因如此,父亲在村子里,显得有些古怪,人们都不大愿意跟他扎堆,还私下给他取了个外号"鸟人"。母亲一听别人这

样叫父亲，就气不打一处来，觉得家里的男人遭人羞辱，自己脸上也无光。只有父亲对他人的谐称毫不介意，他说："鸟人"好，既是鸟，又是人；既能飞，又能走。后来，父亲完全失去观察鸟雀的兴趣，缘于他的发现——鸟无论飞得再高，也得落到地面上找东西吃，否则，它们就活不下去。

　　父亲的这个发现，后果直接殃及到我。他剥夺了我每天躲在被窝里，聆听窗外鸟叫的权利。天刚麻麻亮，他就把我从床上撵起来，跟他下地干活。他要是犁田，就让我牵牛；他要是挑粪，就让我提粪瓢；他要是挖红苕，就让我挑箩筐。我对他的安排，不能有丝毫的不情愿。否则，我的抵触，必会招致他的破口大骂。我害怕见到父亲发怒的样子，一双睁大的眼睛，充满血丝，像两盏灯泡，板着的脸皮，绷得紧紧的，要撕裂似的。有一次，我拒绝给他提粪瓢，他把扁担一扔，甩出丈多远，粪桶里的粪水溅满了他的脸和我的脸。他举手就给我一耳光，骂道：干不来农活，你娃就只有饿死。别他妈指望变成天上飞的那些雀雀儿，飞得越高，摔得越惨，还是格老子实在点好……

　　父亲的打骂并没有终止我对鸟雀的热爱。我跟着他去田地干活的路上，眼睛始终注视着路两旁树林里那些上蹿下跳的鸟儿，它们那梦幻般的叫声，早就把我的魂给抓走了。跟在父亲屁股后头的，不过是一具躯壳。

二

　　在村庄里，像我一样爱鸟的孩子，还有很多。每天太阳落山的时候，我们就相互邀约，去坡上割草。等背篼里装满草后，我们就躺在某块麦田，或者胡豆田里，看一只只不同形体、不同颜色的鸟雀，沿着低空滑行，寻找晚餐。夕阳染红它们的身影，也染红我们的身影。看着看着，仿佛那飞翔的每一只鸟，都是我们的化身。我们正处于一个虚拟的高空，俯瞰着生养我们的这块土地，土地上吃草的牛羊，生长的麦子、豌豆，以及那一座座破败的茅草房，草房上升起的洁白的炊烟……

　　孩子们都哭了，为一群鸟雀，还有鸟雀无法承受的寂寞和空虚。哭得最凶的，是小李子。小李子比我大两岁，是这群孩子里头最懂事的。每次，当我们这样躺在地上观看鸟雀的时候，他就会情不自禁地想起他死去的父亲，以及陪伴了他父亲多年的那只麻雀。那是一个令人心碎的夏天,小李子的父亲为了给他挣学费钱,去镇上一家砖窑厂搬砖。在一次出窑时,他双脚踩滑,掉进了窑里。幸亏抢救及时,他才躲过一劫,活了下来。但从此,他失去了双腿和右臂。一个精干的男人,就这样给废了。小李子的母亲被家里的惨境,几次逼到轻生的地步。最终她都是担心自己死了,留下小李子在阳间受活罪,才咬咬牙,挺了过来。村子里的人,都非常同情小李子一家的不幸遭遇。农忙的时候,一些青壮劳力都主动去帮他们家抢收。逢年过节,左邻右舍的姐妹们,还给他们家送去猪肉、南瓜、糯米等食物。小李子的母亲,望着来帮助他们的人,泪眼汪汪,在院坝里长跪不起。那种冷冷的温暖,沉甸甸的,真是让人难受。一日三餐,小李子和母亲轮流照顾他的父亲,喂饭,送水,接屎端尿。小李子的父亲看着他们娘俩忙碌的身影,满心愧疚。他曾无数次劝说小李子的母亲改嫁,带着儿子一起。他说:"你们娘俩的日子还长,不要守着我这个活死人,不值得。"说得一家人都抱头痛哭。小李子怕父亲想不开,给他些安慰,就偷偷地编了一只鸟笼子,又跑去后山的树林里抓来一只麻雀关进笼子,放在父亲床头的柜子上养起来,逗他开心。就这样,那只麻雀陪伴着小李子的父亲,小李子的父亲,又陪伴着小李子的母亲和小李子,走过了一个又一个春天和冬天。但人的命运总是那样难以说清楚,该发生的事情,到底还是发生了。小李子的父亲在一次醉酒后,把身上的被子放进了地上的火盆里。当小李子和母亲匆匆从坡上赶回家时,熊熊的大火已经吞噬了他们家的草房子。大火熄灭后,人们从灰烬里掏出来的,只有小李子父亲那一团被烧焦的肉躯。小李子曾经亲手编的那只鸟笼子,还有他亲自抓的那只麻雀,都一同随着他父亲的灵魂,化为了尘土。

  我们必须学会不哭。在我们这几个孩子当中,雪梅是最坚强的,别看她是个女孩子。当其他人都在羡慕鸟雀的自由时,只有她在担心鸟雀飞得累不累,会不会有人那样的孤独感,遇到痛苦的事情,它们是否也会流泪?雪梅已经是

一线天

她父母生的第三个孩子了。她的父母一直想生个儿子,可偏偏天不遂人愿,一连三个生的都是丫头。雪梅的大姐一出世,就遭到父母嫌弃。待其长到七八岁时,就被天天赶去坡上干活,回到家里,还得承担洗衣、做饭等事情。要是有一点做得不满意,父母又是骂,又是打。她右脚的踝关节,曾被她父亲用板凳砸断过,从此,她便成了个跛子。等到雪梅二姐降生的时候,她大姐的日子就更惨了,每天照常干活不说,还得义务肩负起照看妹妹的责任。她们的父母为了生儿子的事,经常吵架,闹得一家人鸡飞狗跳,不得安宁。他们基本不怎么管孩子,只要孩子还有口气,不至于饿死,就心安理得了。雪梅的大姐因为有了自己的切身经历,她非常同情妹妹的处境,并已经看到了其未来在这个家庭里的辛酸,故她总是十分善待自己的妹妹,冬天怕她冷,夏天怕她热。雪梅的大姐想:既然命运安排她们出生在一个家庭,成为姊妹,就应该相互怜悯,彼此温暖,血总比水浓。但越到后来,雪梅的大姐实在无法忍受父母对她们的冷漠,在一个刮风的下午,她带着妹妹从村子里失踪了,至今音信杳无。

安静

雪梅的父母对她,之所以比对她的两个姐姐稍微好一点,完全在于他们对两个失踪女儿的歉疚,再加之村里人对他们的指责,觉得良心上过不去。尽管如此,他们对雪梅仍未给予足够的关心和疼爱。他们的主要心思,仍旧放在生儿子上。雪梅喜欢和我们在一起玩,把她内心的秘密说给我们听。她给我们讲她父母的残暴,也给我们讲她父母的可怜。我们问雪梅:"恨你爸妈吗?"她低头沉思良久,然后,抬头望着天空中的鸟雀说:"恨有什么用,谁让我是他们生的呢!"

雪梅的父母希望她能早点嫁人,给家里挣些收入。在我们村,女孩子只要满了十六岁,就有媒人来提亲了。即使媒人不来,家里的人也会主动找媒人张罗的。他们想,姑娘家迟早都是别人家的人,早嫁晚嫁都是嫁,何必要白白地替别人多养那么几年呢,纯粹是糟蹋粮食。雪梅的父亲跟她讲一回嫁人的事,她就反对一回。雪梅跪在父母面前说:"妈,爸,别让我那么早嫁人,行吗?"语气近似哀求,但自始自终,她没掉一滴眼泪。

鸟继续在天空上飞翔,我也在飞翔,雪梅也在飞翔,小李子也在飞翔。雪梅真正的愿望,其实并不是做一只鸟,而是成为一棵树。她说:"做一棵树好,风吹不倒,太阳晒不枯。"雪梅是善良的,她梦想成为一棵树的根本目的,还是为了鸟。她想让那些在天空中飞累了,或者迷失了方向的鸟雀,都能来她的树冠里遮阳,避雨,筑巢。她想让自己这棵树,成为鸟雀的乐园,鸟雀的天堂。只要鸟雀们快乐,她也会很快乐。

但雪梅又是单纯的。人的一生,很多事情,总是由不得自己安排。就像一群鸟,总会被大风吹散,总会被寒冷冻伤。雪梅终究还是嫁人了。她出嫁的时候,还不满十六岁!

三

我对父亲的言听计从,令他颇为得意。他将自己先前对鸟雀的兴趣,渐渐转移到了我身上来。跟一只鸟相比,我更实际,更容易掌控。我是父亲圈养的一只鸟,我逃不出他的视线,逃不出哺育我的村庄,逃不出我的命。

母亲或许是唯一关心我的人。她只要看见父亲指使我干这干那的时候,就会给父亲递一个眼神,然后,轻言细语地说:"娃还小,别伤了他身子骨!"父亲对母亲的劝告无动于衷,照样我行我素,一副家庭主人的傲慢做派。但只要父亲一转身离开,母亲就立刻上前夺下我手中的活儿,由她帮我干完。

有一年夏天,我跟着母亲去地里收割麦子。毒辣的骄阳炙烤着大地,金色的麦浪随风摆动。母亲蹲在麦田里,专注地割麦,汗水泡湿了她的前胸和后背,麦叶子把她的脸和手都划出了血痕。我跟在母亲身后,捡漏掉的麦穗。也许是天气炎热,我的心里有些焦躁,一种悲愤的情绪使我对正在干着的活感到厌倦。我把手里的篮子一甩,麦穗撒得满田都是。母亲停下手里的活,回头看了我一眼,没有说一句话,又低头继续割麦。我坐在麦田里,心空虚得难受。就在我沮丧到极点的时候,我发现麦丛里有三五只麻雀,在跳来跳去,抢夺麦穗。其中两只麻雀,为了争嘴而打起架来,被扯掉的羽毛落在地上。我的好奇心一下子被吸引住了，我真不明白，偌大一块麦田的麦子，难道还填不饱两只麻雀的肚子吗？它们竟然还要为一束麦穗，争得头破血流。有的麻雀更大胆，干脆直接把窝筑在麦丛里，让它们的一家大小都能丰衣足食。这些麻雀们，不但不劳而获，剥夺了别人的劳动成果，还不懂得珍惜，同室操戈，手足相残。

母亲是大度的，也是宽容的。她既然能够忍受我的暴躁，自然也能忍受几只麻雀的刁蛮。况且，即使那些麻雀不来偷食田里的麦子，她的收割也无法填满我们家那个空乏的粮仓。

鸟影

我突然同情起母亲，也同情起自己来。我是不是也在剥削我的母亲，以致手足相残呢？我从地上站起来，重新将撒掉的麦穗捡到篮子里。母亲已经割完了田里的麦子，正在打捆。她看到我在捡麦穗，仍然不说一句话。等捆完了割倒的麦子，她就过来帮我捡麦穗。那个闷热的午后，我和母亲共同经历了一场苦役。

和鸟雀在一起生活的时间长了，就会发现它们生存得不容易。每年冬天，我和小李子都能在村头的树林里或山坡上捡到从天空中冻落下来的鸟。小李子只要一见到被冻死的鸟，就倍感伤心。整整一天，他都不说一句话，一个人默默地承受着内心巨大的痛苦。我们都不知道那些死去的鸟，都来自于哪里，也许是从山的另一边迁徙过来的，也许来自某个遥远的地方。总之，它们在飞行的途中，遭遇到了不测。它们死于飞翔。说不定，那些死去的鸟，曾在某一个清晨或傍晚，与我们相遇过呢。我们曾亲眼目睹过它们那翱翔蓝天时的美丽身影，它们也曾看见过我们背着背篓，坐在田野上望着落日发呆的模样。我们都在各自的世界里打量和羡慕着对方。

有的鸟雀的尸体，一落到地上，就被贪吃的野猫或黄鼠狼叼去果了腹。幸运的，尚能留下一点残剩的骨头。大多数情况下，皆是尸骨无存。即使留下一地凌乱的羽毛，也会在短时间内，被大风吹散。每当我们看到地上沾满鲜血的鸟雀残骨时，心里就一阵阵发憷。仿佛那些骨头，是从我们身上掉下来的。小李子说:"鸟和人一样,也是一条命。"为让这些已经消失的生命能有一个好的归宿,我和小李子去后山一块能避风的草坪上,挖出一个个土坑,把那些可怜的鸟儿埋葬了。每安葬一只鸟,我们就用竹块在坟前插一块墓碑。墓碑上还刻着我们替鸟儿取的名字。我和小李子一人取一个,都跟着我们姓吴。小李子平常喜欢山菊花,就给鸟取名吴山菊。我则喜欢天上的云朵,就给鸟取名吴白云。

我们一直相信,鸟雀也是有灵魂的。有时候上坡割草,从埋葬鸟雀的草坪路过,我和小李子都要走过去瞧瞧,在草坪上坐一坐,陪它们说说话。我相信我们所讲的话,它们是能够听见的。小李子还用竹管做了一支短笛,能发出类似于鸟叫的乐音。我们每次去看鸟,他都要掏出笛子,吹上一曲,算是对鸟雀的祝福,也是对他死去的父亲的祝福。

地上觅食的鸟

我们也有疏忽的时候。一天下午,我们在树林里发现一只受伤的画眉。它的两条后腿均被折断,匍匐在地上,翅膀奋力挣扎着,两只眼睛蓄满了泪水。我怕弄疼它,轻轻地将之捧在手心。它或许受到了惊吓,一扇翅翼,摔到地上,晕了过去。小李子赶紧从他的衣服上,撕下两片布条,将它的断腿缠住,捧回了家。我们原本是要为它疗伤的,哪知道,天刚擦黑,它就奄奄一息了。我和小李子都深感愧疚,我们匆匆跑去后山的草坪埋葬完画眉回来,已经看不清路了。第二天一早，当我们再次跑去看那只画眉时，眼前的情景让我们吃惊。由于昨晚赶时间，我们把坑挖浅了，画眉已经在夜里被野物刨了去，只剩下一个空空的泥坑。我和小李子相拥而泣，伤伤心心地哭了一个早晨。

四

没想到，可爱的鸟雀，也能给人带来不祥和恐惧。

有一段时间，不知从哪里飞来几只乌鸦（我们那里平常是很少见到乌鸦的），在村庄上空盘旋不去。等到半夜里，它们就栖息在村边的洋槐树或柳树上，放声大叫。叫声传得很远，浑厚而苍凉。那种阴惨惨的调子，使整个村庄都笼罩上了一层恐怖的氛围。每一个躺在床上的男女老少，都听到了由这种鸟所传递出来的不祥的信号。我躲在被窝里，身子缩成一团，双手紧紧地捂住耳朵，背心直冒虚汗。第二天天刚亮，小李子就跑来问我："你昨晚听见鸟叫没，怪吓人的，我妈说，村子里怕是要出啥事情了。"大人们白天一碰面，也都在议论夜晚鸟叫的事。我父亲说，还是在他小的时候，听见过这种鸟叫。结果那一年天大旱，田裂开一两寸宽的缝，家禽和人都死了不少。

也许是出于对其他鸟雀的认识，我和小李子并不相信乌鸦这种鸟，真就那么邪乎。为了验证自己的想法，我们邀约了村里胆子大的几个伙伴，去村边活捉乌鸦。我们商量出了好几种捉乌鸦的办法，火把也准备好了。就在我们去

观望

风俗风情 FENG SU FENG QING

恋旧

捉乌鸦的前夜，村里传来的一个噩耗，彻底摧毁了我们的行动——村头的黄婶摸黑去岩洞里背柴，掉下悬崖摔死了。这起突发事件，使村人们格外惊诧，都说黄婶是中邪了。说来也真是巧合，就在黄婶出事的当晚，那几只乌鸦居然神秘地从村庄里消失了，再也没有出现过。

我始终不相信，黄婶的死跟那几只乌鸦有关。小李子也不信。但大人们是相信的。我和小李子仍然喜欢在夕阳西下的时候，去后山上看天空中飞来飞去的鸟雀。看一回鸟雀，我们就飞翔一回，也成熟一回。

有一种鸟，是村子里人人都喜爱的，那便是燕子。不知人们为何对它情有独钟，视为吉祥鸟。燕子对人类也极其信赖，总是把巢筑在别人的堂屋里。每到燕子飞来的季节，村子里的每户人家，都敞开大门，欢迎燕子入住。要是燕子能在哪家住下，那家的主人一定会非常高兴，这预示着他们家来年将有喜事盈门。但燕子是鸟类中脾气最怪，也是最通人性的一种鸟，它若是造访一户人家，往往先要绕着堂屋转上三圈，了解一下这家人的大致情况。比如，是否勤劳，是否讲究卫生等等。若情况令它满意，它便住下；若不满意，它便唧唧呱呱地吵上一阵，头也不回地飞走了。

我们家很多年都没有燕子光顾了，父亲为此大为恼火。他把这种烦恼，统统算在我的头上。这么多年了，我这只一直被他圈养的鸟儿，既没能承载他的梦想，也没能放飞他的希望。我不过是他失败人生的另一个翻版。

父亲大概是彻底对我失望了，在我十六岁那年春天，他让我跟着姑父去外地学做木工。那是我第一次离开家，离开村庄，离开亲人。后来，据母亲说，我走后不久，家里就来了一对燕子，还产下一窝幼崽。为此，父亲兴奋了好长时间。

活着，是一笔债

　　这是一个发生在我家乡的故事，文中的"我"自然不是本人，她是我的叔婆，叔婆不识字，但她的内心却是那样柔软、细腻。面对生存的重压和精神的疼痛，她除了忍耐，还是忍耐。

　　我愿用我手中的笔，为她代言——

一

　　凌晨五点，我就醒了。最先醒的，是我身体上的那根骨头。自从那次拣煤时，山体塌方，压坏了我的腰椎，疼痛就钻进了我的体内，像一只冬眠的虫子，把我衰老的皮肉当做免费的"美餐"。当然了，疼痛还是很讲情义的，我用自己的血肉喂养了它，它为了报答我，每天黎明，就准时从我体内的伤口爬出，催我起床。

　　即使疼痛不催我，我也会主动起床的，小孙子还等着我给他做早饭，吃了去上学呢。昨天他就是因为上学迟到，挨了老师骂，回来向我哭闹。我给他说尽了好话，他仍然不依不饶，比躲在我体内的疾病还顽固。有时，他还会给远在异乡工地上的父母告状，说我欺负他人小。最终，他父母少不了又要在电话里对我一番埋怨，末了，还不忘在我的伤口上撒一把盐。

　　我怀疑咱俩究竟谁是谁的"子孙"。

二

　　今天，是我的生日，我已经六十七岁了。活了一大把年纪，自己都不知道自己是怎么活过来的。没有人记得我的生日，除了躺在床上瘫痪了一年的老伴。年轻时，我将自己的生日都给了儿女，这是做母亲的义务。儿女是父母挂在额头上的灯盏，灯亮着，父母的生活才不会荒芜和孤单。

我的心是隐痛的，像长满了刺，年轮每增加一圈，刺就多出一颗，那是生活馈赠给我的礼物。其实，我明白，这种隐痛是要提醒我：有儿女在，疼痛也是一种幸福。

以前，都是老伴为我过生，他是我今生欠下的另一笔债。老伴心疼我，我每次过生，他都会偷偷地给我煮一个鸡蛋，然后，流着泪俯在我耳边说：头上又长角了，好好活吧，要是没了你，我的一生等于零。

可怜我的老伴，一生未去过远方。那次他扛着铁锄去山坡锄地，还没下锄，毒辣的太阳就将他烤软了。不能说话不能动弹的他，在床上一躺就是一年。我知道，老伴的一生，都是躺着过来的。

躺在床上的老伴越来越瘦，似村庄里越来越贫瘠的土地。

留守儿童

我默默地站在床前守着他，泪水打湿记忆。床上躺着的，不止是老伴，也有我的影子。

三

我的背篓里还没拣到几块煤，天就黑了。天黑得很快，像生命的衰老。事实上，我的一生也没拣到什么像样的东西，除女儿出嫁时扔掉的几件破棉袄，儿子结婚时抛弃的两双旧胶鞋，我连前半生的影子都没找到。

垃圾堆里的煤越来越少，拣煤的人越来越多。寒冷冻僵我的腿，我看不见寒冷是从什么地方漫过来的，也许，它来自我身体内部。我所拣到的那点煤，已不能再温暖我那几根生锈的骨头。煤燃烧散发出来的能量，只能供家里煮两顿饭，替老伴烘干被尿湿的裤子。偶尔有所节余，就拿去卖，为孙子换回几个零花钱。

回家的路上，视线中的村庄很安静。很多人都睡下了，没有人敢待在野外，怕寒冷把自己冻伤。

我不怕冷，我知道，冬季很快就会过去，冬一过，就是春了。遗憾的是，我生命的冬天已经来临，我看见自己的魂魄裸露在寒风中，瑟瑟发颤。

四

孙子在夜半说胡话，不停地喊："妈妈、妈妈"。我急坏了，孙子的命比我的金贵。他的呼喊一声强似一声，恐慌水一般弥漫。

孙子也不容易，三岁起就一直跟着我，四年里总共见过父母两次面。他每天都在回忆父母的样子，一会儿说他妈妈像隔壁的春婶，一会儿说他爸爸像邻居李二爷。他常常一个人站在村口，抬头凝望远方，把村头一条笔直的路望成一个三角形的码头。

孙子的额头很烫，像他的年龄，但他幼小的心肯定很凉，"妈妈、妈妈"，每一声喊，都是一道伤。

拣煤渣的妇女

我颤抖的手从抽屉里抓出一团皱巴巴的纸，像抓住一根救命稻草。那上面的号码是一条血缘之藤，拴着从我身上跑掉的一块肉。电话通了，儿子在暗夜中的声音微弱而短促：娘，娃小，病要想法治好。

当我扛着孙子连摔带爬来到乡卫生所时，黎明正从我的喘息中醒来。医生揉着惺忪的眼说："再迟一步，情况会更糟。"

那一夜，比我的一生还要漫长和难熬。

孙子的病好不容易痊愈了，我心中的病正在潮水般膨胀。

为给孙子治病，圈里少了一头猪和一只羊，家里仅剩一个饥饿的粮仓。

我遇到的留守儿童

五

女儿回来看我，说他哥在工地上干活时被钢筋砸断一条腿。怕我伤心，儿子儿媳隐瞒了实情。女儿的泪水流尽了我一生的委屈。儿子离开村庄时，记得我曾告诉过他：万事小心，城市终究是别人的家园，你的脚沾满泥巴，作为一个农民的儿子，你的根上长满庄稼。可儿子到底还是没听我的话，他总是把我一辈子说的话，当做耳边风。

听女儿说，儿子出事后，包工头怕承担责任，躲了，像一阵风，瞬间匿迹。包工头跑后，儿子的痛苦成了一个笑柄。媳妇心不甘，在工地上喊冤鸣不平，像一个疯子，在招揽看客。工友们躲在角落里，窃窃私语，惟恐大声嚷嚷会惹怒监工，不发给他们回家的路费。

我唯一能做的，是去村头的庙里烧炷香，祈求我流浪在外的儿女不再流浪。

　　孙子又开始在每天夜里叫：爸爸……妈妈……这次他没有生病，他的叫喊是一只幼鸟在呼唤父母归巢。

　　老伴似乎也知道了儿子出事的消息，两只凹陷的眼眶装满了浑浊的液体。

　　我每天都过着提心吊胆的生活，我担心——我那苦命的儿子，在腿断之后，还能否找到回乡的路。

六

　　老伴走了，走得很平静。他的痛苦终于得到解脱。他从倒下那天起，就已经死过一回。只因舍不得我，他才重新活过来，分担我的苦痛。

　　柴房里置放的那口棺材，散发出檀木的淡香，那是他几年前亲手打制的。他做事总是那样积极，人还健在，就对后事做了预算和安排。当时我说，咱俩谁先走，谁就睡那口匣子。他说，想得美，我肯定比你先行一步。他的预言果真灵验，他履行了自己的承诺，就像他一辈子对我的呵护和关爱，从未变过。

　　也许是我没能照看好他的儿子，让他伤透心，他才狠心撇下我，撒手西去。留下最后一段路，我一个人走。

　　也许他是心疼我，怕我过生日时，再没人煮鸡蛋给我吃，才提前去到另一个世界，先把鸡蛋煮好，等我过去。

　　儿子拖着残腿匆忙

叔婆

赶回来时，老伴早已入土为安。他的心还是那么善良，他不想让儿子看到自己的狼狈样，他一生都没给子孙们丢过脸。儿子爬在土堆上，嚎啕痛哭，他第一次发现躺倒的父亲也是一道梁。

老伴走后，儿子又去了远方。他怕自己残废后的单腿走不了多远，就把我的孙子也一同带上。他说，乡村到城市的路很长很长，需要一辈人又一辈人不间断地走，才可能望见城市的曙光。

七

儿子带孙子走了，我最后的任务就是替他们守住这几间破旧的空房。我怕他们哪天万一走累了，或者被城市的巨手赶出门外，返回村庄时，也不至于没一个遮阳避雨的地方。只要有瓦片的地方，就有根在。有根在，就可以播撒种子，种谷子，种高粱……重建家园，孕育生命的胚芽，等待收获的喜悦。

即使哪天我也走了，我就将坟堆和老伴的垒在一起，共同守着这片土地，直到离开土地的人重新回到土地上来。

不过，目前我尚活着，也只是活着而已。

活着，是一笔债，从地狱到天堂，也未必还得清。

一个乡村孩子在城市的游走

一

城市是一个张大欲望嘴巴的胃,它的任何一种表象都凸显出饥饿的本质。速度和节奏是它跳动的心脏,在它繁荣景象涌动下的生活,充满金属的质感和纯物质的姿态。疼痛再一次袭击脆弱的事物——在陌生的城市。

沉潜是一种类似于爬行的生活。裹挟在喧嚣与浮躁,金钱与酒香的城市生活中,农村人的尴尬暴露无疑。身份带来的隐痛,像胎记,烙下无法消除的疤痕。于是,我只能长时间处于漂泊或流浪的状

我就是从身后这条石板路离开家的

态,从城市的夹缝中去寻找自己渴求的方向。在这个不属于我的地域,我的存在,就像一只从某个偏僻地方背负着理想的壳的蜗牛,爬到这个完全陌生的城市。我唯一需要的仅是借它的一个角落避避风沙,躲躲阴雨。我所关心的,是如何才能在这利益膨胀与变幻迅捷的现代化生活流程中,找到属于自己的那一双歪扭的脚印,然后,辨认出回家的路线。

一座城市是一个美丽的寓言。在下了雨而显得寒意袭人的清晨,拥挤的公交车暗示着对通道占有权的争夺。车厢内因刹车而左右摇晃的头颅,像一群群移动的蚂蚁,沉闷而焦急。车上的人群大多数是普通的上班阶层,在工

薪族里，真正的贵族或精英阶层是不会挤公交车的，他们需要自己隐秘的私人空间。一座城市的底座往往都是由草民垒筑的。

看着驶向这座城市不同方位的公交车，视线里闪现的都是些变幻的情景，消失的事物和再现的事物交替重现。我的目光就在这些物与影的变幻中飘移不定。

寻找是一种期待，眺望是一种情殇。每天，我就像一只甲虫，从早到晚，轻若无声地潜行于城市的大街小巷，渴望能在某个公司或工厂里看到自己的身影。其结果是没有任何人认识我，就像我不认识这里的任何人。在别人的城市，我唯一学会的就是——接受或遗忘。

二

记得告别家乡来城市的时候，母亲含泪对我说："出去好好干，等有了钱，妈也享福。"听着这位平常沉默寡言的普通农村妇女，对即将远行的儿子语重心长的嘱托，看着她凹陷的眼眶里闪烁的泪花，那一刻，我知道了乡村通往城市道路的漫长，以及我这双裹满了泥巴的脚，将在这条路上日夜兼程地行走的艰难。我感到自己像一尾在水里挣扎疲累而跳上岸的鱼，拖着受伤的身躯向着遥远的大漠行进，去寻求那传说中的清泉。

火车像一根长长的铁索，在一个冬日的上午，捆绑着我以及我的梦想，一路前行。一个人上路的感觉煞是孤清，寂寞稀释着内心温厚的力量，车厢内坐着的每一个人都缄默不语。人与人之间的隔膜，暗示出这个社会永远无法被人识破的神秘迹象。即使火车上满脸堆笑、热情厚道的服务生对每位乘客都彬彬有礼，耐心伺候，却仍给人一种虚假甚或矫情的成分。

车窗外快速变幻的风景，是时光消逝的斑驳。初冬的霜气凝结在车窗玻璃上，像一堵迷蒙的墙，模糊着对未来的想象。一切记忆都在退去。车厢内的喇叭里反复播放着一首歌曲——《离家的孩子》。"离家的孩子流浪在外边，没有好日子也没有好烟，好不容易找份工作辛勤把活干，心里头流着泪脸上流着汗……"曲调的冷寂加重了车厢内气氛的岑寂，让在路上的人，找到了一个精神上的同侣。

旅途的漫长催生了睡眠的苏醒,在歌曲的感染下,我渐渐进入了梦乡。迷迷糊糊中,我又听见母亲在对我说:好好干,等有了钱,妈也享福。我还看见母亲背着一个蓝印花布的帆布袋,拉着我的手,走在一条没有尽头的道路

在江南思故乡

上——那是一条通向城市的路。

当我醒来的时候,我已经置身在了一个名叫北京的城市。它即是我不远千里投奔其怀抱,以期实现人生梦想的驿站。

三

无根的人宛若空中游移的云朵,永远处于悬浮的状态。惟有漂泊者最有资格谈四海为家、浪迹天涯这类暗含创痛的词汇。我蜗居的屋子是一间陈旧泛潮,昏暗而逼仄的木式建筑。屋子有一个狭窄的阳台,阳台上堆满了破旧的杂物:桌椅、沙发、落满灰尘的梳妆台、几双长颈女式高跟鞋……房间里除了安放着一张单人床和一张半新旧的写字桌外,几乎没有剩余空间。墙壁上贴着一张刘德华的演唱会海报,华仔俊俏的脸庞被房子的前任主人用烟蒂烧出一个大洞,像一道生活的暗伤。蜘蛛网挂满床头,霉味在屋内每一个角落弥

漫。估计有些时日没人住了，不然，房东也不会以400元每月的价位出租给我。

流浪的人就像迁徙的候鸟，哪怕寻得一枝可供栖息的枝杈，也是一个温馨的巢。房子是心灵的港湾，梦想的温室。躲进这间火柴盒似的房间，我获得了无限丰富的想象的灵感。我猜想这间屋子原来的主人是一位有着张爱玲般细腻的才女，抑或是戴望舒笔下那结着愁怨般丁香一样的女子，甚而是聊斋先生笔下一个狐媚带着仙气的靓颜。如斯，在别人的天空下，能够沾得某位红颜遗留下来的粉尘和香气，也算增添了一缕生活的情趣。

事实上，在繁华的大都市，居住环境代表着地位，等级观念像街道上的斑马线，界限分明。人类的移位或

阳光从头顶照下

错位现象，是一个没有答案的谜底。和我居住在同一条街道上的人群，统统被称作"草根阶层"。尽管他们身体里流着与本城土著居民一样的血质，但他们的脸上却每天都贴着一枚标签在生活：油漆工、厨师、保姆、瓦工、皮鞋匠、流浪诗人、保险推销员……这些人大多来自远方，从经济落后的地域闯入大城市的流浪者，以出卖廉价的体力和智商获取维生的资本。他们的生活混乱，僵硬，刻板。

自从住进租来的小屋，我便成了"草根部落"的一员，每天早晚，随时都能碰上一两个蓬头垢面、衣衫肮脏的人在这条街上匆忙行走。我不敢想象这其间的哪一个人将会是往后的自己。偶尔，耳畔传来城市人嗓门粗犷的叫骂："走开，下力棒。没长眼，在街道擦鞋"……心里总会涌起一股酸涩。倘有一日，这些所谓的"草根人群"突然之间从城市消失，像逃窜的蚂蚁，匿踪掩影，相信，城市人又会觉得一下子像失去了一条腿或一只手臂般惊慌无措。

"草根阶层"——城市的靶心，在命运的尴尬中存活。

四

在北京，我最熟悉的地方是人才市场。这是我隔三差五就会去光顾的场所，它是中国劳动力群落的一个集聚地。走进这里的人，大多是游离于社会体制之外的人群：大学毕业生、退役军人、下岗职工……"适者生存""新优劣汰"理论在这里得到了充分的体现，人人都渴望通过这里捞得一根救命的稻草。目睹长龙似排队的人流，听着充塞双耳的喧嚷人声，我感到压抑。而寻找的失望，又使一双双充满焦渴的目光，多了一种尖锐的忧郁。

我像很多人一样，手里捏着一张自荐书，上面写明了自己的学历、经历、特长、荣誉……嘴里不停地推销着自己——自己充当自己的解剖者，力求花最短的时间让他人充分了解自己，像一个嫁不出去的丑女子急于替自己找婆家。然后，渴望从面前正襟危坐的考官们那冷峻的面部表情或眼神里，获得一丝对自己的肯定。这样，把自己"卖"出去就有了某种可能。在求生的路上，作为独立的自己，是不存在的。

人才市场澎湃着生活的激流。每填完一张表格，就获得了一次虚拟的等待。主考官如出一辙混含希望与渺茫的沉重回答"听候通知"，让我看到自己在异乡大地上摇曳的身影。城市的阳光再一次将我这来自山野的草芥烤成灰烬。

黑夜伴随恐惧降临。伫立蜗居房屋的阳台上，看着万家灯火次第亮起，劳累一天的人们放松了紧绷的神经，带着妻儿老母，在自己的城市诗意地漫步，我倍感悲伤。城市只生长城市人的梦。失眠牵扯着内心的思念，灯火在冬天的城市中闪烁，我听见自己的影子在说：有位远在山村的母亲正遥望着儿子远行的方向虔诚祈祷或暗自痛哭。

我内心的灯盏，能否在天亮之前，领我抵达预期的领地？

五

等待丧失了一个人对未来生活的信心。一个月的时间似流星从天幕划过。

当我在人才市场所填的每一张表格均泥牛入海后，我决心通过自身的力量去寻求春天的歌声。我要用自己弱小的指头敲开公司坚固的大门，然后，以站立者的形象出现在某个公司的门口。

城市是一台高速运转的机器，生活在城市里的所有人都是这台机器上的一个零件，维护着机器的正常运转。我仍旧不知疲倦地跋涉在寻找自己方向的路上，带着迷茫的目光，在城市中心孤清地徘徊。身体像一间搬空了家具的房间，空虚而轻浮。穿梭在城市的大街小巷，我在感受着城市的繁华时，也窥到了它繁荣表象下的另一面：好几次，我在沿街走着的时候，一个老妪或一个小孩跪在街沿拦住我要钱，满脸黝黑，神色憔悴，他们看见我半天没表示，表情似跟他们一般沧桑而无奈，也便未久作纠缠。在一个书店门口，我曾目睹一

江南水乡

中年男子不停地向行人推售一种壮阳的药品。不远处的磁卡电话罩下，有人正向罩壁上贴办文凭的广告。有时，还能偶见一对学生模样的男女，坐在街边的铁花椅上，相拥热烈地接吻。大胆的行为呈现出现代人对传统爱情观念的颠覆，和对新时代爱情观念的诠释。尽管周遭时有诧异的目光投来，但爱情到底象征着生活的勇气。这让我想起来城市之前，朋友给我介绍了一个女朋友，但终因自己无钱为对方买一条手链而作罢。

每天，这座城市的生活秩序占据着我的视线和思维，大脑乱麻一团，让人分不清它所带给你的真实和虚无。唯一给人的感怀，便是世界真的很大，大得让你忘记了自己是谁。

每敲开一个公司的门，都会见着一个时代浪潮尖上的职业管理者，他们仪表堂堂，博学儒雅，一副居高临下的派头。这让我联想到骑在马背上骁勇善战的将军形象。他们都是当今社会诸领域叱咤风云的人物——针尖上的舞蹈者。

我与他们面对面坐着，用谦卑的态度展示自己在某方面的才艺：口才、交际能力、文化素养、气质魅力、工作经验……最终，像一个犯了错的小学生，耐心而温驯地接受老师的审判。

在一个城市的中心，处处都有一种被陌生人鄙视的感觉，窘态和狼狈，像达摩克利斯剑，高悬在你的头顶。奔劳之后的人体就像一块被人嚼过的棉花糖，体内的糖分被这个城市吸干。我在寻找方向的途中迷失了方向。每次，从一间办公室里兔子般灰溜溜逃出来后，内心总被冰冷灌满。那时，我是多么渴望能有一个男人或女人，朝我微笑、颔首，理解一个漂泊男人的忧伤。

短短三十几天时间，使从来不是一个怀疑主义者的我，有一种从青年跨入中年的心理状态。这更加证明了我不属于这个城市，以及被这个城市边沿化的不可抗拒的事实。

六

跑调的音符终是融入了城市的大合唱。我最终被当地一家报社所接纳，他们愿意为我提供一环冲刺的跑道。心中微弱将熄的火苗重又恢复了燃烧的欲望。这意味着我将从此结束寻找方向的奔波。从乡村带来的种子，终于找到了可供播种的土壤。

报纸是一家时尚类刊物，以中青年读者对象为主，在当地颇有些影响，发行量逐年上升。主编是位河南人，三十来岁，当年，他也曾是跟随漂泊族遗落在北京的一粒外乡的种子。历经生命的碰撞和沉陷，最终凭借自己坚韧的力量，在异乡的土地上开出了希望的花朵，并结出了理想的果实。因为他的先进创业事迹，听说曾被中央电视台专题报道过。一个打工者的人生轨迹无形中拓展了我视野的边界，让我更清晰地看到自己脚下的道路充满了阳光。

我每天的工作是负责一个情感类栏目的专题策划和组稿，工作性质使我成了城市里一只夜行的猫。我总在某个月明星稀或夜幕深浓的夜晚，匆匆赶赴某个咖啡厅或音乐茶座，去见一个事先预约好的采访对象。这些对象以女性为主，年龄多在二十五至四十岁之间，姑且可称她们为有闲阶层或小资一族。她们拥有自己的事业，手里攥着大把的钞票，坐着名牌的轿车，住着别墅式的楼房。她们像是这座城市的夜莺，蹲在别人只能仰望的高度歌唱。但她们又是一个硬币的两面，成功的人生并不代表情感的丰润。内心世界的郁愁正张开吸盘吞噬着她们体内的灵气。因此，她们无一例外都嗜好两样带精神刺激的东西：酒和烟。前者是使她们的心智达到沉迷或疯狂的药液，后者是使她们的灵魂获得解脱或奔逃的迷香。她们在以麻醉的方式为自己疗伤。

我的任务是将她们的情感隐痛，以文字的方式记录下来，再通过我的艺术提炼，刊登在我们编辑的报纸上；以期在翌日清晨，将一个女人的情感私密，暴露在城市的各个角落。然后，等待像蜜蜂一样嗡嗡地谈论情感的议论，在这座城市的空气里传播。

壶口瀑布旁的滩涂

每接受一个采访对象，心里就会暗暗滋生出一种犯罪的惊慌。我好似一个可怖的密探，更像一只带毒的蝎子，以咬伤他人的创痛，来谋求商业的利润。但这一切又都显示出合理合法。我们彼此的信任是在自愿的前提下进行的，以尊重对方的人格为原则。这符合事物的客观发展。

黑夜像一个巨大的化学容器，使白昼里一切假象得到了真实的显影。我凭借记者的身份，介入了城市的生活，将自己敏锐的触须伸入到城市的内部，把所有能打探到的秘密收藏进记忆的匣子，通过发酵，再交还给这座城市的市民。

黑夜给了我黑色的眼睛，我却用它寻找自己的光明。

七

库柏说：上帝创造了乡村，人类创造了城市。城市是人类自己替自己修造的收容所，驻留城市的人不分种族、肤色、地域、身份……人人都把城市当做自己的诺亚方舟，希望依靠它顺利通向理想的彼岸。而事实是大多数人却扮演了潜水艇的角色，只能在汹涌的暗流中角逐，浮不出生活的水面。于是，为数众多的人为求自我安慰，给这样一种无助的现存状态披上了一件华美的外衣，并为它起上了名：体验人生，深入生活。美丽的

靠墙而立

尴尬，真实的托词。这让我想起作家何士光在一次文学报告会上说过的一句话：生活是不需要深入的，因为我们每天都在生活中沉浮。况且，在找不到自己故乡泥土的地方，生活着的任何一个人都只是一个影子，沿着虚空的大地孤清地漫游。即使我们都掌握了一门求生的技能，也顶多代表活着的某种可能。这多少有些像米兰·昆德拉写的那本叫《生活在别处》的小说中的生活——焦虑——愤怒——沮丧——病症。

生活在别处，除了梦想，一无所凭。

八

在如今的时代，做一个文人和嫁一个文人都需要勇气。文人是生活在城市里的农民，知识的富有并不代表生活质量的提高，笼罩在文人头顶的不再是荣誉的光环，而是生活的阴影。现实迫使他们做了一只冬眠的青蛙，在暗洞中张开冰僵的嘴，歌唱春天的福祉——肉体和精神的双重受伤。

领到第一份薪水，我有些感激涕零。虽然只有800多块钱，到底给了我这个一直处于行走状态的人一份温存的感怀。文人对生活总是那么容易满足，就像兔子乐于安于现状，惰性的破坏力等同于病魔的入骨入髓，黏附在人体的两面，将一个完整的人分裂成变形的标本。纵然是极简单的获得，我依然有了足够的勇气挤在城市的人堆里说：我的未来不是梦。

每次工作完回住处，我不再故意延缓回去的时间，像往常一样一个人跑去天桥、公园、广场闲荡，似一个落魄的遭际劫持的人，以躲避看见房东凶巴巴催交房租的那张愤怒的脸，以及那一双能射穿人胸膛的鹰隼般的眼睛。我可以一个人紧掩房门，打开在路边小店买回的一袋醉鬼花生米，一瓶二两五重的红星牌二锅头，喝得酩酊大醉，天昏地暗，然后，面对墙壁上自己的影子，唱歌、跳舞、说话……不管外面的城市如何雨疏风骤，柳绿花红，我即是那一个夜晚喧闹或寂静的秘密中心。一个人的生活是一个整体，一个人的一生是一个故事，而过程中的每一个片段都是一次重要的记忆。

九

在城市，任何一个节日都是一个事件。似乎城市里的人是专为某个节日而存在的，不管这个节日是来自中国的文化传统，还是从西方舶来的节日，人们照样兴奋、激越、疯狂，煞有介事，仿佛所有的人都在虔诚地赶赴某处烟花幻迷的地方，去接受一场圣母庄严的洗礼。现代人要的就是生活之外的东西——新鲜、刺激、热闹、气氛、紧张、意外、暧昧、情调，包括自己梦想的一切……

大街小巷都在重复地播放一些有关母爱的歌曲，各大商场的落地玻璃门上，街边的广告护栏里，学校门口的红色条幅上，公交车的外壳上，只要被体制允许写字的地方，无一例外都见缝插针地写满了尊重母亲的标语。标语是一条纽带，连接历史，贯穿时空，从古代诗歌"慈母手中线，游子身上衣"，到现代用语"母亲是儿子的灯盏"等语词均被人用智慧的头脑收网捕尽，以标语的形式提示人们不该丧失的伦理道德和源远流长的传统文化。显然，即将到来的是一个母亲的节日。

麦地

城市人煽情的技能宛若借到了铁扇公主手里的芭蕉扇，只要轻轻一挥，准能掀起一场不小的风波，甚至狂浪。而这些手持神扇的主人多是某些精明的商家。他们兴风作浪的目的在于抓住世人悲悯善良的感恩之心，去掩盖自己不堪示人的谎言。谎言的核心即是他们所看重的利润价值。节日永远是为一小部分人举行的庆功舞会。母亲——天底下最伟大的女人，不仅为自己的孩子，也为一座城市创造了财富。

沉浸在节日里的城市，像一个喝醉了酒的汉子，有些飘摇和倾斜。街道两旁的树木，被挂满了五颜六色的彩灯，像一个个不愿出嫁的女儿的脸上强行被人涂上了胭脂，头上蒙上了火红的盖头。肯德鸡、德克士快餐厅内座无虚席，欢声如潮，像菜市场里铁笼内争相啄食的雄鸡。幸福在一座城市的怀抱中春草般疯长。

我踯躅在城市中的街巷上，似一个自由的灵魂，抑或一个内心有暗疾的人，伴随落入云层的月亮，隐没在城市的欢乐里。节日唤起我对心灵深处某段被丢失的情感的追念和对一个人的怀想。

"出去好好干，等有了钱，妈也享福。"这句紧跟我魂灵的话再次潮水般向我袭来，像一种尖锐的铁器锥在我记忆的神经上，痛感痉挛。我想到了我的母亲——一个远在山村的女人。此刻，她的生活状态是怎样一幅画面呢？

是像城市人一样享受做一个母亲的节日快慰，还是继续躬着腰身，在黑夜的边沿摸索生活的烛火。自己外出闯荡很长时间了，居然没向她道一声问候，生活的奔劳险些让我忘记自己还有一个母亲的存在。可是，我的母亲是否会忘掉我这个儿子呢？一个人可以为自己的不孝找到千万种借口，却不能为自己的尽孝坚守一个承诺。

母亲节使我的内心遭遇了一场风暴，不寒而栗。我终是明白了，只有城市里的母亲才有节日，乡村里的母亲是没有节日的。就像城市里有香水、面包、牛奶，而乡村只生长汗味、麦子、牛粪。命运的路线是两条箭头相反的射线，各自射向命中的墓碑。在别人的城市，在母亲节的夜晚，我含泪写下了第一首献给母亲的诗：

是谁　在异乡的午夜
呼唤我的乳名
像一口旧式老钟
撞击一个流浪者的忧伤
思念的线比一生还要漫长

是谁　掏出自己的眼球
做了两盏灯
挂在我沁凉的额头
顶着城市中的风暴踽踽独行
寻找生活的航向

是谁　在送我远行的路口
点燃一炷香
从傍晚坐到天明
把自己祈祷成一座雕塑
守望平安的信息
……

第二天，我匆匆赶往邮局，将付清当月房租剩下的几百元钱全部寄给了家中的母亲，一时的轻松，就像亲手放飞了一只报送平安的信鸽。

十

　　城市，农村人追求梦想的伊甸园——幸福与悲伤交融的地方。一个叫朝阳的作家说过："一个农民，从他的孩子时代起，他的人生就意味着摆脱农村生活，拼命挤向城市！"我不知道自己的游荡是不是也在完成一个家族几代人的梦想。如果是，我是否真就能替自己的家族树立一座丰碑；如果不是，我的背井离乡，舍亲离故所换取的又将是一种什么样的价值评判。城市永远不会成为我的故乡，这是血脉里的基因注定的。北京只是我人生的第一个驿站。或许，某一天，我浪荡的足迹还会踏上大地的另一片热土，像一只迁徙的候鸟，南来北往，颠沛失所。那么，一个人最终的宿营地又将是哪里呢？城市？农村？在流浪的路上腐朽或变为化石？

　　通往城市的路，像两条平行延伸的铁轨，没有交会的聚点。

祖脉上的兄弟

一

元庆是叔父唯一的儿子,长我两岁。

小时候,我俩整天混在一起,算是穿开裆裤长大的。在学堂上课,我俩坐一桌。中午,在食堂吃饭,他常常把自己瓷盅里的咸菜,分给我吃,而他只吃白饭。看着他被干饭噎得青筋暴突的脖颈,我万分难过。我在学堂受人欺辱,从来都是元庆出来替我说话、撑腰。我被老师罚扫地,也是元庆偷偷帮我打扫。他说:谁让我们是兄弟呢。

我和元庆,都曾有过十分远大的理想。

每天放学后,我们背着背篼,去坡上割草。一到坡上,我们就把割草刀扔得远远的,把背篼挂上树枝,然后,四仰八叉躺在草地上,开始描绘各自的人生梦想。

"你长大后最想干什么?"元庆问。

"当老师。"我毫不犹豫地回答。那时,我正暗地喜欢学堂里的一位年轻女教师。

"当老师有啥子好,臭老九、迂夫子。我长大后,就去当兵,打仗,顺便去北京看看毛主席,看看天安门。"元庆说的这些词汇,都是从书上得来的。

初中毕业时,我以绝对优势,考上了当地师专。而元庆以两分之差,与他填报的志愿失之交臂。中考落榜后,元庆情绪低落,再也不提理想之事。那段时间,我曾以各种方式对他进行过安慰和鼓励,可元庆却故意躲避我,不与我见面。面对我,他总觉得抬不起头。若无意中与我相遇,他也只是笑笑,然后,迅速走开，像猫见了老鼠。

我去中师报到那天，全家人都跟来送我。母亲为我缝制了新衣裳、新鞋。父亲走在我左边，叔父走在我右边。那一刻，我在村里出尽了风头，我是我们家族史上的骄傲。村子里的人，都赶来看热闹，七嘴八舌议论着，羡慕中暗藏嫉妒。父亲逢人就说："娃考上中师了，送去报名，报名。"一边说，一边递烟。脸上的表情，浓缩了他一辈子的兴奋。叔父也在一边既拱手，又搭腔："感谢乡邻，感谢乡邻。"我走在他们中间，却一点也高兴不起来。我用目光四处寻找，我希望那天元庆也来为我送行。我的喜悦是应该由他来分享的，就像曾经他分担我的忧愁那样。

但那天，元庆始终没有出现在送行的人群中，他一直躲在村头的山坳上，看着我的身影渐行渐远，直到泪水模糊视线。

农夫

二

我读中师后，回家的时间少了。与元庆的关系，也从原来的亲密变得疏远。入学后，我给元庆写过几封信，他一封也没回。那些信件，我相信他是收到的，但我从来不期望他的回复，从小到大，很多事，我们都是心照不宣的。我也相信，他一定是理解我给他写信的用意的。

元庆并未实现去北京当兵的梦想。

放寒假，我回村看到他时，他正抡着锄头，在田里挖土。那模样看上去，很有一个农民的本色和味道了。

"回来了。"元庆看见我，主动打招呼。看得出，他心里堆积的阴霾，已经

72

消散。自卑的心理，也得到了矫正。

　　我放下书包，和元庆并排坐在田坎上。我们兄弟俩，终于又重新坐在了一起。那天下午，我和元庆谈了很多关于人生、关于生活的话题。我们谈童年往事，村庄的变化，内心的苦闷和彷徨。这些既是我们的心灵秘语，也是一个乡村的心灵秘语。

　　元庆已然不是过去的元庆了，生活的磨练和锻打，使他从最初的一块毛铁，变成了如今一块纯度较高的钢铁。我也少了以往的浪漫和理想色彩。我们好似两条鱼，同时学会了在生活的深水区或浅水区里游刃有余，知难而进。

　　元庆说："当个农民，也很好。自己种粮自己吃，不必操心别的事，人活着，求的就是心安。"我理解元庆这话的意思。生活开始对他起作用了，那是另一种活着的尊严。

　　我转身，盯着元庆翻挖的那块地，陷入沉思。

　　元庆，我祖脉上的弟兄，在那块田地里，种高粱，种麦子，也种红苕和马铃薯。每种一季，他都会得到丰厚的回报。很难衡量，我在课堂上的收获，和元庆在田地上的收获，孰优孰劣？

元庆家的房子

元庆说:"只要家里的粮仓不空,未来就有希望,日子就有奔头。"

三

我中师毕业后,被安排在县城一所小学教书。元庆继续留在乡下当农民。原本想,我们各自的人生轨迹,会一直这样延伸下去,直到承载人生重量的这列火车,抵达终点站。

后来,因为种种原因,我还是未能甘于寂寞,乐守清贫。教师的职业,并不像人们所说的那样神圣和光辉,给我带来物质或精神上的满足。我开始为调动找关系,跑单位。最终,我从一名小学教师,变成了一名县报记者。而元庆,却一直扎根在农村。他把自己全部的人生赌注,都交给了生养他的那块土地。

我做记者后,曾替元庆在城里找了一份活儿,希望改变一下他的生活境遇。但元庆拒绝了我的好意,他还在坚守他的理想——只要粮仓不空,日子就有奔头。其实,在元庆的骨子里,一直存在一种对抗。他不相信自己的生活一定会比我差。从我读中师那天起,这种对抗就在元庆的心中滋生了。这么多年过去,对抗不仅没有减弱,反而越来越强烈。他想以他的理想,来打败我的理想。为了这个理想的实现,他不惜牺牲自己的一切。

四

元庆来城里找我那天,我刚从一个乡镇采访归来。那是他第一次来城里找我,我感到很惊讶。妻子在城里最好的一家餐馆,特意为元庆订了一桌餐。她对我的这个兄弟向来很尊重。妻子说:"我很欣赏元庆身上透出的那股

猪圈和柴房

自信和坚忍。"

吃饭的时候，元庆很少说话。他变得越来越沉默了，丝毫没有过去开朗、旷达。人也消瘦了很多，三十岁不到，却显出老气横秋。

元庆那天喝了很多酒，尽管我一直在劝他少喝。妻子看他如此豪爽，腆着个大肚子，破例敬了他一杯酒。没想到，元庆喝下妻子敬的酒后，哭了起来，眼泪雨滴般滚落。他边哭边说："看你当弟弟的，都快抱儿子了，我当哥哥的，对象却八字还没一撇。看来，我今后只有等我那乖顺的侄儿，来替我养老送终了。"元庆的话使这顿饭陷入尴尬，妻子在一旁偷偷掉泪。我一口气喝干了酒瓶中剩余的白酒。

那天中午，我和元庆都喝醉了。

晚上，元庆对我说："我娘病了，很严重，要住院，要钱。"他这次来，是专门来向我借钱的。

元庆继续说："等治好我娘的病，我也不想在村里待了，再这样待下去，只有等死。老弟，你不知道啊，我在村子里，越来越孤立。整个村子，没有几个人在劳动了。大量田土都已荒废。身强力壮的年轻人都朝城里跑。留下些体弱多病的老年人独守村庄和艰难的岁月。离开村子的人，他们宁可去吃城市人的剩饭，也不愿在贫瘠的土地上自给自食。穷啊，人人都穷怕了。"

元庆曾也想跟着村子里那些外出的人南下广东，他不想再把自己的人生耗在贫苦中。可很多次，他都没有勇气使自己的想法变成现实。他是个孝子，他舍不得撇下自己的爹娘，舍不得遗弃自家的土地。他说：再贫瘠的土地，也种庄稼；再苦的水，也养人。

元庆到现在仍在坚持他的理想。不过，在他的理想里，早已没有了对抗的成分，只剩下对土地本身的热爱和忠诚。

妻子说，他是要做一个乡村最后的守望者。

五

元庆从我这里拿去的钱，还没来得及用到他娘的身上去，我的叔娘就躺在自家的木床上走了。

我回乡奔丧那天，心上像压了块大石头，整个人无精打采。我深知，我们家族这棵树上的又一片叶子凋零了。村庄，并没有因为一个人的死亡，变得幽暗或者明亮，也没有像我猜想中的那样，充满悲伤或者沉痛。除了死者的家属，不会再有其他的人为逝者哀悼。活在村庄里的人，个个离死神近在咫尺，指不定哪天，自己就成了"棺山坡"的新鬼。因此，我叔娘的死，在一个乡村显得十分冷清和孤寂。

风穿过旷野，穿过老家的屋檐，在堂屋里打着旋儿。元庆跪在叔娘的遗体前，泣不成声，只顾埋着头，不停朝铁盆里烧纸，淡黄色的火光映红他的脸，他的脸枯瘦、蜡黄。从此，维系他生命的一束根须被切断了。

元庆说："如果我有钱，或生活在城市里，娘，绝不会走得那么快的。"

为给叔娘治病，他尽力了。家里的猪卖了，牛买了，羊卖了，粮仓里储存的粮食，也被掏空。为减少医疗费用，最初，元庆只能带着叔娘，到就近的镇卫生所就诊。由于镇卫生所医疗条件简陋，加上医生的马虎，将叔娘的病误诊为胆结石。当我的叔娘躺在镇卫生所破旧的病床上，被医生冰冷的手术刀剖开肚腹后，却又被告之并未发现结石。惊慌中，医生草草地为叔娘缝合了伤口，像掩盖一个不堪示人的秘密。

从死亡线上逃脱的叔娘，回到家后，病情逐渐恶化，伤口感染流脓。元庆挖空心思，四处筹钱，设法把叔娘带去城里的医院，再做检查。可叔娘死活不去，她说："就是把房子卖了，恐怕也治不好我的病。"

苦于钱的压力，元庆只好听从叔父的意见，采取土办法，每天上坡割老虎刺，挑夏枯草，挖麦门冬等草药，熬水给叔娘喝，试图让生命出现奇迹。哪晓得，叔娘喝下草药水后，周身出现浮肿，肚皮胀得亮堂堂的，像快吐丝的蚕子。越到后来，叔娘连水也喝不下了，说话都吃力。元庆这才硬着头皮，东借西凑，揣着钱，带叔娘到县医院查病。检查结果，宣判了叔娘死刑。

安葬叔娘那天，元庆在叔娘的坟前，坐了整整一个下午。

傍晚回到家，夜饭也没吃，就躺在床上睡了。睡到半夜，我听到他的哭声，断断续续，如夜风低泣。

叔父两眼闪着泪花，拍着我的肩说："劝劝他吧，可怜的孩子。"我不知道怎样劝说元庆，他是一个不需要别人来拯救的人。在元庆心里，他的悲痛，不

风俗风情 FENG SU FENG QING

仅在于母亲的死亡，还在于比死亡更可怕的一种东西。那种东西，一直潜伏在乡村内部。

谈及以后的生活，元庆说，他唯一的愿望，是想办法把给叔娘治病欠下的债，尽快还清，然后，有时间，就多陪陪我的叔父。"只有这样，我才能让娘的在天之灵，获得安慰。"他说。

年近三十的元庆，一直过着单亲生活。

六

二〇〇七年春节过后，在叔父的苦心劝说下，元庆终于离开了村庄，去一个偏僻小镇，替人守煤矿。

元庆种过的地

可谁也没想到，元庆这一去，竟然结束了他下半生的生活。叔父大概也没想到，自己的一片好心，换来的却是永久的悔恨。我更是没想到，我的堂兄元庆，一个憨厚、诚实的农村青年，一夜之间，变成了一个强奸犯。

事情发生在元庆到小镇半年后的一天下午。

元庆像往常一样，为来拉煤的车装完货，就朝煤厂背面的池塘走，煤灰糊满了他的身体和脸，他想去池塘里洗个澡，消散暑热。每次装完货，他都要去池塘，洗洗身子。久而久之，这成了他的一个习惯。有时，他心情不好，或是想家了，他也会去那个池塘，赤身裸体泡在池水里，所有的烦恼和孤寂，统统被清水过滤了。那个池塘，成了元庆一个人的天然沐浴场。

那天下午，当元庆光着上身，来到池塘时，他发现池塘里有一个人正在游泳。待他仔细一看，是个姑娘。姑娘是煤厂老板的女儿，在县城读初中，放暑假才回家几天，就背着父母，偷偷地跑去池塘洗澡。

元庆看清池塘里游泳的是个姑娘时，他显得有些紧张，周身血脉贲张，身

77

体像着了火，憋得难受。那刻，他没有返身回去，而是躲在池塘边的树林里，一步一步向池塘靠近，直至将那个小姑娘，像拖一条鱼一样拖上了岸……

以上细节，是我在派出所的审问笔录上看到的。我是第一个知道元庆被捕的人。当警察要求通知元庆家人的时候，元庆把我的手机号码提供给了警方。这个跟我从小长大的兄弟，在人生的关键时刻，想到了我。

不知道，他是真把我看做最值得信赖的兄弟，还是不希望他被捕的消息，过早地被我叔父知道。

七

元庆被捕后，我多次去监狱看过他。

那段时间，我将自己的全部精力，投入到为元庆上诉的事情中去。我去他守煤的小镇收集证明材料，找最好的律师代理案子，调动我可能调动的一切人际关系，希望帮元庆减少刑期。可元庆却并不配合我所做的努力。代理律师几次去狱中，希望他重新提供有价值的口供，可他总是缄口不语。我也曾多次到监狱，劝他重录口供，他也不予理睬。

最终，法院以强奸幼女罪，判处元庆有期徒刑七年。

元庆入狱不满一年，我的叔父也去世了。元庆得知父亲死讯，万分悲痛。理智崩溃的他，试图越狱见父亲最后一面。结果被狱警当场抓回，加刑一年。

我再次去探监时，元庆已瘦得不成样子了，神志恍恍惚惚，跟一个傻子没有区别。我没话找话地跟他攀谈，想缓解他的悲痛，也缓解我的悲痛。可元庆对我说的任何一句话，均无反应。他只呆呆地坐着，低着头，搓他的两根手指。每次都是我的话刚说到一半，他就起身回狱室去了。

越到后来，元庆根本就不愿见我了。仿佛一开始，他就生活在一个被囚禁的世界里。

胎记的鸟巢

冬季来临

天渐渐地冷了，所有的窗子都关着。青苔爬满了院坝里的土墙。偶尔几只小鸟从田野尽头飞来，在天空迅疾或懒散地掠过，停在菜园子的栅栏上，不动了，脖子紧缩，目光定然。像几个自然界的使者在等待冬季的莅临，想象洁白的雪花从岁月深处飘来，安静地将大地覆盖——冬天如约而至。

没有什么奇迹发生，万物秩序井然，不动声色，却又气象万千，风云诡谲。母亲坐在木椅上纳棉鞋，父亲在屋内生旺了火盆烤火，爷爷凭借他的水烟筒进入了对往事的回忆，每个人都在以不同的方式抵御季节的严寒。惟独我却在冬季里感到恐惧，我不知道自己在面对一个如此漫长的季节中，究竟还有什么重要的事情值得可做，整个冬天甚是无聊。风声萧瑟，雪落无声。动物们匆忙地搬运完准备过冬的食物，销声匿迹，留下七零八乱的爪痕，清晰地印在雪地上，像一幅幅简笔插图，生动至极。而屋檐下木桩上拴着的那条狗，似乎对节令的变化熟视无睹，安静地蜷缩在草窝里，聚拢起茸茸长毛，将温暖搂进怀抱。它已经学会对生活应付自如。

我不知道怎样做才能捱过一个漫长难熬的冬天——积雪在我的骨子里游走或睡眠。我身上穿着去年冬天穿过的一件旧棉袄，发现棉袄内层的破洞里几个虱子正在冬眠。我总觉得在冬季里待在野外比待在家里好——寒冷总是

蜗牛

最先袭击那些幻想取暖的人。北风依旧伺机对大地上的事物进行破坏,我看见田野边的白杨树上几个空空的鸟巢随风晃荡,孤零零的样子,像我祖先在几个世纪之前遗留下来的故居。

人总是不能看见一些东西,我没能看见那些深藏在冬季里的秘密。我所看见的都是些与季节无关的事情。在冬季,我看见流水在追赶春天;看见阳光躲在冰凌里歌唱;看见肥沃的土地瘦骨嶙峋;看见另一个自己,蹲在角落里,像一把生锈的农具,弃置多年。

蚂蚱的悲伤

五月里的一个下午,我午觉醒来,脑子晕乎乎的,讨厌的蚊子嗡嗡地在耳朵边乱飞,试图趁我不注意时咬我一口。太阳的光线移到了院子的西墙上,将原本搁置于墙角的农具和柴垛的影子投射其上,像民间传说中某些怪物的身子,凄清恐怖。再也没有比这时候更平静的了,我突然感到害怕,心凉如水。父母不在家,我找不到更加充足的理由来替自己壮胆,身子颤抖着,两条腿瘫软地往下陷。我像是一根脆弱的草,随时都有被折断的危险。我不知道自己能不能在那个燠热的下午存活下来。

邻居说我母亲去田野收割麦子去了。我想去把母亲找回来,这样我会觉得踏实和安全。我几乎是怀着混乱的情绪踏上去田野的路的。四野无声,阡陌交错;大地肃穆,残阳似血。蝉蛰伏在路边的树枝上聒噪,嘶哑的声音宛如在拉一个破旧的风箱;蝴蝶翩翩飞舞,在某一个高度上炫耀自己的技能;蜥蜴闪电般从脚边的草丛间蹿出,又倏忽变魔术似的隐身不见了。周围的田地间随处可见弯腰劳作的农

蚁群

人，姿态谦卑，神情专注。他们与土地之间充满了默契。我从他们身边走过，他们都把我当成了陌生人，不与我打一声招呼。虽然他们都认识我，但又不愿在与庄稼的低语中抽出时间去浪费其他的表情。这使我感到我所生活着的大地并不是一个充满生机与温暖的绿洲，而是一个隔绝的孤岛。而我又是孤岛之外的另一个孤岛了。

我几乎是在看见那只蚂蚱的同时看见母亲的。饱满的麦穗在麦田里像火焰一样燃烧，大片的麦子随风倾倒或消失。就在我要靠近麦田的时候，我的额头瞬间被一个弹丸般弹跳的东西刺伤。我用手摸了一下，有血。疼痛减轻了我先前的恐惧。当我确定自己是被一只蚂蚱腿上的锯齿所伤时，我看见那只蚂蚱已经蹦跳到了母亲的头发上。而此时的母亲正被一片麦子包围着，锋利的镰刀正在使一种事物趋向终结。汗水流到她的眼睛里，像我额头上被蚂蚱刺出的血。母亲似乎感觉到了头发上有异物停留，她举起手，朝头上一拍，那只伤害我的蚂蚱迅速滚落在地，身首异处。与此同时，我看见母亲粗糙的手掌被镰刀划得血迹斑斑。她和那只死去的蚂蚱都是被自己的镰刀所伤——那镰刀长在她们的肉里。蚂蚱从母亲头上滚落的时刻，我发现它张开的翅膀上的花纹竟然跟母亲额头上的皱纹一样美。只是，我不知道蚂蚱被母亲拍死的那一刻，它的疼痛是否也跟母亲的皱纹一样深？我午睡后的恐惧终于被另一种恐惧所征服。

五月里的一个下午，我目睹了一只蚂蚱的悲伤。

五月里的一个下午，我看见一种伤痛正在填满我们家空乏的粮仓。

通向黑夜的路

我从黑夜里醒来，月色清凉，周围静静的，蛙鸣如鼓。风把树的影子拖得很长，幽暗中像极了晃晃悠悠的鬼影。我清楚地看见自己走在一条陌生的道路上，我不知道自己要去哪里，好像是去远方找一个人，又像是去野外寻一样东西。总之，我已经踏上了一条通向黑夜的道路，我在路上遭遇或是目睹了一些奇奇怪怪的事情：

——一个小孩子，却偏扮成大人的装束，腰间挂着个竹篮，站在一块焦干的荒地里，挖土豆。苍老的面容模糊了他的年龄。他的手掌很锋利，像两把铁锹。一掌插进土里，地上即出现一个洞，而他总能从那些深黑的洞口里掏出至少两个以上的土豆来，这使我感到惊讶。"你挖这么多土豆，吃得完吗？"我问他。他默不作声，对我的提问置若罔闻，而继续朝他的竹篮里放土豆。我看见他放进去的每一个土豆都是一颗粗砺的石头。

——天空上满是飞翔的人，像池塘里窜动的鱼群，混乱无章，群龙无首，逃命似地拥挤。借助月光，我认出了其中的两个人，是我的父亲和母亲。"嘿，爹，娘，你们在干什么，玩游戏还是逃难？"我朝他们使劲喊。可没有谁愿意理睬我，乘着风势继续狂奔，朝着村庄以外的方向。整个村庄顷刻间变空了，惟剩下些破旧的瓦房，嘶鸣的牛羊，沉寂的坟堆。我在地上拼命追赶着飞逃的人群，突然间，我看见我母亲和父亲从天空中掉了下来，我急忙跑过去想搀扶起他们，却发现掉下来的是两把锄头，深深地插在麦地里，纹丝未动。那是我父母在白天干完活后遗留下来的。

——一个瞎子，应该是村西口的黄二爷。半夜三更，阒寂无人，只有他孤独地在山坡上翻土。动作麻利，田地寂寥，整个世界只剩下他的脚步声。突然地，他就停下不动了，坐在田坎上，从兜里掏出一支烟点上，哭了起来，很伤心的样子，嘴里自言自语地唠叨着什么。哭了一会儿后，又立起身，继续翻土，如是反复，无休无止。

……

我在道路上走着，不知道自己要到什么地方去。最终不知是受到一束光或是一场雨惊吓，我脚下的道路瞬间消失了。那一刻，我才发现自己睡在床上，父母早就出地干活儿去了。

天已经亮了，夜无疾而终。

醉酒的月亮

月亮很瘦，似一个身染沉疴的人，无精打采。后院阒寂，蝈蝈的低吟在暗夜里流窜，像是夜在叹息。我和父亲坐在粗糙的石桌上——喝酒。间或有夜风吹来，酒香随风弥漫，父亲和我都有些醉了。父亲说："你还年轻，不应该喝那么多酒，不然身子会吃亏的。"而他自己却喝得非常多，已经到了无酒即不能活的地步，这使我感到哀伤。

我一直坚信，是酒拯救了我的父亲，也拯救了我。父亲喝酒是缘于我的忧伤，而我喝酒完全是因为父亲的痛苦。这种相互的同情和怜悯竟然使一对原本滴酒不沾的父子因此变得一个嗜酒如命，一个恋酒成癖。我在记忆中清晰地储存了我和父亲从尝酒到嗜酒的过程：

——最初，父亲为设法让我与其他孩子一样享有上学受教育的机会而不被辍学务农，他在每天超强度的劳动后，躲到后院的桂树底下开始了喝酒，直到把自己喝得像一个濒临死亡的人；我不想看到父亲为了我而不堪肉体和精神的双重重压而学会了喝酒，借以麻醉自己的恐慌。

——后来，父亲为了替我物色一个媳妇，在四处托人受辱的委屈下，开始了疯狂地灌酒，直到将头上的青丝浇成了白发；我不想看到父亲整天为了我

山路

的私事而痛不欲生，无奈中便大量饮酒，借以浇愁，聊以自慰。

——再后来，父亲为不增加我的负担，让我安心闯荡自己的事业，每天都孤寂地隐在村庄的茅屋里，闭门喝酒，抵御难耐的落寞；我在异乡的孤旅上因想念父亲而不得见，便每晚一个人钻进被窝偷偷地喝酒，以抗拒泪水从眼角的滑落。

……

父亲的身体是一个盛酒的坛子，里面装满了我的痛苦。

我的身体是一个盛酒的杯子，里面盛满了父亲的忧伤。

夜已经很深了，石桌上酒瓶中的酒早被我和父亲喝光。村子里所有人都睡着了，只有父亲和我还醒着——喋喋不休地继续探讨着酒中的乾坤。母亲从屋里举烛而出，愤怒地说："瞧你们俩没出息的酒鬼，月亮都被你们喝出病了，苍白精瘦，还不晓得回笼睡觉。"我抬头看天，月亮的确比先前更瘦了，像我父亲弯弓如柴的脊背。我想：月亮瘦了，肯定不是因为生病，而是太阳正在受难——它们历来血脉相连。

被风吹刮的黄昏

黄昏，狂风肆虐，我背着背篓走向山坡，我必须赶在天黑之前将空着的背篓填满。这场风已经刮了几天几夜了，以至于我好多天都没有出门。父亲说："狗日的风太狠，再这样吹，怕是要吹死人的。"母亲说："孩子，你不能就这么白白地在家耗时间，虽然风猛，你还是该上坡去干点事的，生为农人，就注定了我们的身上永远都会挂着个背篓，而我们活着的任务就是随时随地都要想着将各自的背篓填满。"风从远处吹来，卷起地上的尘土和草屑四处飞扬。凡风经过的地方，总会留下一些事物的痕迹，像是受某种力量摧毁后的废墟上所呈现出的迹象。我想象着该用什么样的东西才能在最短时间内填满我肩上的背篓，而不至于等到天黑。我必须要赶在天黑前回家。

事实上，我从家里出来走向山坡的时候，就看见了很多正在回家的动物：一只倦鸟绕树鸣叫，亲切地呼唤被风驱散的伴侣或者儿女归巢；蚂蚁排着整齐的队伍朝土丘的泥洞里爬，像打靶回营的士兵，迎风迈步；几只山羊紧跟着牧羊人，像温顺的孩子，流动的影子闪现质朴的光亮；一条狗从山冈的背面跑出来，急急地朝家赶，它在经过我身边时停下来看了我几眼，目光充满狐疑。它或许是认识我，想招呼一声问个好，又好像是要讥笑我竟然在天快黑时才上坡……

我不能走得更远，只能在就近想想能把背篓填满的办法。我想到了割草，我在田间地头四下转悠，却发现根本就无草可割。这是冬天，百草枯萎，长势稍好的草早已被其他人先于我割去。于是，我又想到了拾柴，这也许是我填满背篓最有效的办法。我穿行于树巷丛林间，风吹树响，叶片乱飞。我搜寻得很仔细，试图能拾到填满我背篓的柴禾。暮色四合，光线幽暗，天已经黑了，而我却未拾到一根干柴。所有的柴禾均被风刮跑了，跟着柴禾一起被风刮跑的还有地里的粮食。我找不到任何可以填满我背篓的东西，这使我沮丧。

我开始往家走，尽管我的背篓和出来时一样空。如果我再不回去，我不但填满不了自己的背篓，恐怕连回家的路也会因为黑夜而辨识不清。风继续吹，当我匆匆赶到家门口时，发现门是关着的，我大声地喊了几声：爹……娘……无人回应。听人说他们是去外面找我去了，可我总担心他们是被大风给刮跑了。风力巨大，无所不摧。我回转身，却看见屋前的一棵大树，立在飓风中岿然不动，顽强地抗拒着劲风的袭击。树干上，一只蜗牛托着自己空亮而又沉重的外壳，紧紧地吸附着树皮，模样跟树一般苍老。

是缘分让我们今生成为兄妹

一

妹妹

妹妹,当妈妈在电话里说,你要走了,让我把相机带回家,照张全家福时,我哭了。比我哭得更伤心的,是妈妈。

妈妈的话,让我整整一夜都没合眼。关了灯,躺在床上,心疼得难受。满脑子浮现的,都是你那可爱的模样:胖嘟嘟的脸蛋,红得跟苹果似的;见了人,总是笑盈盈的,露出两排细白的乳牙;一双小手,光滑水嫩;我每次回家,你都抱住我的腿,嚷着要这要那的,惹人怜爱……

可从今往后,这温馨的场面,这动人的情景,我只能在回忆中去寻找了。

记得你来到我们家时,刚满两岁。

你的亲生父母生下你不久,就去了广东打工,你只好由自己的婆婆照看。后来,你的婆婆不愿再带你,你的生母经人介绍,才联系到我们家,让我们代为领养。

就这样,你正式成为了我们家庭里的一员。

刚来我们家的第一天,你还有些认生,不哭也不笑,就傻傻地坐着或站着。我拿糖果逗你取乐,你也不理。你只愿意妈妈一人抱你。妈妈一抱起你,你就将头靠在她的肩上,像一块铁片,被磁铁给吸住了。

可半天不到，你就跟我熟了，愿意跟我亲近。你的脸上也绽放出笑容。我至今还记得你第一次面对着我笑的样子，天真而腼腆，那种甜甜的感觉，能够将一颗心融化。我牵着你的手，带你去村子里散步，看路边的野花，看树上的鸟雀……你很开心，我也很满足。

爸爸每天从镇上的药店回来（爸爸是个乡村医生），一放下包，也要逗逗你，然后，从衣袋里掏出一把糖果或者一样玩具，送给你。渐渐地，爸爸成了你每天的一个期待。傍晚时分，你就会站在屋门口，朝路上望。我们都明白你在望什么。

你的到来，使我们家充满了生气。你是我们全家人的"开心果"。

可当初，我对母亲领养你，是反对的。我想，别人生的孩子，总比不上自己亲生的好。你累死累活地将她拉扯成人，到头来，她不还得跑到亲生父母身边去。就因为这事，我曾跟妈妈发生过激烈的争执。

但妈妈没有听从我的劝阻，她偷偷地就跑去把你接了回来。

妈妈的身体不好，患有贫血症，不能久坐久蹲。但自从把你接回家后，她的脸上露出了过去少有的幸福。她每天给你洗衣，喂饭，哄你睡觉……有时，一蹲就是半小时，忙这忙那的，却并不觉得累，也不觉得苦。她所做的一切，都是心甘情愿的。

我们不想把你占为己有，教你喊妈妈"孃孃"，喊爸爸"叔叔"。可你不肯，非要叫"妈妈""爸爸"。这令我们全家人都很感动。

想想，我今生能有你这样一个妹妹，是上天对我的恩赐。可我起初竟然反对你来我们家，我不是个好哥哥。

二

爸爸每天一早，就要去药店。每次走的时候，他都要摸摸你的头，说："幺姑儿，爸爸走了哈，听妈妈的话哟。"你点点头，挥手给爸爸做拜拜。后来，你长大了一些，大概三岁多一点吧，你学会了撵路。早晨，只要爸爸把包一挎在肩上，你知道他要走，就悄悄地赶到他前面，朝爸爸药店的方向跑。妈妈把你拦回来，你不依，边哭边蹬脚，扭头看着爸爸远去的背影，从你的视野里消失。

妈妈一个人在家，料理完家务，就得上坡干活。每次下地劳动，她都用背篼背你上坡，收工时，又把你装在背篼里，背回来。有时，因地离家远，一到干活地点，你却趴在妈妈背上，睡着了。妈妈只好带去一张窄毯子，铺在地边的草坪上，把熟睡的你放在毯子上裹起来，让天当你的被子，让地做你的床。每隔几分钟，妈妈就跑过来瞧一瞧，给你擦汗。你一睡醒，就哭着找妈妈。妈妈赶紧扔了锄头，跑过来抱起你，在地里东走西逛。

妈妈怕你寂寞，还专门上街买了一张小方凳、一个小水瓶、一个白色的洋娃娃。只要上坡，她就把这些行头也一同搬去，陪你玩耍。

夏天太阳大，妈妈就先哄你睡。等你睡着后，她就把你放在床上，盖上单被，调好电扇，匆匆地跑去地里干活。妈妈不敢走太远，只能就近干活。一边干活，一边竖起耳朵听你的哭声。她只要听见你一哭，就三步并作两步跑回家，边跑边喊："幺姑儿不哭，妈妈在家呢。"你一听见妈妈的喊声，就不哭了。

有一次，单位放假，我回来看你。妈妈干活去了。我一到家，就看见你坐在屋檐下，抱着妈妈给你买的那个白色的洋娃娃，边哭边说："妈妈没回来，我要妈妈。"看到我，你才破涕为笑。

我每次回来，都要给你买一点好吃的东西。有时，是一两样玩具。你最喜欢我给你买的那辆红色摇摆车，常常拿到院子里去玩。凡有人来我们家，你都

母亲和妹妹

会兴奋地拿出来展示，且骄傲地说："这是哥哥给我买的。"

你已经把我们一家人认作了亲人。

邻居们看你乖，懂事，都来逗你玩。她们说："你不是爸妈亲生的，是从街上捡来的。"你听了，又骂又哭，气得连饭也不吃。夜晚睡到床上，还一个人偷偷地流泪。妈妈劝你，爸爸也劝你，说："你是我们亲生的，别人是逗你玩的。你永远是我们的好幺姑儿。"听爸妈这样说，你才止了哭。

从此，再也没有人说你是捡来的了。

你快到四岁的时候，你的外婆死了。你的舅妈托人带信来，说你的生母也从广东赶了回来，让妈妈带你去看她们一下。当天夜里，你生母要留你过夜，妈妈只好一个人回家来了。妈妈走后，你就一直哭着找妈妈，声音都哭沙哑了。任凭你生母怎么劝你，你也不听。你生母说："我才是你真正的妈妈。"你说："你不是我妈妈，我妈妈是戴廷坤（妈妈的名字）。"而且，你还要找哥哥。你生母指着你舅妈的儿子说："你哥哥在这里啊！"你说："他不是我哥哥，我哥哥是吴佳骏。"

你已经将我们全家人的姓名牢记于心。

无奈之下，你生母只能打电话给我们，让我们过去接你。当我们打着手电，赶了十几里山路走到你舅妈家时，已是凌晨两点多钟了。我们一到，就听见你号啕的哭声，掏心掏肺地哭。妈妈刚喊了声幺姑儿，你就拼命从生母怀中挣脱出来，死死地抱住妈妈的腿，喊："妈妈，妈妈，我要跟妈妈睡，我们回家。"

在场的人都哭了。

当妈妈背着你返回我们家时，公鸡都开始打鸣了。而哭了大半夜的你，正趴在妈妈的背上，睡得正香。

三

你三岁半，妈妈送你上幼儿园。因离家远，路不是爬坡，就是上坎，往返要走将近一个小时。妈妈早晨背你去上学，下午又来学校背你回家。无论天晴，还是落雨，从不间断。村里的人看了，都说妈妈心善。就是以前带我，她也没带得这样仔细。妈妈把你一人放在学校，不放心，担心你玩水，摔跟斗，每天都要跟老师反复交代，托老师仔细照看你。直到老师都听得不耐烦了，母亲才住嘴，住嘴后，还不放心，就站在教室的窗户外，偷偷地看你，伫立良久，才转身离开。放学时，妈妈早就站在教室外等着你了。她是唯一一个来学校接你的家长。其他学生，都在老师的陪伴下回家。只有母亲，自始至终都陪伴着你，直到你离开。

妈妈每次背你上学，都累得满头大汗。你体谅妈妈，用小手给妈妈擦汗，还说："妈妈，你放我下来，我自己走吧。这样，你就不累了。"

你五岁的时候，为培养你的独立性，妈妈不再背你上学，让你自己走着去。最开始，你背着书包在前面走，妈妈就躲在后面的草丛或大树旁，跟着你。一段时间过去，妈妈见你没在路上疯玩，摔跟斗，才放心大胆地让你独自去上学。但如果到了放学时间，还不见你回家，她就很着急，急急忙忙朝学校的方向奔去，丢了魂似的。

你回家做完作业，就抢着帮妈妈干活。擦饭桌、扫地等活儿，你都会做，而且做得像模像样。妈妈说："能有这么个能干的幺姑儿，真是福气。"我只要在家，你天天早上都来催我起床，还把我的裤子、衣服、鞋子拿到床前，喊：

妹妹的小狗

"哥哥,哥哥,起来啦,太阳照屁股啦!"晚上洗脚的时候,你替妈妈擦脚,替爸爸擦脚,替我擦脚,替姐姐擦脚(我女友)。

没事的时候,你就守着电视看动画片。一个人把遥控板藏起来,不让我跟你争。当时,正在热播一部动画片《喜羊羊与灰太狼》。你看了一遍又一遍,还学会了唱片子里的歌曲。要是妈妈和爸爸吵了嘴,不高兴的时候,你就唱给他们听,直到他们消气为止。有一天,你送给我一张画,上面画着一个大大的房子,房子里住着五个人。你分别指给我看,这五个人,哪个是爸爸、妈妈,哪个是哥哥、姐姐,哪个是你。你还说,自己要认真读书,等将来长大了,要找很多的钱,买很大的房子,让我们全家人都住在一起。

夜晚睡觉,你非要妈妈陪你睡,而且,还要妈妈给你唱儿歌。妈妈没文化,不会唱歌,只能反复给你唱她自编的两句童谣:小宝宝,睡着了,眼睛闭闭好。这两句话,妈妈不知唱了多少遍,你也听过多少遍,但你听不厌倦,妈妈也唱不厌倦。

父亲和妹妹

前年年底,妈妈见你不再成天需要人照看,就买回几只山羊和兔子来喂养。你很喜欢这些小家伙,每天早上从床上起来,就去喂笼子里的兔子,然后,陪着妈妈去山坡放羊。那些兔子大概把你认熟了,一见你,就活蹦乱跳。你把小兔子抱在怀里,又是亲又是爱。那些山羊也是,一听见你咩咩地唤它们,就远远地跑过来,蹭你的脸,跟你回家。

我们家还养了一只小黄狗,是妈妈从外面捡回来的,很温顺,很乖。你给它取名吴小青。你每天放学回家,它都跑来路口接你,又是吐舌头,又是摇尾巴。你做作业的时候,它就静静地蹲在旁边看着你。傍晚,它还会跟着你去村头玩,陪你去坡上找妈妈。

那些动物们,跟你一样,共同组成了我们这个家。

我每次回家,都要把笔记本电脑带回来,写一点东西。你一看见我的电脑，就忍不住用手摸一摸。当我的双手在键盘上敲出噼啪的声响时，你总是侧耳谛听。并学着我的样子，用双手在方凳子上敲打。打着打着，你发现自己的敲打声，并没有我敲键盘的声音好听，于是，你请求我给你买一台小电脑。我答应了，且在心里想，一定给你买台玩具电脑。可后来，不知是因为忙，或是别的原因，一直未能兑现我的允诺。

现在，你走了。这成了我永久的遗憾。

我向你道歉，妹妹。

四

你的身体抵抗力差，隔三差五地感冒。一感冒，就发烧，呕吐，流鼻涕，咳嗽，咳得痰里带着血丝。曾听你生母说，你一岁左右，带你的婆婆出门办事，没及时回来，你掉进水桶里，被水足足泡了一个多时辰。当大人发现你时，你周身都变得乌紫了。

从那时起，你就经常生病。

母亲和妹妹在菜园

幸亏爸爸是医生，你一生病，爸爸就给你治，拿药，打针，输液。妈妈更是寝食难安，天天搂着你，兑白糖开水喂你，熬菜叶子稀饭给你吃。家里随时都预备着感冒药。只要气温一变，妈妈就兑冲剂给你喝，预防感冒。

可有一次，你还是把我们全家人都吓坏了。

你整日整夜地咳，脸烧得通红，体温高达39℃，饭也不吃，人处于昏迷状态。爸爸献出了全部的医术，也不见你有丝毫好转。无奈，我们只好背你去县城的龙岗医院就诊。经过照X光片，你被确诊为肺炎，需要入院治疗一周。这可难为了父母。爸爸的药店，每天不能没人。家里的牲畜，也不能没人照料。我和姐姐，又要上班。妈妈只好上午在医院陪你，下午就坐车回去料理家务。妈妈回去了，爸爸就关了药店的门，赶来医院照顾你。我和姐姐就负责每天中午给你们送饭。

你在医院的表现很好，抽血、打针，从来不哭。连护士都夸你是个坚强的孩子。我和姐姐下了班，晚上就到医院来陪你，还给你买来一只玩具熊猫。你很高兴，说自己要赶快好起来，要尽快回学校念书。我们都坐在病床周围，陪你聊天，给你讲故事，直到你安静地进入梦乡。

那些天，我们每个人的心都忐忑不安，不忍心你小小年纪，就遭受病痛的折磨。可我们又无法代替你去受罪，便只好在心中默默地祈祷，希望你能尽快康复。

只要妈妈从家里来医院，你就会缠着她问："妈妈，家里的兔子没饿坏吧。小羊吃饱草了吗？"问得妈妈眼里噙满泪花。

妈妈说，别看你年纪小，其实，你是记恩的。

你出院后，一直把我和姐姐给你买的那只玩具熊放在枕边，陪你睡觉。而且，你还经常在别人面前提起，说你那次生病住院，妈妈来陪过你，爸爸来陪过你，哥哥和姐姐也来陪过你。

2008年5月12日，汶川大地震使全国人民都处于惊慌之中。电视里天天都在提醒人民注意，说余震随时都可能发生。为避灾，妈妈、爸爸每晚都轮流抱着你，在屋外的开阔地睡觉。妈妈抱着你睡觉，爸爸就睁眼守着。爸爸抱着你睡觉，妈妈就睁眼守着。随后几天，事态渐趋平息。大家连续几晚在外露宿，困得实在坚持不住了，妈妈就把你抱到屋里的床上睡觉。看到你睡得香甜的样子，妈妈跟爸爸说："要是余震来了，你就把幺姑儿抱走，不要管我。"没想到，当妈妈这样一说，你竟然睁开了熟睡的眼睛，说道："妈妈，你自己也要跑哟。"说完，又呼呼地睡了。

那时，我已经在县城里买了一套商品房。你说："妈妈，我们为啥不搬到哥哥的新房里去住？"每次到县城，你都要到我的新房里来看看，并自己做主划分房子。哪间屋子是爸爸、妈妈的；哪间屋子是哥哥、姐姐的；哪间屋子是你的。你总是把好一点的日常用具，统统朝自己的屋子里搬，把属于你的"新房"布置得漂漂亮亮。

可你除了那次生病住院，来你的"新房"住过两晚上外，就再没去住过。

那间屋子，我一直给你留着。

五

得知你生母要来接你走的消息，我们全家人都心痛不已。

妈妈每天五点钟就醒了，坐在床上为你赶织毛衣。有时，凌晨一、两点钟，她也坐起来织。因为难过，她一边织一边哭。

她要让你穿得体体面面地走。

你看到爸爸、妈妈不高兴，你也不开心。你说："妈妈，我不会离开你的。你和爸爸才是我最亲的人。"

冥冥中，你好像知道自己无法抗拒命运一样。那一个来月，你特别懂事，思想上变得空前成熟起来。你说的很多话，很难想象是从一个六岁的孩子嘴里说出来的。一天，你陪妈妈去坡上割猪草。妈妈问你："幺姑儿，你舍不舍得离开妈妈？"你回答："妈妈，我舍不得离开你，我们活在一起，死也在一起。"妈妈抱着你，痛哭。你也哭。你边哭边给妈妈擦眼泪，说："妈妈，我们不哭。"

你只记得爸爸和我的手机号。那些天，我常常接到你打来的电话，话筒里响起你甜甜的声音："哥哥，你好久回家来嘛？"说完，就挂了。我知道，你一定是想哥哥了。我每次回家要走的时候，你都舍不得，和妈妈一起跟出来送我，送出很远，还在高挥着手喊："哥哥，拜拜。哥哥，再见！"

2010年春节，我们都过得很不愉快。我们知道，春节一过，你就要离开我们了。

正月初一，我们全家人都陪你去大足县城玩了一天，给你买新衣服、新裤子，还带你去你的"新房"最后看了一次。你那天玩得很尽兴。

你越是尽兴，我们的内心就越酸楚。

风俗风情 FENG SU FENG QING 之美

　　你生母来接你走那天，气氛一下子严肃了。你一见生母就哭，从下午一点，哭到四点。妈妈问你："幺姑儿，你还想到什么地方去耍一下，妈妈陪你。"你死劲摇头，说："我哪里都不去，我只要妈妈。"妈妈抱着你，带你去村里曾经留下脚步的地方，重新走了一遍。

　　妈妈流着泪说："幺姑儿，你以后要听话哟，要乖。"你听妈妈这样说，一下子跪在妈妈面前，央求道："妈妈，我求求你，不要赶我走嘛！"

　　妈妈俯下身子，在你脸上亲了又亲。你说："妈妈，你笑一笑吧，我想看看你笑的样子。"妈妈笑了一下，笑得邻居们都哭了。

　　你的生母生气了，在催促你走。

　　妈妈在给你收拾衣服。妈妈问："幺姑儿，哥哥、姐姐给你买的那些玩具，你还要吗？"你哭着说："妈妈，我不要。等它放在屋里，你看到它们，就像看到我一样。"

　　你的生母过来拉你。

　　你挣脱她的手，就朝坡上跑，边跑边喊："我不走，我不走。"

　　一向坚强的爸爸，再也忍不住了，放声大哭起来，说："幺姑儿，不是爸爸、妈妈要赶你走，我们实在是没有办法。"

　　妈妈去坡上把你抱回来。你死死扣住妈妈的脖子不放。

　　无奈，妈妈只好忍痛编了一个谎言，说："幺姑儿，你

幸福的亲情

走吧。等几天，妈妈来接你。"你听了这话，才止住了哭声，说："妈妈，我要是想你，怎么办？"妈妈说："你想妈妈，就给妈妈打电话嘛。"你说："我没有电话。"于是，妈妈就把她用过的那个手机送给了你。

你走的时候，我们都不忍去送你。

你走一段路，又停下脚步，扭头看看我们。每停下一次，就大声说："妈妈，我走了。等两天，记得来接我，到广东来接我……"

看着你逐渐远去的背影，我们泪如雨下。

六

你被生母接走的第二天，妈妈得知你并未立即去广东，而是住在县城里的亲戚家。妈妈兴奋地跑来县城看你。

但妈妈并未进屋，只走到你亲戚的家门口，远远地偷看了你几眼，就坐车回家了。妈妈说，她看到你一个人坐在门槛上，眼角挂着泪水，怪可怜的。

你走后，妈妈大病了一场。

爸爸也神情沮丧，默默地看着你的照片，沉默不语。

曾经热闹的家，一下子冷清了。家里再也没有你的笑声，再也没有你那活泼的身影……

自从你走后的第二天，家里养的那十几只兔子，开始厌食。几只山羊也不爱吃草。妈妈不忍心看着它们活活挨饿，统统卖掉了。

妈妈唯一留着的，是你平常最喜欢的那只"小白兔"，她把它放在床头的桌子上。每天早晨起床和晚上睡觉时，她都要默默地凝视良久。

不独妈妈，我们都在这种凝视中活着。

风物风雅 之

城市是梦想的温床,
但这张床不是为农村人而准备的。
当一个双脚沾满泥巴的孩子,
不惜一切代价,
拼命想挤在这张床上培植理想的胚芽时,却依然没能改变乡下人的身份。
于是,
他在床上所听到的,
不是对未来的歌唱,
而是无奈的呓语……

图腾的澡盆

一

我们家的那个澡盆,是祖上传下来的。关于它的历史,已无据可考。据父亲说,自从他有记忆始,澡盆就在我们家里存在了。就连我爷爷,也无法说出它在我们家出现的确切时间。总之,它是我们家一件古老的物件,像我们家族的历史那样古老。

澡盆是用香樟树制的。圆圆的口径,上大下小。由于受时间长久的磨砺,它的木质变得黝褐,盆口边沿,大多也已腐朽。要不是盆腰处有一根生锈的铁丝箍着,它怕是早散了架,被当做柴火,投进灶间了。

石盆子

但没有谁舍得扔弃那个澡盆,它见证了我们家族史上的不少秘密呢。

我总是将那个澡盆,认做我生之初始时,一个水性的摇篮。

还记得那些夏日夜晚,微风轻拂,繁星在天幕上眨着鬼眼,月光从院子里那棵柿树的枝叶间泻下来,在地面上投下斑驳碎影。蛙声在屋旁的水田里,高一声低一声地叫。这时,忙完劳动后的母亲,就会端来澡盆,置于树下,为我洗澡。

我的身上,总是脏兮兮的。一张脸,糊满了鼻涕、泥尘和泪水。那时,父亲和母亲都忙着干活,根本顾不上管我。只要我一日三餐吃饱,他们是不会把过多的精力投入到我身上来的。在村子里,母亲是个不服输的女人,无论做什么事,都要跑在别人前头,且比别人做得好。那样,她才活得有尊严,活得舒坦和亮堂。

自从与爷爷奶奶分家以后,母亲更是夜以继日,孜孜矻矻地劳作,恨不得一夜之间,就使我们这个新家脱贫致富。可要使一个从零开始的家,在短时间内变得富裕起来,是困难的。起初那几年,父亲和母亲黎明五点就起床,做早饭,剁猪草,煮猪食,给圈里的牛拌上草,将羊牵到山坡……忙完这一切,他们就背筐扛锄上坡干活去了。

每天早晨,我从睡梦中醒来,家里都是冷冷清清。明亮的阳光,从屋顶的瓦缝漏下来,照在我稚憨的脸上,也照在床头柜上母亲为我准备的那碗红苕稀饭和一碟咸菜上。

有时,我被一个恶梦惊醒,哭着大喊母亲,在床上又踢又蹬,直到我哭声沙哑,累得精疲力竭,也不见母亲身影。我挣扎着翻身下床,急急忙忙跑去开门,用最快的速度冲出门去,以摆脱梦魇的缠绕和恐吓。我使尽浑身力气,可门就是打不开,母亲在门扣上上了锁。惟有如此,她才能保证我的生命安全,而心无旁骛地干活。

与严峻的生存相比,血脉情亲,自是微不足道。

等到父母收工回家,天幕早已暗得难辨人影了。听到母亲开门的声音,我从地上迅速站起,扔掉手里正玩着的一个玻璃瓶,或者一个废弃的烂鞋子,朝门口迎去。一见母亲,我即大哭起来,直往母亲怀里钻。母亲一把将我抱起,将她的脸贴在我的脸上,两只眼睛噙着泪花。

倘若开门的人是父亲，我自然得不到如此温暖的怜爱。父亲顶多用他那粗大、糊满泥巴的手，抹去我眼角的泪水，然后，话也不多说一句，搬张凳子，坐在墙下，沉默着，像个行将就木的人。

超强度的劳动，使父亲成为了一个情感冷漠者。

等候母亲为我洗澡，是我心仪的一件事情。只有在那时，我才能真实地感受到母爱的存在和体贴。

母亲将我放进澡盆里，我赤身裸体端坐着。她用葫芦瓢舀起水，从我的头上淋下。晶莹的水珠，像一颗颗豌豆，从头滚到脚，滴落木盆的响声，清脆，简洁。

母亲说：沐浴一次，就生长一次。母亲这么说的时候，我感到圣洁。热水暖热我的血液，我感觉自己像一条刚出卵的鱼，在水里暗动，想游进河流，然后，融入大海。

二

母亲为妹妹洗澡时，是严禁偷窥的。她将澡盆放在房间里，闩好门，像两只躲进树洞的猫。那个房间，是一个未知世界，充满了神秘和诱惑。我坐在隔壁做作业，铅笔落在纸上，心却似脱缰野马，驰骋在臆想的旷野上。我在想，母亲为何可以将我裸露在院子里洗澡，而要将妹妹隐蔽起来？后来我才知道，男人和女人之间，注定隔着一道性别的屏障，屏障薄如纸，又厚如墙。屏障两边放着的，是善与恶，尊严和羞耻……

煤油灯暗黄的光线，将我的影子投射在墙壁上，像另一个孤立的自己。我听见母亲不停地在给妹妹说话，她的说话声很小，似乎每句话都深藏着女性特有的秘密。那些秘密只关乎女性的生长，和内心。但我还是隐约听清了母亲说的一些话语。母亲说：一个女人，从小就要爱干净，要勤洗澡，否则，身体会发霉，变臭的。妹妹也许是被母亲的话吓着了，嚷嚷着让母亲多给她擦洗几遍身子，并反复问：我的身体发霉了吗？这时，母亲总会指着水面上那一层肥皂垢，戏谑着回答：不发霉了，霉灰都洗到水里去了，你看，满满一盆呢。

澡盆宛如一面镜子，让妹妹从中窥到自己成为女人之前的雏形。

有一天，当母亲终于不再为我和妹妹洗澡，我们兄妹俩都已长大成人，且自觉地分担父母生活中的部分劳动任务。那个澡盆，也几乎成了妹妹的专利。她用它来洗我们全家人的衣服。妹妹特别勤快，做任何事情，心细，不怕吃苦，不怕受累。记忆中，我们家的院子里，总是挂满了衣服。一根铁丝，拴在两棵柿树之间。五颜六色的衣服，像一面面不同国度的旗帜，排挂在一起，预示着某种美好和和谐。阳光从树枝间照下，清风吹过，满院子飘散着一股洗衣粉的味道。

除了洗衣服，妹妹还用澡盆来洗萝卜、洗红苕。大冬天，寒气贬骨，水凉如冰。父母和我，都上坡挖红苕去了。妹妹就负责在家做饭，料理家务。我们家养了五头大肥猪，每天都要吃几大桶红苕。洗红苕的任务，也就落在妹妹头上。我们每天从坡上回来，都会看见妹妹洗红苕的身影，她永远有洗不完的红苕，像父母永远忙不完的活路。

妹妹的一双手，一到冬天，就生冻疮，年年如是。手一浸水，冻疮破皮，血珠流出来，像浑黄的泥浆水，让人心痛。母亲一回家，就急忙将妹妹拉到一边，让她歇一歇，而自己接着洗起红苕来。妹妹见母亲刚回家，还没来得及喘口气，又开始劳动，就重又跑过去，帮母亲干活。

母亲和妹妹，都是把苦水藏在心里，而把欢乐挂在脸上的女人。

妹妹终于为母亲洗了一次澡，还是用那个澡盆。

那年夏天，母亲上山砍柴，不小心跌伤了腿，不能行走，上厕所也需人扶。疼痛加上天气闷热，母亲坐在屋子里，汗水打湿她的前胸和后背，细密的水珠，绿豆般在她的额头滚动。父亲一有空闲，就偎在母亲身边，手摇蒲扇，为其散热。傍晚时，妹妹就烧好热水，将母亲扶进房间洗澡。起初，母亲坚持不让妹妹这么做，怕难为情。最终还是妹妹的一句话，感动了母亲。妹妹说：您给我洗了这么多年的澡，就不能允许我给您洗一次吗？

那天傍晚，母亲坐在澡盆里，失声痛哭。

后来，母亲不止一次说，等妹妹出嫁时，一定要送她一个又大又圆的澡盆。

母亲兑现了自己的承诺。几年后，妹妹嫁给了邻村一个木匠的儿子。妹妹出嫁那天，非常热闹，鞭炮炸响，艳阳高照。相邻几个村的人，都赶来喝妹妹

101

的喜酒。妹妹离开家的时候，母亲让迎亲的人，将那个柏木制的又圆又大的澡盆，高高举起，像举起一个金光闪闪的幸福的大花环。在众人惊喜的目光中，陪伴妹妹走向新的生活。

三

父亲小时候，也曾在那个澡盆里洗过澡。奶奶为父亲洗澡时，爷爷搬张凳子，坐在院子里的大槐树下，抽旱烟。父亲边洗澡边哭，奶奶在洗澡水里放了艾草、石菖蒲、八角枫。奶奶希望通过洗浴，来治疗父亲的皮肤溃烂症。

父亲从小体能虚弱，加之营养不良，整个人瘦得皮包骨头。一到夏天，父亲周身便生出小红疙瘩。入夜，睡在床上，南方深重的湿气，透过床榻，渗入父亲的肌肤。钻心的痒痛，像无数只饥饿的虱子，在咬噬他的皮肉。父亲从睡梦中醒来，大哭大叫。一双小手，不停地抓身上的患处。由于用力过猛，绿豆大小的红疹被抓破了皮，黄水混着血珠，蚯蚓一般，在他的背上蠕动。

父亲的每一声哭，都是一根针，刺在奶奶的心上，也刺在爷爷的心上。

村子里的人，只要遇见奶奶，就说风凉话，甚至背地里，骂我父亲长不成人。如此恶毒的诅咒，曾使我奶奶泪湿衣襟，受尽屈辱。

村人的咒骂，实际针对的是我爷爷。

那时，我爷爷是村里的保管员，因为人孤傲，性格倔强，且办事坚持原则，得罪过不少的人。那些被爷爷得罪过的人，都曾想巴结爷爷，以谋得蝇头小利。不想，他们的热脸却贴了冷板凳。于是，仇恨就这样结下了，并延续到父亲这一代。

爷爷为接续香火，也为在村人面前争口气，几乎找遍了邻村所有郎中，来为父亲治病。可父亲的病十分顽固，眼看治好了，隔不了多久，又复发。这让爷爷伤透脑筋。

还是奶奶心细，有耐心。她每天都坚持烧水，并用自创的草药疗法，来替父亲擦洗身子。奶奶也不清楚，自己的这种做法，是否管用。她只是心疼儿子。奶奶说："我能养他的身体，却管不了他的性命。"

一个又一个苦夏，在季候中消逝。奶奶的一双手，被药水泡烂了。父亲身

石缸子

上的红疹子，终于没再复发。父亲开始有了一个健康的人生。

爷爷说，父亲是被苦水泡大的。

被苦水泡大的父亲，生命中多了一种坚忍的品质。每当遇到生活的挫折和磨难，他总是临危不惧，以勇毅的姿态承受着命运馈赠给他的一切。

父亲说：他时常在梦中，看见童年时使用过的那个澡盆。每次醒来，都像是大病了一场。我理解父亲内心深处的那份情愫——他只要想起澡盆，就必定想起故乡，想起故乡的人与事，歌与哭，想起故乡的疼痛与灵魂。

四

爷爷是最后一个用那个澡盆的人。

岁末年底，眼看就要过年了。漫天飞舞的雪花，纷纷扬扬。大地上，屋顶上，树冠上，都披上了一层洁白的鹅毛绒毯子。爷爷穿着一件棉大衣，手提一个竹烘笼，坐在大门口，望着飘洒的雪片，一动不动，沉默得像一个失忆之人。可我们谁也没有想到，当爷爷出现这种呆滞神态的时候，他的生命，像他烘笼里逐渐熄灭的碳火，在向着灰烬的过程递进。

爷爷的晚景堪称落寞。

自奶奶去世后，他一直一个人生活。父母曾几次三番要求他跟我们一起住，爷爷坚持不肯。他说，一个人住，有一个人住的方便和好处。因为这件事情，我那几个出嫁的姑姑，与父母之间，结下了很深的矛盾。在姑姑们眼里，父母有虐待老人之嫌。她们说，爷爷之所以不跟我们一起生活，完全在于我母亲的凶狠，和我父亲的懦弱。姑姑们每次来我们家吵闹，母亲都躲得远远的，既不与他们理论，更不与他们争辩。可当姑姑们一走，母亲就蹲在院子里的柿树下，泣不成声。满腹的委屈，像塞进棉被里的棉花一样，堵满了胸腔。

面对姑姑们的蛮横，爷爷总是平静如水，一副看透生死的模样。如若姑姑们实在闹凶了，他也会偶尔说一句：闹吧，闹吧，把我折腾死了就好了。

其实，父母平常并未少操心爷爷的饮食起居。凡家里来了客人，或改善伙食，吃肉煮鱼时，母亲都要单独盛上一碗，叫我或者父亲，给爷爷送去。夏天，母亲又隔三差五帮爷爷洗衣、洗蚊帐。一到冬天，父亲早早地就去街上，为爷爷添置棉被。这一切，爷爷心里都是清楚的。他的晚年，并不缺少孝道的关怀。

爷爷独居，缘于他身世的凄凉，和精神的创伤。

他三岁时，我的曾爷爷和曾祖母即在战乱中丧生。失去双亲的爷爷，被其叔父领养，一直过着动荡的生活。新中国成立后，又历经各次政治运动和历史

筛子

事件,打过游击战,炼过钢铁。自然灾害时期,挖过草根,啃过树皮,吃过"观音米"……后来,又给人放过牛,当过长工。直到与我裹小脚的奶奶成亲,他颠簸的人生,才算有了一个并不平稳的家。

也许,爷爷已经习惯了孤独;也许,他是希望在人生的最后,封闭自己的内心和情感,让时间来为自己疗伤,以此进入生命的一种境界吧。

一个人的内心世界,比世界本身更难以琢磨和看透。

但爷爷到底没能走到第二年春天,他在那个雪花飘落、充满凄寒的冬天,安静地去了,像一朵枯萎的花朵,凋零在枝头。

按照乡间风俗,凡老人谢世,临终时,都要洗浴,更衣。似乎这样,才能清洗掉肉身留在尘世的罪恶,让灵魂干净地上路。

父亲将爷爷放进澡盆里,几个姑姑扶住爷爷开始变凉的身体,一边哭,一边替爷爷擦洗身子。冬风吹来,寒气聚拢。人生的意义,仿佛都在那个澡盆里了。

五

自爷爷去世后,那个澡盆,就再也没人使用。它一直被父亲挂在院墙上,像一个图腾,记载和隐藏着我们家族的历史。

澡盆,不止用来洗澡,还用来盛装生活与苦难,希望和命运。

每当看到院墙上挂着的澡盆,我就会想起爷爷最后坐在澡盆里的样子。想着想着,我好似看见爷爷并未死去,他复活了,随同那个澡盆一起,变成了一棵树,活在我们周围。

生命的轮回,多像一棵树呵,即使被伐倒,制成木盆后,也在按树的方式——生长。

子夜雨

从一场雨开始讲述吧。

屋外的寒风，飕飕地刮着。风是冬夜的刽子手，冷硬，尖利，能将一切弱小的事物，摧毁或埋葬。房梁上，几只老鼠来回跑动，吱吱乱叫。它们跟人一样，是这个幽深之夜的见证者———一场雨的受难者。

雨下在子夜，落在我们睡的床上。

床很窄。两个大人，也唯有侧着身子，才能躺下。那张床，是母亲的陪嫁。我出生以前，一直是姐姐在那张床上，与父母共度春秋。等到我降生，姐姐才被迫跟了姑姑睡，而把本该她睡的位置让给了我。我天生娇小，体质羸弱，落地时只有三公斤。由于母亲奶水不足，我全靠吃燕麦糊糊活命。母亲说："没奶吃的孩子，命苦。日后，他能否健康成长，全看造化。"母亲可怜我，对我备加呵护，每餐都想方设法让我吃饱。晚上睡觉，也要搂着我睡，与我脸贴着脸。她幻想能将自己体内的营养成分，毫无保留地传递给我。可往往脸还没贴热，她冰凉的眼泪，就顺着我的脸蛋儿，滚了下来。父亲对我的爱，要比母亲隐忍得多。他躺在床的另一头，睡得很死。白天超强度的劳动，消耗了他大量的体力和精力。

雨水从房顶上的瓦缝钻进来，砸在母亲的脸上。母亲搂着我的手臂，倏地从我的颈下抽脱，用力摇动沉睡中的父亲。一边摇一边喊："快点，接漏！接漏！"父亲闻声，慌忙翻身下床，直奔灶房，搬来脸盆，放在床上。雨滴落盆的叮咚声，打破了暗夜的寂静。

我从喧闹中醒来，睁大眼睛，屋里一片漆黑。母亲在摸火柴点灯，父亲则在地上转来转去，满屋子接漏。慌乱的脚，踢翻了一把椅子。屋顶上的漏洞，实在太多，接住这里，湿了那里。父亲搬来灶房所有能够接漏的东西，也接不住漏下的雨水。

　　母亲点亮油灯。借助灯光，父亲将地上摆放的盆子，挪了挪位置，尽量接住雨水。突然，屋外电闪雷鸣。雷声浑厚，低沉，似把夜幕撕裂了。瓢泼大雨，夹杂着风的怒吼，在暗夜里肆意流淌。不一会儿，屋里地面全湿透了。床上的被子也被打湿。母亲只好侧坐床头，靠在墙上，将我紧紧抱在怀里，用尚干燥的一块被面，裹住我的身子。父亲则坐在屋角的柜子上，抽起旱烟来。那浓重的墙壁发霉的味道，和父亲的烟草味，弥散在这窄小的空间，把我们的记忆，也染上了苦味。

　　想再睡个安稳觉，是不可能了。

　　父亲和母亲，各自沉默着。我被滚滚雷雨，吓得魂不附体，窝在母亲怀里，屏气敛声。母亲每抱一会儿我，就用手摸摸我的额头，看是否发烧。我偶尔咳嗽一声，她就非常紧张。父亲更是焦急，赶忙脱下身上的棉衣，给我盖上。他们是怕我伤风感冒——给家里制造一场更深的灾难——我们家经不起这样的折腾。

　　雨继续在下。雷声继续碾过夜空。闪电继续划破冬风。

　　兴许实在太困了。父亲躺在柜子上，打起了呼噜。呼噜声伴随着剧烈的咳

我们家的房子

嗽，阴惨惨的，瘆人。那晚，父亲将棉衣给了我，身上只搭张薄毯，受了凉。母亲歪着头，欲睡未睡，半露着身子，被冻得哆嗦。即使在她迷迷糊糊睡着时，紧搂着我的双臂，也没有丝毫松懈。

　　后来，雷声和雨水，都弱了下去。我也渐渐进入梦乡——睡得很沉，很甜。房梁上因争睡而闹腾的老鼠，也没能搅扰我的睡眠；雨滴落盆的脆响，成了我安眠的曲子。

　　雨过天亮。父亲和母亲，大病了一场。

　　大病后的父母，没有倒下。就像我们那千疮百孔的瓦房，虽遭暴雨袭击，梁柱依然硬挺，岿然顶着房盖。整个冬天，父母都在想法翻盖我们的屋顶。因年久失修，翻盖频繁，又无新瓦增添，多数的瓦，已成碎片，根本无法翻检。被翻盖过的瓦垄，一遇雨，照样漏，大则大漏，小则小漏。为此，母亲哭红过眼睛，父亲愁白过头发。一次，父亲上房检瓦，踩断了腐朽的椽，从房顶上滚了下来，折了腿。这次事故，使我们家陷入深渊，好长时间，都沉浸在悲痛中，不能自拔。

房子一角

　　痛定思痛，父母决定重建新房。

　　造房要钱。那时，恰巧我们刚分家，根本没钱。另起炉灶，什么都得重头来过。一家四口，全挤在一间破屋里。父亲想，姐姐已是个大姑娘，不能再混睡一张床铺，就拣来石头，依墙垒出床墩，在上面铺一块木板，为姐姐添了新床。屋子中间，拉根草绳，绳上挂张布帘子。晚上睡觉，将帘子一拉，便隔出两个空间。姐姐胆小，且自尊心强，刚开始，害臊，辗转不能入睡，躲进被窝，偷偷地哭。母亲跑过去安慰，陪她睡。谁知，也跟着哭了起来。那种悲戚，孤苦，可谓母女连心。

　　每天黎明，母亲就早早爬起床，上坡挖土，开垦菜畦，适时种上各色菜蔬，又全面发展副业，养猪、牛、羊、鸡等，靠自力更生，改变家庭面貌。入夜，月亮上来，星子缀满夜空。老人小孩都睡了，村庄从白昼的喧浮中沉入静谧。母亲还坐在油灯下，编草鞋，打席子。暗黄的灯光，勾勒出她清寂的身影，像一幅剪纸。凡逢赶集，母亲就将草鞋、凉席挑去卖，再换回油、盐、酱、醋，维持一家人的生活。

父亲更是夜以继日，孜孜矻矻地劳作；引水放渠，犁田耙地；开山放炮，插秧割谷……样样都干。不喊苦，不叫累。村里人见其狠命劲儿，都说：不要命了！

有一年开春，土地解冻，雨水多，是春耕的好时节。我们家的牛，却得病死了。田和土，暂时荒了下来。村中其他人家，早已播种育苗。父母心急如焚，望天兴叹。后来，还是母亲狠下心肠，拽上父亲，扛着犁铧、枷担，去了田地。春阳暖照，路边的青草，蓬勃着生长。父亲肩头架着本该牛架的枷担，走在前面；母亲紧扶犁铧，走在后面。父亲低埋着头，在前面使劲拖；母亲匍匐着身体，在后面使劲推。一前一后的样子，酷似两个罪犯，在经受苦役。傍晚回到家，父亲脱下衣服，肩上被勒出两道鲜红的血痕。血水沾在衣服上，扯都扯不掉。母亲的两只手掌，也磨穿了，连筷子也握不住。

田，保住了；土，保住了。没有荒废。秋收时，我们储藏了满满一仓粮食。那一年，风调雨顺，粮食增产，是历年来少有的丰年。

暑来寒往，冬藏秋收。我们的家，总算一天天殷实起来。虽然，父母又老

厨房

了许多——鬓角的霜丝增多了，皱纹的沟壑加深了。我和姐姐，整天猴子似的，蹦蹦跳跳，喜笑颜开。我们仿佛看到一座新房，正从地平线上拔地而起。

大家的努力，没有白费。我们的新房，终于建起来了。

造房前，父亲花了半年时间，做准备工作。因地处丘陵，生存条件恶劣，出门进门都得爬坡上坎。且我们家坐落于半山腰上，整座山又被一条河流环绕，若要与外界连通，非渡舟不可。而造房所需的水泥、石灰、砖瓦等原材料，又必经舟载人扛，才能运上山。这无疑给父亲的准备工作，增加了难度。母亲跟父亲商量，干脆花点钱，请人帮忙运料。母亲话一出口，即遭到父亲回绝。"请人，钱给少了，谁愿干？"母亲于是缄口，不再言语。父亲一门心思用在运料上，起早睡晚，披星戴月，每天赤脚扛料爬坡，数次往返。脚板起了泡，就穿上草鞋，继续搬运（后来，我在书本上看到"蚂蚁搬家"四个字，即刻联想起父亲运料的样子）。母亲忙完坡上的活路，回到家，还喘着粗气，就抓起扁担、箩筐，跑去帮父亲的忙。

如此一来，家务事便悉数落到姐姐和我的头上。姐姐懂事早，重活脏活，都自己干，只把轻巧的活让给我。诸如煮饭、喂猪等活，均她一人包揽，我不过是给她打打下手而已。

等到材料全部运齐，造房工作才正式开始。父亲请来村里最好的石、木二匠，为我们建房。他站立旁侧，亲自指挥，生怕匠人麻痹疏忽，把屋子造坏了。地基是查看了又查看；椽梁是检验了又检验。哪怕桷子放歪了一点，也要扶正，才放心。

屋顶上的瓦，是父亲亲手盖的。接漏接怕了，他不能再让新房子也漏雨。每一片瓦，都盖得严丝合缝。纵使雨下得再大，也难入侵。他要让屋顶下的每一个人，都睡得安稳，踏实。

父亲的手艺，堪称一流。他盖的新房，果然不漏雨。我们一家人，总算能够踏踏实实、舒舒服服地睡觉，和生活了。

从前，子夜漏雨的情景，不复再来。那些黑色的记忆，黑色的忧伤，黑色的恐惧，统统被一种新的生活所抹去。

日子，多了几缕阳光。

饥饿面

五岁那年,我进了一次城,那是我第一次进城,由爷爷领着。

我决定跟爷爷进城,最直接的理由除了对村庄之外的世界的好奇,还有爷爷对我的一个承诺:答应为我买碗面吃。

一碗面,使我对城市充满了幻想。

母亲听说我要进城,甚是担心,前一天晚上睡觉时,反复在耳边对我说:"幺娃,城里乱,你当心点儿,别乱跑,把你爷跟紧。"又特别对爷爷嘱咐:"他爷,娃儿胆小,乡下狗儿上不得街,你给盯牢点儿。"当时,我觉得母亲的话非常啰嗦,也没把她的话听进脑子里,我满脑子幻想的都是明天在城里吃面的情景,大脑的空间被上城的愿望填满。

其实,我并非没有吃过面条。那年月,家境虽贫寒,但家里小麦比稻谷收得多,除大半麦子被磨成面粉糊口外,剩余的就由母亲背去集镇上换成面条回来。每次母亲从集镇上换回面条,我都会高兴好几天。在我的记忆里,面条总要比面糊糊好吃。从那时起,我对面条即有了很深的感情。

每次吃面,我都会兴奋地跟在母亲身后绕着锅边转,心就像那锅中烧开的沸水,跳得老高。面条还未起锅,口水早已溢满了嘴角。面条盛在碗里,白嫩淡香。那时吃面,碗里除了放点儿油、盐,还要放一点儿颗粒状的味精,吃在嘴里异常舒心。母亲疼我,煮面时,总要在我的碗里多放一点儿猪油,吃起来就更香。母亲的关爱让我感激,我曾暗想,等我长大了,也要在母亲的碗里多放点儿油。那时,我觉得面条是我吃到的世界上最好吃的食物,如果每天都有一碗面条吃,人活一生也算有福了。

111

面条的香味就这样在我的肠胃和记忆中存活。

直到某一天，我在和邻村的麻二虎玩耍时，他告诉我，说他父亲带他进城了，还吃了一碗城里人吃的面条。他陶醉似的形容着那种面：汤是红的，有辣椒，有肉，味儿有点儿酸中带甜……他的描述逗得我口水直流。从那一刻起，我知道了这个世界上还存在着一种比我家里更好吃的面条。于是，我有了一种渴望，有朝一日也能进城去尝尝麻二虎说的那种城里人吃的面条。

这一次，爷爷说要带我进城，我兴奋得一夜都没睡着觉。

天还未亮，我就和爷爷出发了。爷爷提着一篮子鸡蛋，说是拿去城里卖。翻越着十几里山路，向城市的方向走去。走着走着，我的脑子里又幻跳出了吃面条的情景。

好不容易到了城里，街上来来往往的人晃得我眼花缭乱，仿佛

城里的挂面

世界上所有的人都集中到这一个地方来了。难怪母亲说城里乱呢，我想。我跟着爷爷，双手死死地拽着他的衣角，这是他叫我这么做的，他怕我走丢。周遭的人群像房屋的土墙将我隔在中间，我的视线只能看到地上来回移动的脚，大的、小的、肥的、瘦的。我的脑子里仍旧想着吃面条的事。我盼望自己能在那会儿瞬间变大，超出所有人的身高，那样，我就可以看到那些面铺究竟藏在什么地方了。

我记不清跟着爷爷在人群里走了多久，直到爷爷卖掉了他那篮子鸡蛋，才把我从人群里找出来。那会儿，头顶的太阳光强烈刺眼，我的肚子在人群的挤压下凹了下去，发出咕咕的叫声。爷爷似乎看穿了我的心事，他牵着我的手，

来到了一条街的转角处。远远地，我的鼻子嗅到一股奇特的香味，心不由得一惊：面。我鼓圆了双眼，四下张望。果然，在街的边沿，出现了一家卖面的铺子。我看见一个腰上拴着围裙、头上戴着个白帽子的师傅，站在一口正冒着热气的锅边，一只手拿着很软的面条朝锅里放，一只手拿着一个木质勺子在锅里搅拌，动作比母亲煮面时威风。我从来没有看见过这么柔软的面条。难道城里人吃的面条真的跟我家里的不一样？默想间，我听见爷爷在叫："师傅，来两碗面。"不一会儿，一个伙计便端来两碗面放在桌上。看着那面条，我的舌头已伸出大半，我从来不曾嗅到过这样香的面条。这或许就是麻二虎给我描述过的那种面条吧，但我觉得这面条比麻二虎说的那种还要香。我没有看爷爷，只顾埋头吃面。不知是梦想得以实现的缘故，还是面的确好吃，仅几分钟时间，碗里的面条连同面汤被我吃个精光。爷爷望望我，笑了笑，问："还想吃吗？"我点点头。爷爷把他吃过的大半碗面推给了我，说："吃吧。"我一句话没说，接过爷爷的半碗面条，吃了起来。两个碗里的面条将我的小肚子胀得凸了起来，像一个小鼓。突然，我感觉小腹疼痛，想撒尿。爷爷笑着说："傻子，吃多了吧！"说完，他领着我去了一堵墙壁的拐角处。撒完尿出来，我们没有再回到那个面铺，而是直接回了家。

　　回家的路上，爷爷一直没有开腔说话。我跟在他后面，心里还在回味面条的余香。就在我们爷孙俩翻越一道山梁时，我好似瞬间记起了什么，停下不走了，拉着爷爷的手要他重新返回城里去。爷爷被我搞得很是蹊跷，他愤怒地吼道："龟孙子，你做啥子，都走这么远了？"我嚷着说："爷爷，我记得碗里还有半碗汤没喝，我要喝汤。""喝啥，人家早倒了！"爷爷大声说。我蹲在地上赖着不走，嘴里大吼："我要喝汤，我要喝汤……"我的哭声使那个闷热的午后更加焦躁。爷爷最终没能满足我的请求，他给了我一个耳光，然后把我放在肩上，扛回了家。

　　回到家后，我一直对那忘了喝的半碗汤生出怀念，觉得挺可惜。这么多年过去了，我在心里仍惦记着那件事，直到现在，都留着遗憾！

躺在稻草堆上的呓语者

一

干活累了，我躺在一个稻草堆上，想歇一歇。可一躺下，我就睡着了，这是个意外。对，意外。大地上每时每刻都在发生着意外，不是吗？一柄铁叉被我插进土里，是个意外；一皮茅草割破了我的手指，是个意外；我撒在地上的一泡尿淹死了一只蚂蚁，是个意外；一个人的出生，是个意外……

我躺在稻草堆上睡着后，做了一个长长的梦。

插图

这是意外之外的意外。

二

我身子压着的稻草，是被我手上握着的镰刀割倒的。

我手上握着的镰刀，是被我放在院门口的那块石头磨亮的。

石头一天天凹下去，镰刀一天天亮起来。

田里的稻子越割越少，我额头的皱纹越积越多。

我收割着庄稼，岁月收割着我。

稻草和我，都是时间的遗物。

三

一堆稻草有多大的承受力？只有我的身体知道。我的身体有多大的承受力？只有沉默的土地知道。

稻草被割倒了，就不能再立起来。可我的身体躺倒了，必须得再爬起来。我要在那块割光了稻子的田里重新种出新的稻子来，我还活着呢，我不能一次就把自己一辈子该干的事干完了。我的生命不止是属于我一个人的，它同时还属于我家里的一头牛和一头羊。

一阵风刮来，把我从草堆上掀翻在地。疼痛再一次如疲累般将我掩埋。

我的身体和稻草一样脆弱。

四

稻草，一堆静物，画家眼中的色彩，诗人心中的情愫。然而，在我的记忆里，它却是一张幻想爱情的温床，一个隐藏仇恨的暗洞。

插图

不知从什么时候开始,我习惯在草堆上静坐,心事折磨着我。月光笼罩着草堆,也笼罩着我青春期的迷茫。思念一个人,对方却不明白你的忧伤。于是,草堆上便结出了一个个"心结",每一个结都是一把锁,锁住了我的羞涩,也锁住了我的伤口。

躺在草堆上,我看见自己的命运,随着草堆的下沉越陷越深。稻草被太阳晒过,我也被太阳晒过。稻草被雨水淋过,我也被雨水淋过。被日晒雨淋后的稻草最终腐烂了,却把精气留在了田地里,滋养着下一季稻子的萌生。

那么,我呢?我成了一个稻草人。

五

如果不是我强行将田里的稻子割倒,稻子是不会成为枯萎的稻草堆的,是我改变了它们的命运。既然我改变不了自己的命运,改变稻子的命运总可以吧!稻子是不会反抗的。稻谷被我收进粮仓,就算它发霉了,也还是我的。至于稻草嘛,就拿来给我垫背吧。我身上的苦,也让它来替我背!

稻草无言。我躺在稻草堆上,压抑得喘不过气来。我仍然没有逃脱自己的命运。

稻草堆,让我看清了自己的渺小,和悲哀。

六

我从稻草堆上醒来,发现我的周围站了一大圈的人,有的肩扛锄头,有的头戴草帽,有的挑着箩筐。所有人都朝着我指指点点。我害怕,不知道发生了什么事。当我欲开口询问他们时,他们却风一样四散开去,做他们该做的事情去了。

我重新成了一个孤独的人。

我想,他们之所以议论我,不外乎两种可能:

第一, 我是村子里最快乐的人。

第二, 我已经死了。

七

　　我开始怀疑自己的过去，像怀疑我身下的稻草是否生长于田地。多年来，我躺在稻草堆上的时间比躺在床上的时间多，这说明，我劳动的时间比做梦的时间少。我比村子里其他的人懒散，却比村子里任何人都累。我不知道自己的累从何而来，这种累根植在我的身体内部，我看不见。

　　我躺着的稻草堆也许看见了，但它不能说话。

　　因此，我的累，就成了一个秘密，一种必然。

八

　　我躺在稻草堆上，从一个秋天到一个夏天，从一个冬天到一个春天，我一次次死去，又一次次复活。

　　云朵在蓝天上，从东边移到西边，又从西边移到东边。而我却遗忘了回家的路，就像遗忘了生长，遗忘了梦想。

　　躺在稻草堆上，时间慢下来，我的人生也慢下来。

九

　　比我更喜欢稻草堆的，是一窝老鼠，它们比我更早地迷恋上了稻草堆。当我躺在稻草堆上做梦的时候，它们已经躲在里面生儿育女多年。

插图

稻草堆——乡村的图腾——一窝老鼠的宫殿，一个呓语者的安乐窝。稻草堆在村庄之中，村庄在稻草堆之外。我和那窝老鼠，是村庄的局外者。

一阵风刮过。

一个玩火的小男孩经过。

不知是风借走了小男孩手中的火种，还是小男孩手中的火种借助了风的力量，总之，在一个黄昏，村庄里的稻草堆在熊熊大火中化为灰烬。

作为那场劫难中的幸存者，当我从烈烈火光中逃出来时，我的鼻子嗅到了烤老鼠肉的香味，我的眼睛看到了自己的灵魂化着一缕青烟飘向了远方。

劫后余生的我不再是我，我是村庄里的每一个人。

十

稻草堆没有了，我回到了床上睡觉。干活累了的时候，也不再休息。我的田地里种满了稻子，却从此少了稻草堆。

最让我弄不明白的是，当我不再依赖稻草堆的时候，村庄里其他的人都在各自的田地里堆起了更多的稻草堆，他们在其中换来换去地睡觉。白天睡，夜晚也睡。

曾经，当我躺在稻草堆上睡觉时，他们都在没命地干活。一边干活，一边议论我。

现在，当我在地里没命地干活的时候，他们却躺在稻草堆上睡觉。

他们睡就让他们睡去吧，我不会去议论他们。反正，我不再需要稻草堆。即使我在干活的时候真的累了，我可以选择在泥土上躺一躺，甚至，爬到一棵树上去打个盹儿也绝不会躺在一个稻草堆上去睡上一觉。

除非，我的心中长满荒草。

往事已成往事

树中的老人

很多年以前了。我披一身秋风,坐于一棵树下,静心笃思。残叶飘零,没有风。树是孤独的,我也是孤独的。

我第一次听见树的喘息声,很沉痛。我绕着树转圈,目光观察着粗糙的树干,渴望聆听到更多关于一棵树的内心秘密。整整一个下午,我都在为一棵树的事冥思苦想。树,给了我想象力不能抵达的深度。像我的祖父,一个年逾八十的老人,成天坐在院坝里,自言自语,讲述他一生的经验和阅历。尽管祖父把自己的一生都梳理得如此明白、透彻,可在我的眼中,他仍然是个谜。

我观察一棵树,实际是在寻找那棵树与我的祖父相同的部分。

那个下午,我看到树枝上的黄叶是怎样一片一片坠地的,听见树的喘息是怎样一声一声变微弱的。遗憾的是我始终没能进入一棵树的内心,就像我未能进入我祖父的内心。

时间静止,与我同样未能进入一棵树的内心的,是几只不知名的鸟儿,在树枝上蹦跳、高叫,将天地喊得苍凉。

我坐于一棵树下,体验了衰老,却与死亡无关。

雪花收藏的足迹

大雪飘飞，冻冰盈尺。田野上的路被积雪埋了，世界缩小为一个角落。没有人敢出门，寒冷使很多事物都受了伤。风呜呜地鸣叫，从村庄的脊背上刮过。偶尔一只鸟被狂风击落在地，几番挣扎，闭上了眼睛。

我肩披父亲穿过的一件破棉衣，用一块麻布裹住脸，顶着风雪，走在雪野上，摇摇晃晃。我是去找我的母亲，她在田野里干活。这么冷的天儿，我担心她多病的身体支撑不了。作为她的儿子，我有责任去喊她回家。虽然，我们那个四面透风的屋子并不比野外温暖多少。

我的脚印留在雪地里，像一串不规则的伤疤。平时熟悉的地方一下子变得陌生起来，我像一只迷失方向的野兔，到处乱撞，渴望能在不经意间找到我的母亲。四野空茫，我找寻了很久，都不见母亲的身影。我凭借记忆，跑遍了属于我们家的那几块田地，收获的只有失望和惆怅。

母亲会不会化成雪水流走了？我这样想。

但马上我就否定了自己的猜测——我的母亲是耐寒的，她心中囤积的冰雪不见得比野地上的少。

风从我棉衣的破洞里钻进来，咬得我的肌肤生疼。渐渐地，我的腿失去知觉，挪不开步。天黑下来，大地安静。那夜，我没有找到回家的路，我失踪了。我最终也没能找到母亲，她也失踪了。

当我在雪地上焦急地寻找母亲的时候，母亲也在以同样的方式搜寻我的下落。

深巷中的疼痛

除夕的下午，我从家里跑出来，到了一个小镇上。杂货店的门框贴满春联，灯笼高挂在街两旁的树枝上，喜庆，吉祥。所有人都在忙着准备年夜饭。肉香弥漫，爆竹炸响。年的味道是越来越浓了。

我不想打扰任何人的雅兴，我走进一条深巷里，把自己潜藏起来。快乐与我绝缘,我是一个被节日遗弃的边沿者。我穿梭于小镇上纵横交错的巷道中,像在迷宫里游荡。巷道静寂,喧嚣在别处。我采取了很多消磨时间的办法,我捡起地上的干树枝去掏墙缝里还处于冬眠状态的虫子,用小石子在墙壁上乱涂乱画,蹲在墙角打盹儿……我尽量不去聆听小镇上各家各户吃年夜饭的欢笑声,不去幻想得了压岁钱的孩子们的复杂心情。我的孤独保护了我的尊严。

我继续在巷道里转悠,像一个患梦游症的人。突然,我发现身后跟着一条狗。我走到哪里,它跟到哪里,好像我们都是那个除夕的局外人。我将那条狗视为我精神上的同侣,这使我内心温暖。我想:能够与一条狗共贺新岁,也是幸福的。但不多久,我就发现了事实的破绽。那条狗并不是为了同情我,给我做伴,而是希望从我的身上得到施舍的食物。它跟了我好一会儿,也许是不耐烦了,也许是看穿了我的狼狈,就停下来,狂吠,然后,发威似的向我冲过来,朝着我的左腿咬了一口,摇着尾巴,跑了。好似一个上当受骗的人,眼神充满仇恨。

那天晚上,当别人正守岁的时候,我守住了自己的疼痛。

我一直在巷道里蹲着,夜是黑色的,记忆也是黑色的。也不知过了多久,大概是节日的兴奋点已过,狂欢的人们都入睡了,世界重新恢复宁静,我才拖着疼痛的腿蹒跚回家。

我原以为父亲会出来找我,没想到,他却独自坐在屋檐下,抽闷烟,偶尔抬起头,望一望天空中别人燃放的烟花,重又装上一锅烟丝,点燃,猛抽。咳嗽声惊扰了正坐在屋内缝补破衣服的母亲。我从父亲身边走过时,他非但没有问我去了哪里,反而假装对我视而不见。

看得出,他比我还要空虚。

裸露的忧伤

夕阳暗淡,风惹流云。我静坐在一条河流的岸边,看一条被岁月搁浅于沙滩上的船。

那条船已经破烂,船身上裸露的铁钉锈迹斑斑。惟有那沉重的船头依然昂扬，仿佛在回味曾经搏击风浪的豪情。我凝视着那条船，像欣赏一幅画，又像是在观察一个生命的变迁和困惑。

在那个平静的午后，我坐在河边，面对一条船，面对了一种软弱。

这种软弱不止是来自于那条已经破烂的船，更来自于一个像那条船一样沧桑的老人。

那个老人就坐在离我不远的地方，他应该比我先来到河边。整整一个午后，他也在凝视着那条船，神情比我更专注，内心充满忧伤。他是那条船的主人。

老人应该是看见我了，但他根本就不把目光注视在我的身上。他的眼里只有那条船，他们的生命是一体的。当一条曾与它的主人生死同行，风雨并肩的船在时间的磨砺中，不再乘风破浪，而是衰败残朽时，它主人内心的创伤绝不比船本身的伤痕更少疼痛。

在那个平静的午后，我坐在河边，面对一条船，我说不出我的苦恼。

那个老人也说不出他的苦恼。他在那条破船旁徘徊，辗转流连，颤抖的手指抚摸着船头，不安散布于一切中。良久，他侧转身，披着夕阳的金辉，走向了河面……

被搁浅的船

在那个平静的午后，我坐在河边，面对一条船，面对了一种死亡。

我本来是要扑向河里去救那个老人的，没想到老人却把我救了上来。我躺在河滩上，处于深度昏迷状态，模样像极了那个绝望后的老人，更像是那条被岁月搁浅于沙滩上的船。

生活在故乡的事物

父亲的烟锅燃着陈年的火星，母亲的背篓装着时间的干柴；牛背上爬满嗜血的苍蝇，羊羔在枯草的尖叶上吸奶；炊烟在傍晚呼喊黎明，农具在墙上守候春天……

生活在故乡的事物，一次又一次让我这个游子心寒。

村头的那口池塘，水越来越浅，像我的记忆，在遗忘我的母语。几只野鸭，站在岸边，仿佛几个孩童，望着苦涩的童年和孤独的幸福。

良田里，荒草凄凄，锄头的残骸在地底寻找前世的主人。五谷早已远离太阳和风。几个老人，匍匐着卑微的身子，在捡拾荒年遗落的种子和旷世的忧伤。

他们是大地最后的亲人。

房子，已经空了。朽坏的梁柱是老人的肋骨。雨水从残破的屋顶漏下，一对蚂蚁正在墙缝中搬家，像一个个逃难的人……

故乡许许多多的事物，就这样消失在活命的路上。

正在沦陷的故乡

下午三、四点钟的时候，我散步在故乡的山路上，寻找走失的青春。路的一头，连着我出生的茅屋。茅屋里，装着太阳和月亮，还有我童年的梦想。

山坡上，庄稼收割了。粮仓里，藏满了疼痛。每一粒麦子，都是我祖先的信物。我幼年爬过的那棵树，又老了许多。它的年轮上，刻着吴氏的族谱。树的根须，是我身体上放大的毛细血管。血管里流着的，不是血，而是贫穷和苦难。

　　风穿过树林，穿过我的前世和今生。大地上烙满我踟蹰的脚印。每一个脚印，都是我心上的疤痕。那是一种挥之不去的旷世哀愁。那哀愁，是我父辈的，也是土地的。像一片乌云，或一片阴影，飘荡在命运的天空。一旦降雨，就是一场灾难。

正在沦陷的家园

　　爱和苦，把我锻打成人。

　　我不想用凭吊的眼光来审视我的故乡，但现实总是让我处处碰壁。河流正在消失，花朵正在远离花期，候鸟正在迁徙，荒草正在淹没墓碑……

　　我的故乡正在沦陷。乡村已是一个遗址。

　　我终于成了一个无家可归的人。

　　我一个人在故乡的废墟上行走。我试图用我仅存的天真和脆弱的爱，在那荆棘丛生的遗址上，找到我降生于世的来处，我的悲悯，我的灵魂。

　　可我每走一步呵，都泪流满面。

耳膜间的颤动

蛙 声

蛙声低沉徐缓的音阶，能激活人的记忆，让我与童年时的某些情景不期然相遇。我的眼前便幻化出了夜空上高挂的皎皎明月，烁烁星点，以及夜空下那十里飘香的稻穗，枕着蛙声入眠的少年美丽的梦想。

我至今还记得多年前那个盛夏的夜晚，提着竹篮的我跟在姐姐身后，走在一条通往田园的土路上。我记不清当时行走的目的，也许是去迎接在田野劳动的母亲回家，或者是去拔那沙地里的萝卜。凉风拂面，夜色幽寂，山丘林木似无数奇形怪兽的身形，在视野里忽闪忽灭。我幼小的心猛地一颤，生出一袭恐惧感。我感到害怕，我紧紧拽住姐姐的衣襟，屏息前行。这时，一种声音，突然传入我的耳朵："哇——哇——哇"，节奏舒缓，简洁明快。我的心慢慢变得平静，生命被一股来自天籁的力量充盈。我内心的惧怕被驱逐了，弱小的身躯变得强大起来。直至今天，我的听觉里仍旧回旋着这种来自天籁的声音，自然的力量使我永不再畏惧黑暗。

如今，时序交替，时代更迭，恐怕是再难听到那么优美的声音了。有时偶尔能在某个村庄的角落，听到几声蛙鸣，却怎么也难以找回当年的爽朗与激情。这种低沉的叫声隐约透出一种悲怆、一种孤单——失去伙伴之后的巨大失落与愤恨,忧患与无奈。大量的青蛙被城里人请上了餐桌,作为一种美食填充着张大欲望嘴巴的胃。自然之音消失了,人的听觉便从倾听天籁之音转入了倾听股市里的吼叫声、电脑游戏里的杀伐声、沙龙里的酒杯声、夜总会里的呻吟声……因此,我们的耳朵也开始在听觉的衰竭中,接受并习惯了来自另一个世界里的喧嚣。

牛 声

雄浑。粗犷。辽远。

以发出叫声的信息来建立与世界的联系。你可以把它的叫理解为表达内心情感的方式,也可以把它的叫理解为历经生活阅历之后沉默的爆发,还可以把它的叫理解为认识生命价值及存在意义的讴歌。平素很少听到它们的叫声,它们展示给人类的形象,更多的是沉默。沉默使它获得了人类对它的信任,它也因此与人类有着根深蒂固的情感积淀。在村庄,一个庄稼人可以失去其他牲畜,比如一头羊、一只兔,但必须拥有一头牛。牛为他们的生活起着推动性或建设性的作用。

牛在发出叫声的时候,必然是受到内在情感的驱使。不管这情感是发泄悲愤,还是表达欢愉。否则,即使它在遭受皮鞭抽打的情况下,你看见的也只是它的泪水,而不会听到它的叫声。

我听到牛的叫声是在二十几年前,我爷爷养过一头牛。当牛还是幼崽的时候,爷爷就像对待自己的孩子一样喂养它,每天领它去草地、河边吃草饮水。直到后来牛长大能耕地犁田了,爷爷就常常去坡地割回一些上等草料来喂它,而牛理所当然就肩负起了家里翻地犁田的重担。有时自家的田地耕完,爷爷就将牛租给田土多的农户使用,偶尔也能攒得些许收入,帮补家用。就这样,爷爷和他的牛在生活关系中彼此依附着对方,这之间的感情自然而然就变得亲密厚重,难舍难离。牛长壮了,爷爷也老了。有一天,爷爷生命的能量已经耗尽——他走了。爷爷走后,牛便没有了主人。当我们从安葬完爷爷的悲痛中走出来,经家人商议,决定将这头牛卖掉。我们已经和牛贩达成了协议。就在牛贩说好了来牵牛的前夜,我们听到了牛的叫声——悲怆的、冰冷的、重复的叫声。这声音有一种召唤的力量,穿透夜幕,令人悚骨。第二天,牛贩来牵牛时,我们发现圈里的牛不见了,拴桩上只留下半截被牛拧断的绳索。牛失踪了,它的叫声却在我们全家人的神经末梢颤动,久久不能平静。

牛以沉默感知世事,以叫声绝别尘土。沉默献给人类的是福祉,叫声留给人类的是震撼。牛的命运永远与乡村连在一起,只有在乡村,你才能真正听见牛叫声。可有一天,当我路过城市时,也听到了牛的叫声。惊奇间,我才发现有大量的牛正在向城市涌进,只是进了城的牛,叫声多少有些变了调。

鸡　声

公鸡的叫声替乡村的白天和黑夜划分了界限,它以歌唱的形式将农人从疲惫的劳动中催入梦乡,又从迷梦中唤醒到现实的创造中来。一只公鸡是乡村一个流动的沙漏,一个活动的日晷。农人珍爱一只公鸡就像珍爱一粒饱满的麦子、一颗红实的高粱般心疼。

公鸡在乡村人心中的地位是荣耀的,它嘹亮的嗓音,昭示着每一个破晓时的喜庆和朝气。

公鸡掌握着农人的劳动秩序,它熟悉农人生活的节奏,就像熟悉村庄的每一条道路。它善于观察农人生活中那些被遗漏的细节,它会用自己的尖嘴去啄食晒场边沿散落的谷粒,用行走者的姿态去找寻掉在山路上的菜叶、麦穗、玉米……它和农人们一样

伙伴

127

对粮食充满信仰。村庄为公鸡的生存创造了广阔的天地。

公鸡在乡村是时间的使者,它的叫声激活了村庄的创造力。当雄鸡报晓的力量刺破黎明的雾霭,每户农家就传出了锅与碗碰撞的声响。年迈的老者点燃一天的第一袋烟叶,迎着晨风,目光眺望远方。上学的孩子肩挎书包,高兴地走在山道上,青春焕发。公鸡从这些情景中受到鼓舞,叫声变得更加亢奋,抖开两扇美丽的翅膀,用尽胸腔内的力量把嗓门提到最高,以一个报晓者的神圣职责和使命迎来新一轮太阳的初升。

觅食的鸡

我是一个听着公鸡叫声长大的人。公鸡的叫声培养了我对时间的正确认识,让我缅怀乡村生活带给人类朴素的天启,以及人鸡共居岁月中那些生活的宁静和简约。一只鸡永远站在村庄的最高处,以雄伟的形象守候着黎明到来时的辉煌。尽管眼下时间正在以座钟、挂钟的形式出现在乡村的桌子、墙壁上,但农人们还像敬畏自己的土地一样,敬畏着一只公鸡。

狗　声

狗叫声是乡村一种特殊报警信息系统。它会提醒主人集中注意力去观察来自家门之外的情况,以便及时采取最为恰切的防卫措施。一条狗让一户家庭获得了安全感。

走进一座村庄,你首先接触的便是与狗的交往,无论你是去拜访某个人,或是进行某项工作上的考察、调研。在乡下,家家门前都拴着一条狗,狗的义务是要承担起村里人对外部世界的戒备,一个陌生人的到来,一个异样事物的闯入,都可能引起狗的集体狂吠。一条狗的叫声可以使整个村庄沸腾,让来人真有做了盗贼而被围攻的胆战心惊。狗使乡下人获得了最大程度上的心安理得。

狗彻底忠实于自己的主人，即使在意外情况下遭受了主人的脚踢棒打，也会冰释前嫌，忠贞不渝地替主人守家看院。正是狗的这种忠诚秉性，使村人信任一条狗超过了信任一个人。狗叫声使村庄散发出亲和的力量，同时也使村庄内部保持着庄严的秩序。

狗是村庄的一部分，尤其是黑夜，狗找到了自己最大的存在意义。人睡着了，整个村庄安静下来，狗便以叫声来提高自身的警觉性和权威性，它必须替主人守护好房屋和土地，农具和柴草，坚决抵制任何有可能危害主人家园的叵测预谋的靠近。狗吠声就这样在暗夜飘来荡去，它的喧闹却使整个村庄得到了平静。

狗与村庄永远在生存关系上完善着融洽和统一。它们是农人心中的宠儿，但更多的却是以和人平等的身份介入了乡村的生活，它通过叫声来维护自己的尊严。那些被城市人关在房门内豢养，搂在怀中在公园散步的西洋狗绝不会是它们的同伴，那些狗都没有"发声"的功能。狗的叫声只有在村庄才更加豪放。有村庄的地方就有狗的叫声，一条狗能自由地叫，才算拥有了真正的自由。

替农家护院的狗

家族人物志

爷 爷

爷爷的胡须很长，像我对他的回忆。

胡须长在他脸上，宛如麦子生长于麦田。麦子从泥土里发芽，胡须从他心上抽穗。

爷爷的脸是一块方田，不种庄稼，却能收获大米、食盐……

小时候，我爱趴在爷爷背上，骑马马。爷爷的背，是古老的乡村，月光一样温柔。

我忽略了爷爷爬行的姿势，我在他背上，唱童谣。童谣从他背上滚落，像晶亮的月光。爷爷见我很快乐，他也跟着笑。

后来，我长大了。爷爷的背一直驼着。

我问：爷爷，你的背是被我小时候压驼的吗？他笑笑，笑得像春天盛开的木棉花。

"你哪有那本事，我的背，你爸爸还骑过……"

这么说，爷爷那羸弱的脊背，是一块沃土？我在上面生长过，父亲也在上面生长过。

爷爷走的时候，他的背也一直驼着，就像他的一生，那样谦卑。

爷爷的背，驮过父亲，驮过我，还驮过沉重的生活和命运。

爷爷的背，驼与直，都是一条路，一条遍布伤痕，却又绵延希望之路。

奶 奶

奶奶的针线兜，是一个摇篮。

摇篮里盛满故事，盛满夜间的烛火。

奶奶的一生，都在缝缝补补。而她这辈子的生活、坎坷、幽暗，琐碎得像针头线脑。

爷爷在时，她用破败的棉絮，替他缝夹袄。奶奶缝的夹袄，很耐磨。爷爷直到死，都没穿烂，像他们的婚姻一样牢固。

奶奶

爷爷走后，奶奶将爷爷穿过的夹袄，改缝成夹裤，留给父亲。冬天，寒风呼啸。夹裤替父亲挡住风寒。父亲不疼，我们的家就不疼。

我自幼多病。五岁那年，奶奶替我缝制了一双老虎鞋。奶奶说：我送你一对老虎，驱灾辟邪，护佑你，慢慢生长。

可等我长大了，奶奶再也不能做针线活儿了。她的眼睛，已看不到针孔，也看不到光亮。

奶奶老了，陪伴她一生的针，却越来越硬，越来越亮。

那颗针呵，那颗细小、尖锐的针，透过岁月，刺瞎了奶奶的眼，刺进了她的生命。

奶奶的一生，充满疼痛。

奶奶常常在夜间干活。月光从窗棂照进来，照在她的脸上，很安静。奶奶的脸上，有太多的裂口。那些裂口，她用针线，缝了一辈子，也没把那些伤口缝合。

父 亲

父亲放心不下他肩上扛着的那把锄头，像放心不下母亲，放心不下我。

父亲这辈子,有太多他放心不下的东西。

田里的麦子,他是每天都要去看的。他担心那些讨厌的虫子,会在暗夜里分享他的劳动成果。占了便宜,还四处唱赞歌。父亲的心,很慈善,明知那些虫子会偷吃粮食,他也不喷洒农药。每天就那样在田边干守着,他说:生长于暗中的动物,都是可怜的。

屋檐下的那条狗,跟父亲很多年了。他也不放狗出去见见世面,颈项上,总给人家拴条粗粗的铁链子。父亲说:"世界太繁杂,现今的人,得罪不起。狗再好,也是畜生。放它出去,咬了人,就闯祸了。若咬的是穷人,别人会骂它'狗仗人势'。若咬的是富贵之人,被骂'疯狗'不说,人家肯定找上门来,狠咬你一嘴。若真碰上这样的事,让我这张老脸往哪儿搁。被狗咬,痛一时;被人咬,痛一世。"

父亲还放心不下村庄。没事的时候,他提着锄头,去铲荒地上疯狂生长的野草。他怕有一天,野草淹没村庄。他必须替那些离家的人,守住一个家园。哪怕是精神家园,也好。

父亲有时也放心不下城市。他说:城市里的人那么多,无地可耕,无田可种。既不生长麦子,又不生长大米。那些人,会不会有一天坐吃山空?

父亲的担心,遭到很多人的嘲笑。从城里念大学回村的侄儿说:大伯,城里人早就不吃大米了,人家喝牛奶、吃海鲜。你在杞人忧天。

父亲不懂"杞人忧天"这个词。他沉默半晌:我就不信没了土地能活命。

这个世界上,有太多的东西,父亲都放心不下。

父亲放心不下的东西,最终,全成了我放心不下的东西。

母 亲

我一直在回忆母亲的样子,像回忆养育我的那片土地。

每天清晨,母亲都起床很早。当她起床的时候,整个村庄还在沉睡。母亲这一生,习惯了走在生活的前面。就像雪,最早感知寒冷。母亲是迎接日出最多的人,可她从来不知道,日出是什么样子。日出时,母亲正在担水、劈柴、挑粪、烧火，为他上学的孩子准备早饭。

迎接日出最多的人，最先被太阳晒老。

我是顺着母亲额头上的皱纹，来到这个世界的。那些皱纹，多像我童年爬过的山路，曲曲折折，遍布荆棘榛莽。山路上的每一个脚印，都是一道伤，滴着母亲的血。

母亲这辈子，走过很多泥泞路，碰过很多壁，忍受过太多的风雨、黑暗和委屈。这些，母亲都不曾怕过，不曾哭过。再难走的路，母亲都走过来了。再贫瘠的土地，母亲也能种植出玉米和高粱……

但有一天，母亲哭了。她趴在村庄的脊背上，泪流成河。母亲的伤痛，不是因为贫穷，而是比贫穷更可怕的空虚和惶恐。母亲说，她做了个梦，梦见偌大一个村庄，成了她一个人的坟墓。

母亲，我多灾多难的母亲呵，你为何直到暮年，还走不出自己灵魂的孤独呢？

母亲的孤独，是乡村的孤独。

母亲的痛，是乡村的痛。

母亲的模样，是乡村的模样。

奶奶

弟 弟

弟弟中考落榜后，他的整个天空就坍塌了。

泪水，像一场夏雨，淹没了他的青春和幸福。

那段日子，弟弟躲在后山的洞穴里，像只生病的小老鼠。绝望，使他恨不得趴在村庄的脊背上，死去。

弟弟遗忘了生活，生活仍在继续。

后来，当弟弟像一只冬眠的虫子，沉默一个冬天过后，阳光重新回到他的心上。尽管，被阳光照耀的弟弟，并不温暖。

但弟弟到底可以坦然地面对自己的生活和命运了。

跟父母吵过架之后，弟弟只身去了贵阳学木工。

弟弟走后，就再也没有他的消息。父母整天以泪洗面，他们少了一个儿子，多了一份内疚。

多年后的一个下午，野菊花开满山坡。

我的弟弟，裸露着伤口，出现在村庄的山路上，风从他的伤口里钻进钻出。

弟弟回来的时候，村里的人都不认得他了。他只剩一副骨架，像秋收过后的大地。

我俩站在一起，人们都说，我是弟弟，他是哥哥。

没人知道，弟弟失踪的这些年，他都经历了些什么。

弟弟是个卑贱者，在残酷的现实面前，他早已丧失了发问，乃至陈述的权利。

我

写完以上人物，我感到自己是个罪人。

追忆越深，罪孽越重。

面对来自家族的隐痛和苦难，除了感恩和忏悔，我不愿意对自己多说什么。

复活或尘封的故乡

我站在很久以前的时光中，看一个爬树的孩子。孩子很小，树很高。风吹树叶的"沙沙"声，扰乱了孩子的听觉。旷野寂静，暮色擦去了大地上多余的事物和爬树的孩子的背影。孩子爬得很艰难，但孩子的想法很简单。他想去摘悬垂于树枝上的青枣，拿回家送给妈妈做礼物，或者逗久卧病榻的爷爷开心。孩子感到一种强烈的欢乐，他正在完成一件伟大的事。可他的身体实在太瘦小了，力量单薄。这使他看上去，就像一只困在树干上的幼猫，憨态可掬。孩子继续挣扎着向上爬，他并不认为自己是弱小的，他的生命俨然成熟。他不停地抬头看树上的枣子，他看见的不是一颗颗青涩的果实，而是一个个鼓胀的、红彤彤的小灯笼，像他红润的脸蛋儿，闪光跳火。孩子奋力攀爬，终于站在了树杈上，他兴奋地伸出小手正要去摘那淡绿的青枣。突然，仿佛一道灵光闪过，划破了他的视线，使他的注意力集中在了隐藏于叶丛间的一个鸟巢上。孩子的目标

生命树

发生了转移，他先前的想法终成幻觉。他将伸出去摘枣的小手迅速缩了回来，向鸟巢伸去。对于一个充满幻想的孩子来说，一枚鸟蛋与一颗枣子同等重要。孩子小心翼翼，屏气凝神。当他的手指刚刚触碰到鸟巢的边沿时，一只大鸟振翅而起，倏忽从叶丛中的巢里飞离而逝。孩子被鸟的惊吓惊吓了，从树杈上摔了下来。暮色覆盖了大地，孩子抖掉满身的泥沙，带着未完成的心愿，扭身离去……

多年后的一个下午，我站在时光的皱褶里，看一个流泪的男人。他站在一棵苍老的枣树下，听风吹树响。飘零的黄叶落满尘埃。枣树上没有枣，也没有鸟巢。一些落光了叶片的枝干指向天空，像为坚守某种方向而存在的人。我听见流泪的男人喃喃自语："如果那只鸟不飞，也许那个家还在；如果能守住这棵树，也许就守住了一个故乡！"

如果那只鸟不飞，也许那个家还在。下雪了，雪花纷纷扬扬，像是仙女撒下的白色花瓣。一夜之间，山峰没了棱角，草垛上开满了雪绒花。房顶变矮了，树枝上结满了冰凌。怕冻的大人都躲在屋子里烤火。一群孩子，在野外空地上堆雪人，打雪仗，像欢快的精灵。唯独有一个少年，悄悄地从玩雪孩子的身边走过，头也不回地朝前走。积雪厚，地上没了路，任何的方向也都成了路。少年的后脚刚跨出去，他前脚留下的脚印即被雪花覆盖。少年刚把前脚迈出去，雪花又将他后脚留下的脚印覆盖。因此，少年觉得自己极像一个来去无踪的人，他从来不曾见过自己存在的痕迹。

少年越走越远，那群玩雪孩子的欢笑声渐渐从他耳朵中消失。他从来未曾这样感到过故乡的虚幻。历来，少年生存的这块土地在他的记忆中，都是实在的，摸得着，看得清。房子总是灰暗简陋，父母每天在其中进进出出，像在钻一个暗洞，人也跟房子一样奄奄一息；谷草总是堆得小山似的，草堆顶上那只老猫天天在上面睡懒觉，草堆下面则成了老鼠豪华的宫殿，躲在里面吃喝玩乐，生儿育女；牛总是在夜间的栅栏里嘶哞吼叫，挣断缰绳逃跑；经常有小孩在村庄里走丢，半夜里打着火把找人的呼喊声急切而混乱……

少年继续朝雪野深处走着。一场雪，使他看到了故乡的虚无。曾经存在的一切都被积雪覆盖了，只留下一块空白。少年在雪地里走了很久，连他自己都不清楚自己究竟走过哪些地方。地上没有路，自然也没留下他所走过的任何

痕迹。只是少年后来回忆说,他那天透过故乡的虚无,看到了很多眼睛看不见的东西,到底是什么东西,少年没有说。人们唯一记得的是少年手里捧着一只鸟。那天,少年竟未找到回家的路。天黑了,家里人见少年还未回来,而雪却越下越大,便去四处寻找。当家人找到他时,少年手里正捧着一只鸟,蹲在雪地上,像凝固的雕塑。少年的父亲抡手就给了他一个耳光。耳光响亮,惊飞了少年手中的鸟。少年从雪地上立起身,他没有看他的父亲,他凝视着那只被惊飞的鸟,流下了晶莹的泪滴。

"那是一只受了伤的鸟。它虽然飞走了,却把灵魂留了下来!"少年说。

柏树

如果能守住这棵树,也许就守住了一个故乡。树是有灵魂的。黄昏最先暗下来,一个老人放了把椅子,坐在树荫下,抽烟。花白的胡子像是树的肌肤上生长出的绒须,吸收着空气和阳光。蓝色的烟雾袅袅腾腾,梦境一般。几只大公鸡,红光满面,在老人身前走来走去,唱着歌谣。一个小孩,有些淘气,从屋里跑出来,偷偷地躲到老人的背后,趁老人没注意,或是闭着眼想心事的时候,伸出肉扑扑的小手,轻轻地扯了一下老人的胡须。老人疼得"哎哟"一声,孩子笑,老人也笑。

"爷爷,讲讲这棵树的故事吧。"孩子说。

老人抚摸着孩子的头,摁灭了嘴上叼着的烟。张开的嘴像一扇被打开的回忆之门。

"树和人一样,是懂感情的,但树永远比人更知道感恩。它不会像人一样好高骛远,为了所谓的理想而背弃滋养自己存活的土地。"老人正了正身子,继续说,"孩子,你知道一棵树从一株幼苗长成参天大树,其间需要历经多少风雨岁月的考验和疼痛沧桑的磨砺吗?谁能懂得一棵树的心思?!"

这棵树是我的父亲，也就是你的曾爷爷种下的。那时，我尚年轻，你父亲也只有你现在这么大。你曾爷爷种下它时，就明确地表明了他的用意，他种下这棵树不是为了今后乘凉，而是预备着以后来给自己做棺材用的。你曾爷爷一生都在为一棵树活着。他是真正陪伴着这棵树的成长而走向衰老的。每天早晚，他都要围着树干转圈，眼睛仔细观察树的变化情况。有时在外劳动累了，回来后他就躺在树干上睡上一觉，或闭上眼，想一想自己已经走过的日子，再想一想自己正在走着和剩余的日子，感慨交错。然后，他照旧会做一个梦，他梦见自己变成了一棵树，长在故土的胸膛上，挺拔，葳蕤。这个梦总是很长，老也梦不完，像树的年轮，困扰他的一生。遗憾的是当这棵树终于长到可以用来做棺材了，你曾爷爷却躺在病床上命脉衰竭。我和你奶奶正忙着替他张罗后事，特意请来村里最好的木匠来砍这棵树为他做寿材，可你曾爷爷却无论如

深山老树

何不让砍了，他拼尽全力说出了临终前最后的遗愿："树在，我就还活着！"

"几十年过去了，这棵树越长越粗。树真是比人耐活啊！"老人重新点燃手中摁灭的烟蒂，继续说，"孩子，你可记住了，日后你和你爹就用这棵树替我做一口棺材吧！记住，棺材一定要做宽敞点，厚实点，里面最好能做足躺得下两个人的宽度。我必须为你曾爷爷留足一个位置呢，那将是我们共同的屋子，共同的家。"

遗憾的是老人在某一天辞世了。老人在临终前同样没有让后人砍倒那棵大树，他闭眼前说的最后一句话是："树在，我不会死！"

几十年过去了，这棵树越长越粗。当年那个扯老人胡子的孩子早已长大。一天，这个长大的孩子听见自己的孩子蹲在当年的那棵树荫下，向另一个更老的老人说："爷爷，讲讲这棵树的故事吧。"

那个老人抚摩着孩子的头，摁灭了嘴上叼着的烟，张开的嘴像被开启的回忆之门："树是有灵魂的。它和人一样，懂感情，却比人更知道感恩。谁能懂得一棵树的心思呢？树真是比人耐活啊！假如没有了这棵树，村庄就没有根了；村庄没了根，村庄里的人就孤独了……"老人正了正身子，继续说。蓝色的烟雾袅袅腾腾，梦境一般。几只大公鸡，红光满面，在老人身前走来走去，唱着歌谣。孩子笑，老人也笑。

如果那只鸟不飞，也许那个家还在；如果能守住这棵树，也许就守住了一个故乡。多年后的一个下午，我站在故乡的大地上。看一个爬树的孩子，和一个流泪的男人。两个人，看上去像父子。孩子不停地抬头看树上的枣子，像看一个个通红的小灯笼，他同时看到了一个硕大的鸟巢，隐在叶丛中。流泪的男人立在苍老的枣树下，听风吹树响……

树上，没有枣子，也没有鸟巢。

树，沉默无语，呆呆地站在荒原上，直至站成一个迷失在时光中的孤独之人。

太阳升起以后

　　清静的日子，没有一丝风。院子四周堆积的柴垛，宛若一个个突兀的小山丘，将宅院围堵得了无生气。岁月的强力已将这里的一切物象风干成了某种符号，即便倾尽所有心力，也无法将往昔的生活用记忆去进行有序的缝缀，而人就永远在那一小片被框定的天地里拼命或挣扎着生活。

　　熟悉的是那一抔黄土，几亩良田，还有那些零碎的破铜烂铁，鸡叫猪嚎一样的声音。太阳仍旧每天从山梁上升起，任凭庄稼汉子手里的铁锄挖了多少年，也没能把它挖掉。反而，它强光的热量却将这里的一个个人从少年烤成了中年，又从中年烘成了老年。太阳每落下又升起一次，一根青丝就变成了白发。生活就在太阳的升与落中被简单化了。世界正在一点点脱离这块土地，这里的人也在一点点遗忘着自己，遗忘着世界。

　　一个老人就这么在院坝里徘徊，他身后的一切记忆都在变得遥远而模糊，就像那一排排因褪色而显苍白的泥土墙。他的头昂着，伛偻的脊背像一把弯镰。或许是太阳光刺痛了他的眼，他的额头皱着，脸上露出疲惫的神情，无奈而安详，随后他撇了撇嘴，把头扭向了别处。

　　太阳已经升起来了，老人开始计划一天的劳动，虽然他到底老了，但毕竟还活着，活着就必须为自己创造一个活着的理由或出路。

　　老人转身去提搁置在院角的铁锄，他想用锄去翻挖村头的一块田地，然后再种上蔬菜，等来年开春，再担去城里卖个好价钱，以帮补家用。但他又想去田园疏浚一条水渠，垒筑一个水池，储蓄些雨水，逢夏日旱灾，以救济家里的牛羊，甚或保住自己不多的责任田。老人手提锄柄的那一刹，动作迟笨而僵直，枯瘦的手颤抖厉害——他已经没有了提起一把锄头的力气，他的体魄已经萎缩，老眼已经昏花，自己早已是西山日薄，风中残烛。

老人静立院坝沉默良久，眯细的双眸隐隐透出凄凉和惶惑。突然间，他回忆起了年轻时踏上乡道的第一个脚印，那时，为了刚刚建立的家，自己可以用歌声去渲染田野里成熟的金色麦浪；为了家里正在成长的孩子，敢把路上烙脚的石子踩得粉碎；为了使贫寒的家庭尽快变得殷实，可以将白昼酷热的太阳用劳动时间幻变成晚上落窗的月亮。可如今，自己老了，女儿早已出嫁，儿子为讨生计去了远方。能够留下给自己做伴的，除了家里多病的老太婆，就剩那条跟了自己多年的黄狗了。虽然他的尾巴摇得明显没了以前的轻快，但也可算是一个患难与共的知己吧！

提锄头的老汉

太阳升得越来越高了。太阳是不会老的，它每天都在行走。可人毕竟老了，老了也还意味着活着吧，活着就得创造啊，每天同太阳赛跑，否则，眨眼之间，它就落山了，太阳一下山，夜也就来临了。

可是，一个连提起一把锄头的力气也没有的老人他所能做的又是什么呢？

老人在院坝里蹲了很久，烟杆上的烟叶已经燃尽，深陷的两只眼眶有浑浊的东西在蠕动，他抬头望了望天，阳光很亮。终于，他背转身拼尽全力将铁锄扛在肩上，拖着沉重的腿蹒跚地向村头挪去。

太阳已经升起来了。

出发吧。

141

遗失的故乡

一

多年的漂泊生涯，使我成了一个独居的男人。独居让我变得寂寞，也变得清醒，更变得脆弱。有时躲在城市蜗居的陋室里，内心的荒凉像冬日的寒冰。窗外偶尔刮过的一阵风，都会使我的身子瑟瑟发抖。

人或许真的要远离故土，才能深刻理解"故土"的含义。

二

每到黄昏时分，当万家灯火照亮城市的夜空，我都习惯站在出租屋狭窄的阳台上，朝着老家的方向眺望——那个两百多公里之外的故园。在那片贫瘠的土地上，我仿佛又看到了童年时的自己，赶着一群鸭，或牵着一只羊，忍饥挨饿，在田埂上摇摇晃晃地走着；看到父亲和母亲挑着箩筐，背着背篓，在落日的笼罩下，阴沉着脸，默默地走向山坡；看到几个光着屁股的野孩子，骑在牛背上，伴随沉闷的时光，等

老宅子

待成长和梦想……记忆使这一切变得虚幻而又真实，亲切却又无奈。

　　故乡给我的感受总是这么庞杂，充满了苦难和泪水。无数次，我都试图将故乡遗忘，可我越是这么做，越是忘不掉。我原以为，告别乡村，就能告别过去，获得一种城市化的生活，但当真正来到城市后，我才发觉，自己作为农村人的特质是无法改变的。我的生活习惯，我的思维方式，我的人生观和价值观，都是农民式的，与我置身的城市格格不入。我仿佛一只蛙，离开了野地、草丛、池塘，闯入了别人的领地，只能沉默地活着。

　　惟有故土，才能唤起我的自尊。

三

　　稍有闲暇，我就朝乡下跑。走在熟悉的石板路上，内心的凄惶暂时得以平复。苍翠的山峰首尾相连，白云在山顶飘移和游动，载着我的想象；藤蔓爬满崖上的石壁，仿佛岁月的经纬；路边的树又沧桑了许多，经历过时间的风霜雨雪，它们的年轮又刻下了诸多辉煌抑或暗淡的秘密。树杈上的几个鸟巢被风吹破了边沿，几根羽毛露在外面，那是生命留下的印记。曾经在里面安营扎寨的鸟儿，如今早已不知去向，说不定已经消亡。但它们在这个巢里孕育的儿孙却依旧在世界的某个角落，替它们传宗接代。

　　我常想，如果鸟也有乡愁，有一天，它们会不会带领自己的后代，飞过千山万水，越过丛林沟壑，来瞻仰这个破旧的老巢，追踪问祖，且绕树三匝，为遗失的故乡唱一首挽歌。

　　我不能替鸟儿作出任何回答。或许，故乡原本就不止是为游子而存在的。就像我，每次返乡都感觉故乡离我越来越遥远。它缥缈得如同一个梦境，虚幻得好似一阵烟霞。当故乡在游子的心里逐渐变成一种伤怀和凭吊时，它跟那个枯树枝上寂寞地空着的鸟巢，又有什么两样呢？

四

　　回乡更多的是疼痛。我每次回去，耳朵听到的总是某某又不在了。这些相

坍塌的房屋

继离世的人，大多是我的长辈。他们看着我出生，看着我长大。我穿过黄四爷在寒冬腊月里偷偷地送我的一件旧棉袄，吃过春婶背着他男人给我们的一碗白面粉。我至今还记得王大叔教我唱的人生第一首歌谣，更忘不了李奶奶在我最无助的时候帮我垫付的几块学费钱……这些平凡而普通，慈祥而憨厚的庄稼人，不仅养育了我，还教会我如何做人，以及活着的尊严。从精神意义上讲，他们每个人都是我的父亲和母亲。可如今，他们都已谢世，像春季过后的花朵，一朵接着一朵地凋零。走在故乡的山坡或野地，无论是看到被荒草掩埋的旧冢，还是泥巴尚未干透的新坟，内心的凄凉便如隆冬时节的寒气，从脚底蹿至脊背。我知道，在那些泥土下面，有我无法捡拾的乡村记忆，更有我未敢忘却的血脉亲情。少了一些人的存在，故乡也就少了一种温暖。这逐渐递减的过程，使我每每提及"故乡"这个词汇，都要鼓起绝对的勇气。

五

我最近一次回乡，是我叔公的死。我们家族史上又一棵老树，在风摧雨折中摇摇晃晃地坚守了六十九个春秋之后，终于断了。它断得是那样的决绝和彻底，连根拔起，毫无留恋。这个性格偏强的老人，生前承载了太多生理上的痛苦和心灵上的折磨，孤独和恐惧时刻侵蚀着他，使他对人世已经不再抱任何幻想。死对他来说，无疑是最好的结局。

我叔公一生乐善好施，本分老实，春种秋收，靠天吃饭。贫穷和饥饿把他炼成了一个硬汉。他从不向人低头，凡事都往自己肩上扛。为把自己的四个子女拉扯成人，他甘愿做牛做马，受尽人间屈辱。可当"荷子已成莲叶老"时，他却落得个孤苦伶仃的下场。四个子女都不在他身边。两个女儿远嫁他方。两个儿子，一个在重庆靠打工为生，另一个在近四十岁时才靠入赘讨到一个寡妇为妻。一家人分别生活在不同的屋檐之下。

即使在我叔公病重的时候，他的四个子女都没有一个回去看过他，给他些情感上的安慰或精神上的支撑。他们都以冠冕堂皇的理由，斩断了血缘这根藤。

在农村，时常发生老人无人送终的事情。我们村头的赵婆婆，老伴比她先走，子女又不在身边，单家独户住着。她长年有病，饮食起居全靠自己拖着病体解决。因行动不便，平时门都关着。一天，有人路过赵婆婆家门，喊话没人应，推门进去一看，才发现赵婆婆死在灶房背后，手上还拿着把水瓢，尸体都臭了。苦难使亲情变得冷漠，冷漠又助长了悲剧的上演。

因无钱去药店拿药，我叔婆只能隔三差五地上坡挖草药熬水给叔公喝。我叔公睡的床底下，塞满了大小的瓶瓶罐罐。那些瓶子里装满了水药。只要一踏进叔公的院子，一股怪味便扑鼻而来，带着死亡的气息。经过无数次的努力之后，叔婆最终对叔公的病失去耐心，她早已厌烦了这个曾与他同床共枕了几十年的男人。现在，她恨不得他快快死去，她已经心力交瘁。当爱变成一种恨的时候，亲人之间就再没任何意义可言。

落寞的房子

我的叔公最终是带着痛苦走的。他躺在床上，神志恍惚，大小便失禁，整个人瘦得皮包骨头。他临死前最大的愿望，是希望再看自己的子女一眼。他的子女们没有给他这个机会。上帝垂怜他，在一个凄风苦雨的夜晚，把他召回了天堂。

叔公的葬礼很是草率，连副像样的棺材都没有。叔公的四个子女匆匆赶回来时，没有人们预想的那么悲伤。他们只在叔公的灵堂前磕了几个头，烧了几沓纸，表情十分平静，仿佛灵堂里躺着的那个人，跟他们没有丝毫的关系。叔公下葬的第三天，他们就各自启程，继续他们的生活去了。生和死，悲和欢，转瞬即成云烟。

我站在叔公的坟前，不禁泪如雨下。这个让我百感交集的老人，再一次把我这个故乡的叛逃者，重新拉回了故乡。

六

或许正是因为疼痛，才使我对故乡保持着敬畏。如今，坚守在故乡的人一年比一年少。已经逃离故乡的人，如果没有一个充足的理由，是很难再把他们召唤回去的。像我叔公的四个子女，他们根本不需要故乡。

我的父母现在还生活在乡下，老两口相依为命。我没有多余的兄弟姊妹，他们是我唯一的牵挂。我每次打电话回去，问及家里的情况，以及父母的身体，他们都是报喜不报忧，尽量不给我增添麻烦。我理解他们的心态，但他们越是这样，我就越是放心不下，老想挤出时间回去看看，哪怕陪他们吃顿饭，或者说说话。只要见到他们，我的心才算踏实和安稳。他们是我生命的根须，故乡的源头，血脉的上游。有了他们，我的故乡才是具体的，可以触摸的。有了他们，我的家园才不致于荒芜，我的内心才有了支撑，情感才有了维系。

我终于明白，故乡的意义正是因为有亲人的存在。

没有亲人的故乡，至多只是一个地理名词或文学符号而已。即使你的身体回去了，灵魂也是回不去的。

风雨风烟 之

巴山蜀水，长路迢迢。
乡村与城市，现实和梦想，
挣扎和迷茫，
让一个年轻人备受煎熬。
蹲在城市的边沿或角落，
他想起了过往生活的一切：
隐痛、黑暗、尊严……
往事不堪回首，
可未来的路啊，
他又该怎样忍辱负重，风雨兼程。

乡村诊所

当了大半辈子乡村医生的父亲

诊所是由一间废弃的木料加工厂改建的，锯木面的气息弥漫其间，那是另一种生命消亡后，遗留下来的气味。现在，这种气味正在被一种叫来苏水的药味所取代，那是专为伤口准备的"营养液"。不少的"伤口"闻到这种气味，走进这间屋子，幻想通过它来止血。就像不少的人，被生存的骄阳，烤成一根根朽坏的木头后，又被其他人抬进来，幻想在这间屋子里，让枯竭的枝干重新充盈水分。

诊所处于乡村一隅，很偏僻。但再偏僻，都有人找到它。就像疾病，总能找到躲避它的人。诊所里陈设简陋，除一张桌子、一把椅子、一个药架外，必要的医疗器械，它都没有。诊所不是医院，它是被医院遗弃的一个挂着鼻涕的孩子。就像乡村不是城市，它是被城市背弃的一个衰老的母体。

尽管如此，这间诊所，依然是这个乡村的避难所。老人在里面，躲避风寒；妇女在里面，躲避贫穷；小孩在里面，躲避成长……

乡村医生呢，他在里面躲避什么？躲避死亡。

乡村医生的躲避，来源于乡村的伤。

乡村医生四十来岁，是一个地道的农民知识分子。他的抽屉里，锁着满满一屉子处方笺，那些处方笺上，写着他的身世和心事，也记录着一个乡村的历史和秘密。

　　他是唯一不穿白衣的"天使"，他的衣服沾满泥巴。在诊所里，他握的是病人的手，把的是衰竭的脉搏，收获的是生命的脆弱。在田地里，他握的是镰刀，把的是锄头，收获的是岁月的沧桑。每一次当他高绾裤管，打着赤脚，急匆匆赶到诊所时，他都误以为自己还在田地里撒农药。他说：给庄稼治病和给人治病，道理是一样的，他们的痛，都来自于土地。只是，庄稼不说话，把自己的痛藏得更深。而人，一生病，就喊痛，越喊痛就越痛。最后，痛麻木了，也就不痛了，而变得跟庄稼一样，把痛包裹起来，沉默得像厚土。

　　乡村医生，不但治病，还要治心。

　　村人们都不喊他"医生"，喊他"老陈"。

　　乡村医生每天五点起床，这是职业习惯。就像他每次从臀部上拔出针头，都不忘递给病人一团药棉。这不仅是习惯，还是道德。

　　他起床后做的第一件事，是去村头的坟堆前坐坐，上一炷香。那些坟堆里的人，有的是他的亲人，有的是他曾经的患者。那些死者的音容笑貌，曾使他的诊所变成一个有声有色的世界——多少灵魂在里面舞蹈，多少心脏在里面颤动，多少眼泪在里面流淌，多少生命在里面寻找墓碑……

　　乡村医生坐在坟堆前，像坐在诊所里一样镇定。坐着坐着，他发现坟堆里的人，仿佛全都复活了，在七嘴八舌议论着什么。并且，在那些议论的人中，有一个人的声音是他自己发出的，他说：当医生的人，都是有罪的人，面对生命本身，除了学会敬畏，

老人们

更要懂得忏悔。

当议论声渐渐减弱时，乡村医生开始朝诊所走去。几个患者，早已等候在诊所门口，黎明才刚刚过呢，这些患者比医生起得还早。

甲是一个老病汉，疾病在他体内安营扎寨若干年。每一种病，都是一粒种子。这些种子，奇怪得很，它们不吸阳光，不沐雨露，只喝血浆，蚀肉骨，即使发芽、开花了，也不挂果。那些果实，要等到喂养它们的人死后，才能看到。

老病汉现在还记得，他当初是怎样种下那些种子的。

30岁，他独自去矿山挖煤，几十米的地心深处，像他渴望的婚姻一样黑暗。就在他鼓足勇气，寻找生活的烛火时，湿气蛇一样钻进了他的膝盖。当他重新回到地面，他的腿就再也没有直过，像他再也没有直过的脊背。

40岁，他好不容易讨了老婆（一个死了丈夫的中年妇女，还带着一男一女两个孩子），有个家。为让孩子吃顿饱饭，他去工地上筛沙。烈日下，灰尘布满他的肺。从此，他再也没有睡个安稳觉。他的喉管里放了个闹钟，闹钟生了锈，或许是发条出了毛病，指针总也走不准。咳咳咳咳的报时声总是将他从恶梦中惊醒。安安静静的一个夜，也被敲碎了。

50岁，他出嫁的女儿像飞走的鸽子，多年不回家。儿子工作太忙，忙得差点连自己都忘掉了。他为了照顾生病的老伴，把自己的胃塞进肠子里，试图隐瞒疼痛，直到胃出血，穿孔。

60岁，他的老伴去世了。也许是怕他孤单，风湿病、肺结核、冠心病、糖尿病、胃癌争相涌来陪他走最后的路程。他说：我还没有从失妻的悲痛中走出来，你们一下子来这么多，让我如何承受得了。

乡村医生替老病汉抓了副药，告戒他：放宽心，吃了药就好。

老病汉埋着头，沉思后说：哪能呢？药能治病不治命。

中午了，乡村医生还没吃饭。他太忙了，像他手中紧握的笔，忙着在处方笺上替人写"遗言"。不光乡村医生呢，还有好多的人都没吃饭，他们吃药都吃饱了。

天阴了一下，像要下雨。原来是太阳躲入了云层，它不希望地上的人，看到它伤感的样子。它怕自己的眼泪，会惹得更多的人哭泣。

村子快不像村子了，地荒得像草坪。跑得动的人，都朝城市跑。跑不动的人，就留在村子里，与那些同样孤独的牲畜说话。没事的时候，老人牵着小孩，小孩牵着老人，坐在山坡上，或躺在晒场边，看夕阳，也看朝阳，看星星，也看月亮。要是下雨天，他们就站在屋檐下，望天。等到秋水望穿了，人也病了。

就这样，村子里的人越来越少，诊所里的病人却越来越多。

乙是一个小孩，五岁。从他父母外出打工那天起，他就被思念推到了一个暗淡无光的境地。在学校，他是个孤儿。在家里，他是爷爷奶奶喂养的一个小劳力。在他的记忆中，没有妈妈甜美的笑容，也没有爸爸雄性的声音。甚至，连他自己都不知道自己是怎么来的。

他经常感冒，一感冒，就发烧，昏迷。昏迷中，他也不忘喊爸爸、妈妈。爷爷奶奶也不知道他得的是啥病，听乡村医生说，孩子的病很严重，最好是去县医院医一医。爷爷奶奶没钱带他去县医院，就是欠乡村医生的医药费，也是奶奶昨天卖了一篮子鸡蛋，才付清的。

孩子的父母在城市里失踪了，他们的手机总是关机。就是过年，也不见孩子的父母回来，他们的命运掌握在包工头手里。曾听回村的老乡说，孩子的父亲在城里也生病了，整天躺在工棚里，像一节废弃的钢材。而他的母亲，正在街沿学习乞丐的技艺。为此，孩子的爷爷奶奶哭瞎了眼睛。

孩子还在昏迷中，孩子的病要靠心来医。

晚境

乡村医生躺在床上，他的睡梦中，到处都是呻吟声。李二婶在喊颈椎痛；麻三爷说他胃下垂；杜婆婆尿失禁；黄幺叔心肌梗塞。隔壁的张三娃，年纪轻轻，就糊涂了，患了"老年痴呆症"。

乡村医生辗转难眠，他的睡眠中

充斥了太多的疼痛。作为医生，他有责任去解除患者的痛苦，但他毕竟是个乡村医生，他的医术有限。况且，他的诊所，并不比一个木料加工厂更先进。面对患者的病痛，他多想放下注射器，紧握锄头，重新回到地里，像铲野草一样，轻而易举，便可将乡村的病根铲除干净。

乡村医生被那些孤绝的求救声，吓出一身冷汗。他翻身从床上坐起，窗外，月亮正在打盹。

劳动到最后

丙是一个打工回村的工伤者。在一次高空作业时，系在他身上的绳子，突然断了。他像一只受伤的蜘蛛，从四楼瞬间坠落地面。那根系住他生活的丝线，终于未能系住他的命运。他的一条腿，被城市的钢锯给锯掉了。自此，他真正变成了一只蜘蛛，要么靠爬行生存，要么待在网中央。

待在网中央，怎么行？他的妻子，还在地里，等他回去帮忙收割麦子，家里只剩一个饥饿的粮仓；他读中学的儿子，还坐在教室里，等他寄生活费去，那是他们全家人唯一的希望；他家中的老母亲已经70岁了，每天都坐在夕阳下，唤他归家，说什么要在入土前，见儿子最后一面。

为完成亲人们的愿望，他想：自己就是爬，也要爬回故乡。

从城市回乡村的路，变得无比漫长，比从乡村来城市时，要耗费他更多的精力和时间。他趔趔趄趄地走在回乡的路上，拖着的一条腿，像拖着一条生活的尾巴。他用这条尾巴，丈量人生和亲情的距离。

回到故乡的他，已经失去了故乡。现在，他是一个废人，连乡村本身都瞧他不起。

乡村医生给他输完液，嘱咐他多休息。他叹叹气说：我生不如死。

他一直有个心愿——看到儿子考上大学，然后，带上妻子，去镇上的照相馆，照张"全家福"。

为了这个心愿，他把自己的死期，一推再推。

诊所里好久都没有病人光顾了，那些生病的人，都不相信诊所能还他们健康。他们身上的病，他们自己清楚。就像哪块地该栽苕，哪块田该插秧，他们也清楚一样。当药都治不了病的时候，疾病就不再是一种疾病。

没有病人的乡村诊所孤零零的，没有病人的乡村医生也是孤零零的。各种草药放在药架上，生虫了，药效却没有减弱，反而使那些偷吃了药材的虫子，越长越胖。

偶尔会有一个病人，来到诊所，看看趴在桌子上打瞌睡的乡村医生，又转身走了。

自从病人都不来诊所治病后，乡村医生也生病了，而且，病得不轻。他一生都在替别人治病，而他自己的病，又将由谁来医治？

村长前来跟他谈过多少回了，准备把诊所重新办成木料加工厂。贫穷的村子需要致富。

乡村医生一直坐在诊所里，像一个守庙人。他想看看，一个生病的村庄，是怎样在荒芜中慢慢老去的。

水稻扬花的季节

一

在水稻扬花的季节，我常常想起我的姐姐。

这个原本与我没有血缘的女子，却一次又一次让我思念，让我的内心不得安宁，让我的灵魂痛苦不堪……她像一颗流星，倏忽从我们头顶上空划过，只留下短暂的光和长久的阴影；她更像一朵昙花，在最灿烂的瞬间凋零，惟留下凄艳的美和恒远的伤痛。

收割后的稻子

自从那个寒冷的黄昏，我的母亲从家乡的集镇上把她捡回来后，她就与我们相依为命。母亲是用一个装鸡蛋的竹筐把姐姐提回家的。那天，姐姐周身被冻得乌紫。竹筐里除放着一个肮脏的奶瓶外，还有一张写着姐姐出生日期的纸片。从纸片上看，姐姐只比我大三个月。

姐姐的到来，使我们这个原本就贫困的家，更加捉襟见肘。由于母亲奶水不足，每顿只能冲燕麦糊糊来喂我们。我和姐姐营养不良造成的体弱多病，更是使父母心急如焚。因无钱上医院，母亲就上坡挖草药熬水给我们喝。左邻右舍同情我们家的处境，多次劝告父母将姐姐扔掉，以保全我这个"亲骨肉"。但母亲狠不下心。她对邻居们说："我既然将她捡了回来，就是我的孩子，哪怕我受再大的罪，也要让孩子活下来。"

我们命运多舛的父母，就这样以他们的坚忍和慈悲，拯救了我的姐姐，也拯救了我。

从小，我和姐姐的关系就非常好。情感和心灵上从来没有过隔阂。这让村里的人都很羡慕。姐姐很懂事，知道我们家境不好，每天都帮着父母操持家务。母亲心疼她，让她多休息，她总是笑着说：不累。

自从姐姐知道不是母亲亲生的后，常常对我表现出一种歉疚的心情。有一次，姐姐在坡上割柴，我在山坡放羊，晚霞像一匹巨大的红绸，铺在天边。姐姐割满一背篓柴后，用袖子擦擦额头的汗水，坐在坡顶上看夕阳。晚风撩起她散乱的头发，看上去十足的美丽。"弟弟，过来歇一歇吧。"她朝我挥挥手。我把羊拴在一棵树上，慢慢走过去，靠她坐下。沉默一会儿之后，姐姐说："弟弟，我对不起你，如果没有我，你也许会生活得更好，会得到妈更多的爱。""不，姐姐，要是没有你，我们家就不完整，也不会快乐。"我说。姐姐听我这么一说，伸出双手紧紧抱住我的头，哭了。一边哭一边说："你们都是好人，妈是好人，爸也是好人。我的命是你们救活的，你们的大恩大德，我恐怕一辈子也还不清……"姐姐越说哭得越凶。我不知道姐姐为什么要跟我讲这些话，那是我俩第一次谈心，谈得那样深入，那样温暖，那样伤感。我们还谈到了小时候的一些事情，比如疾病、饥饿、欺压……那是我们共同的经历，是我们心里永远抹不去的伤疤。

那天下午，姐姐的眼泪变成一种忧伤，充塞了我的胸腔。

往后的岁月，姐姐一直是我的一个保护神。有时，我因什么事而激怒了父亲，父亲要打我时，姐姐总是及时站出来劝说父亲，为我做挡箭牌。平常母亲要是从外面带了什么好吃的东西回来，比如一个饼子，或者几颗糖果，她总是把母亲分给她的那部分留着，等到晚上睡觉前，又偷偷地拿给我。

记得那年春天，冰雪刚刚解冻，母亲生病了，发高烧，躺在床上说胡话，把我们一家人吓得心惊肉跳。母亲在睡梦中反复说："我要吃樱桃，我要吃樱桃……"我们家没有樱桃树，只有两棵李子树，刚谢了花，还未挂果。我绕着村子转了几圈,看哪家有成熟得早的樱桃品种。后来,我在村头李富贵家门前发现一树樱桃,那棵树上的樱桃长得比别人家的樱桃都大,且正在由青变红。

那几天,我天天跑去求李富贵,希望他允许我摘点樱桃,去满足我生病的母亲。可李富贵死活不肯,说他的樱桃是要留着卖钱的,况且,樱桃还没完全熟透,不能提前下果。姐姐看到我的所有努力皆成泡影,一天深夜,她提个竹篮,偷偷地摸到了李富贵的樱桃树下。月光照在樱桃上,水淋淋的。姐姐看看四周无人,脱下胶鞋,就往树上爬。由于打滑,她踩断了一根枯枝,险些连人带篮从树上滚下去,幸亏她的裤腰被一截断枝挂住,才躲过一劫。姐姐蹲在树杈上,正准备伸手摘樱桃,一阵狗叫声传来,吓她一跳。姐姐还没来得及下树,一束手电筒光射着她的眼睛,像一只羸弱的猫。

李富贵的吼声撕破了黑夜。他要求姐姐赔他的樱桃,并报送村委会解决。那晚,姐姐与李富贵周旋到三点钟。最终,李富贵让姐姐变成一条狗,从他的胯下钻过,才平息了这场风波。依照姐姐的性格,她是绝不可能受李富贵的胯下之辱的。她这么做,是不希望这件事被村里的人知道,她更不希望村里的人因为这件事,去羞辱我们的父母。

姐姐曾经在这里劳动

二

姐姐出事的那天,我和母亲正在家里做晚饭。

那天是端午节,母亲从柜子里拿出一块生蛆的腊肉,用菜刀切下一小截,说:"切几片肉来炒青菜,爆点油星儿给你们改善伙食,看你和你姐的脸,瘦得只剩一张皮了。"那块肉还是父亲去年从集镇上割回来的,母亲舍不得吃,就挂在灶梁上熏制成腊肉后,用火纸包裹好,放在柜子里藏起来。隔上一两个月,才拿出来切下几片,炒在菜里,为我们补充营养。

我坐在灶前烧火,火光将我的脸烤得通红。母亲围着灶忙来忙去,淘菜,切肉,蒸饭,我们在为一个家庭的"节日"做准备,这"节日"飘溢着肉香浓烈的气息。姐姐吃过午饭,就上坡割柴去了。我们家里的柴,大多是姐姐割回来的。家里的猪也是她喂,脏衣服也是她洗。一到冬天,姐姐的手就生冻疮,两只手肿得跟红萝卜似的。由于被水长期浸泡,她的手擦破了皮,血珠不断往外冒。姐姐从不喊疼,也不叫苦。母亲怕姐姐手上的伤口感染,平时不让她沾水。脏衣服脱下来,就放在床背后藏起来。可每当母亲干完活,从山坡回来,总是看见院子里的绳索上晾了一排的衣服。姐姐早已偷偷地把那些脏衣服洗得干干净净。

我和母亲做好晚饭时,父亲也劳动收工了。母亲说:"去喊你姐姐回来吃饭。"我从板凳上立起身,向后山跑去。

黄昏正在降临,暗淡的光线笼罩着树木、草地,雾朦朦的。我站在水坡嘴上(姐姐经常去那一带割柴),双手捧成喇叭状,朝四野使劲喊:姐姐,姐姐,吃夜饭了。我喊了好一阵,都听不见姐姐答应。以往,我只要站在水坡嘴上一喊"姐姐"。她就会在某个岩坎上"哟"地一声,随后,便钻出一个落满草屑的头。姐姐掸掸衣服上的泥土,背起她割的一大背柴,随我回家。可那天傍晚,无论我怎么喊,就是不见姐姐人影。我垫起脚尖,使劲喊,喉咙都扯痛了。我有些着急,沿着水坡嘴东一头西一头地乱跑,试图找到姐姐。我寻遍了整个水坡嘴,始终不见姐姐身影。我急得哭了起来。我边哭边喊:姐姐,姐姐,你在哪里?就在我哭得快发不出声时,在水坡嘴的一个岩坎上发现了姐姐的背篓,背篓里装了满满一背柴。我料想姐姐一定是摔到岩底下去了。

我哆嗦着身子，探头朝岩下瞅了瞅，没有看见姐姐。我又探出头，重新看了下，还是没有。我的脊背一麻，脑子嗡地一响，两条腿风火轮般跑回了屋。母亲看到我像一只受惊吓的兔子，脸色苍白，赶忙问：怎么了？我慌慌张张地回答：姐姐出事了。母亲一听，急忙解下腰上的围裙，朝山坡跑去。那时，父亲蹲在院子里，正在修理犁铧。他看到母亲疯跑的样子，心慌了，将犁铧一扔，跟着母亲跑上了山坡。

母亲在坡上边哭边喊姐姐的名字。父亲则急得在坡上乱跑。风将草木吹得呼呼响。黑暗降临，夜色淹没了父亲和母亲的身影。当我们终于在岩底下找到昏迷的姐姐时，发现她的头恰好磕到一块石头上，脸上的血油漆一样凝固了，抠都抠不掉，而她的手中还紧紧地握着割草刀。

从此，姐姐落下了头痛的病根。

三

"痛"是一根尖利的刺，钉在姐姐的大脑里，也钉在姐姐的心上，使她承受着肉体和精神的双重煎熬。没想到的是，多年后，这根刺会再次将姐姐刺伤，险些把她逼上了绝路。

那是夏天的一个傍晚，太阳落坡了，暑气却未消。姐姐肩上挎个布口袋，穿一件黄碎花的确良衬衫，汗流浃背地走在回家的路上。姐姐那天是去看望了生病的外婆。走到半路上的时候，她的头痛病犯了。姐姐趔趔趄趄支撑着身子朝家赶。就在这时，一个魁梧的身影幽灵般跟在她身后，像猎人盯住了他的猎物。这个幽灵叫六毛，是村里的杀猪匠，也是村长的小舅子。我们村原来有两个杀猪匠，后来因为争夺生意，六毛仗着自己的姐夫是村长，将另一个杀猪匠逼得改了行，做了箍桶匠。那天下午，六毛去邻村给人杀完猪，背上背着杀猪用的行头，嘴里哼着歌谣，喝得醉熏熏地朝家走。

当他走到月亮湾时，看见了我姐姐。六毛睁大朦胧醉眼，嘴里的歌声立刻停止了。姐姐一心忙着赶路，再加上头痛，汗水打湿了她的衬衫。衬衫沾在肉上，使姐姐正在发育的身体充满活力。那刻，单纯、无知的姐姐对身后正慢慢向她逼近的六毛毫无防备。她更不明白，自己青春的身影，正在最大限度激发六毛的兽欲。以致于，当杀猪匠六毛像一头猛兽将姐姐扑倒在地时，她还没完全明白过来是怎么回事。六毛将姐姐死死地按在地上，用他那粗大而肮脏的手，撕破了姐姐的黄碎花的确良衬衫。姐姐像一只小兔，拼命挣扎，使尽浑身力气，可六毛就像一块大石头，压得她喘不过气来。姐姐的脸憋得青紫，眼泪水一样往外流。她想叫喊，却发不出声。姐姐的嘴被六毛用来揩杀猪刀的一块烂毛巾塞住。月亮湾是一处洼地，平常很少有人来这里。姐姐眼睁睁看着六毛蹂躏自己。恐惧触电般让她全身酸软，完全失去了反抗的能力。

稻桩

当姐姐神情恍惚地走回来时，夜幕早已降临。母亲看到姐姐一头乱发，衣服被撕破了，裤子上糊满泥巴和血迹，胸腹上和颈子上都有被人抓过的指痕，立刻明白发生了什么事。母亲扔掉手里的农具，紧紧搂着姐姐，坐在地上，抱头痛哭。

第二天，父亲和母亲早早起床，气冲冲地去找六毛算账。六毛站在院子里，嘴上叼根烟，一副无事的坦然样子。母亲一见六毛，就破口大骂，一边骂一边哭："六毛，你个龟儿子，糟蹋我家闺女，禽兽不如！"六毛见我父母来势凶猛，铁青着脸，凶巴巴地说："吼啥子吼，又不是你们亲生的，心疼啥？"父亲冲上前抓住他的衣领，想打，谁知六毛却从背后掏出一把杀猪刀来，用刀尖指着父亲："老子猪都杀得死，还怕你龟儿子不成？"父亲被吓得两腿哆嗦，身子直往下沉。而六毛则站在原地挥舞着刀子，眼睛眯成一条缝，张大的嘴里露出两排敷满了猪油的黄牙。

母亲想为姐姐讨个公道，去乡派出所报案。接待母亲的是一个中年男人，戴一副眼镜。他面前的桌子上放着一杯茶，手里拿着一张报纸，翻来覆去地看。母亲喋喋不休地向那人陈述姐姐受害的经过，可那人根本就没听母亲说话，好半天才用手推了一下架在鼻尖上的眼镜，端起茶杯，喝一口茶说："你回去吧，我们会认真调查此事。"母亲从派出所出来时，还给那人作了两个揖。尽管，母亲知道那人是在搪塞自己，却仍然对他充满信任，希望他能帮助姐姐讨回公道。这是母亲最后的希望。

母亲刚从派出所出来，就碰到六毛和村长，一人提着猪头肉，一人提着猪大肠向派出所走去。六毛见了母亲，得意得很，睥睨母亲一眼，哼着小曲儿，大步流星而去。

姐姐每天都在羞辱中活着，整个变了一个人，不爱出门，也不爱说话，没事的时候，就把自己反锁在屋里，偷偷地哭。每天清晨，姐姐的眼睛不是充血，就是浮肿。村子里议论姐姐的人越来越多，那些人的话非常刺耳、难听，他们骂姐姐是小娼妇。母亲一听别人这样说姐姐，就气得浑身发颤。母亲说："那些死男人的长舌妇，用这么恶毒的话骂我家闺女，我闺女才十几岁，叫她今后怎么活。"不知姐姐听到那些人的闲言碎语，心里该怎样难受和绝望。

一天深夜，姐姐独自跑了出去。要不是母亲半夜起床小解，发现家里门开着，慌忙叫醒父亲去把姐姐找到，她恐怕早就不在人世了。那天晚上，母亲和父亲借着月光，在后山的苦楝树下找到姐姐时，她已经昏死过去。姐姐用割草刀将自己的手腕割开一条长长的口子，血流了一地。

四

姐姐到底还是撇下我们走了，离开了这个让她既爱又恨的世界。

那天下午，母亲正在挑粪浇菜。村头的麻婆婆急匆匆跑来对母亲说："戴婶，你还……还不……快去，你家闺女在河里淹死了！"麻婆婆话刚说完，母亲吓得瞪大了眼，脸色惨白，好一会儿，才回过神来，"哇"地一声哭，腿哆嗦着软了下去。手里端着的一瓢粪，掉在地上，溅了满脸的粪水。母亲奋力从地上站起来，摇摇晃晃朝后山的河边跑去。

河边站了一大圈人，像一群聒噪的乌鸦，闹哄哄的。大家看到母亲嚎啕着跑来了，都闭了嘴，所有的目光都盯着母亲一个人。母亲疯了似的拨开围着的人群，直接就朝河里冲，她想去把姐姐捞上来。母亲刚跳下河，就被两个男人拉了上来，水顺着她的头发往下流。姐姐的尸体浮在水面上，脸上覆盖着水草，嘴唇发黑，模样真是惨不忍睹。母亲一边哭，一边死死盯着水面上的姐姐，晕死过去。

　　父亲还不知道姐姐已经溺水身亡。他正在山上忙着砍树、剥树皮。那些树，是专门给姐姐制嫁奁用的。自从六毛强暴了姐姐后，姐姐一直是父母的一块心病。看到姐姐整天郁郁寡欢的样子，父母又焦又愁，害怕姐姐想不开，再有个三长两短。母亲说："得尽快替这孩子找个人家，否则，肯定会出事。"可

姐姐洗衣服的地方

人哪有那么好找，方圆几个村的人，都知道姐姐被六毛侮辱的事。一般的人家，都不愿接纳姐姐，说她失了清白，不干净。母亲前前后后拜托了好几个媒人，替姐姐牵线搭桥，穿针引线，结果都是无功而返。

　　直到有一天，张木匠领着他瘸腿的儿子，主动到我家提亲，父母心中的阴影才渐渐消散。张木匠的儿子比姐姐大九岁，由于幼年时，被一块石头砸断了

腿，就一直靠一根拐杖生活。张木匠的儿子残废后，一直讨不到老婆，人前人后都被人嘲笑。他这回来我家提亲，是考虑到他的儿子和我姐姐都有缺陷。

池塘

先父亲不同意，父亲说："虽然我闺女失了贞操，但人毕竟健全，况且，张木匠的儿子比我闺女大这么多。"后来，还是母亲说通了父亲。母亲说："虽然张木匠的儿子腿有残疾，岁数也大了点，但人倒也本分，憨厚，心眼好，居家过日子应该不错。我看就这么定了吧。要是再不替这闺女物色一个对象，怕要拖出人命来的。"

姐姐的亲事就这样定下了，双方也都各自在为成亲做着准备。母亲还专门请阴阳先生择了黄道吉日，打算尽快为姐姐完婚，好了却大家的一桩心事。没想到，姐姐却在成婚前走了。

当父亲气喘吁吁来到河边，看到晕倒的母亲和河面上漂浮的姐姐时，一下扑在母亲身上，痛哭失声。眼泪像决堤的水闸，哗哗流淌。那刻，一个男人内在的坚强，被死亡和恐惧彻底击溃了。

我压制住内心强大的悲痛，找来一根绳子和一根竹竿，跪求两个乡邻帮忙将姐姐的尸体捞上岸。姐姐被捞上岸后，我们才发现她怀着身孕。我的大脑嗡的一声，像被谁用铁锤击了一下，全身的骨头都散了架。乌云滚滚而来，淹没了整个世界。

我们从沉痛中醒过来时，天近黄昏。如血的残阳照在姐姐身上，像覆盖着无数散落的花瓣。我和父亲编了一个竹架，抬着姐姐回家。那正是水稻扬花的季节。晚风吹拂，蛙鸣声声。所有的稻花都在为姐姐招魂。

院　墙

一

　　院墙是泥巴砌的,很矮,但很牢固。院墙的正中,长着一棵枣树。枣树有些年岁了,粗粗的枝干,刻满了岁月的秘密。葳蕤的树冠,像一把大伞,罩住院墙的两边。阳光从树叶间泻下来,将斑驳碎影投射于墙上,像无数个破碎的梦。偶尔,有一只猫,在院墙上走来走去,消磨时光。

　　母亲在院墙下晾衣服,衣服都很旧了,落满岁月的风霜。我趴在院子中间的石桌上,练习写字。母亲沉默着,我也沉默着。母亲晾完衣服后,就转身回屋去了,整整一个下午,再也没有出来。我写一行字,就抬头望望天。天空瓦蓝瓦蓝的,变幻的云朵,像一些民间剪纸,更像一些臆造出来的图案,让人思绪遄飞。就在我准备写下一行文字的时候,我的耳朵,听到衣服上滴水的声音,咚、咚、咚……清脆,神秘,仿佛是从我的身体里发出来的。我下意识看了看那些被母亲洗得发白的衣服,它们被一根铁丝串在一起,随风一晃一晃的。孤零零的样子,像一张张被风干的皮肉。

　　天色暗下来,云层厚了一些。院子里除了我,连一只猫也没有。衣服滴水的声音,在我的耳膜上无限放大,最终,形成一种巨大的孤独感,将我淹没,将时间淹没,将一个下午淹没。

　　我放下手中的笔,合上书本,走出了院墙的包围。

二

　　院墙的那边,也是一个小院。院坝里堆满了柴草,那些草是经过冬天的,只要一根火柴，就能将之点燃。草堆旁，卧着一条黄狗，眼睛半睁半闭，懒洋洋的，一副老之将至的模样。我从院墙边走过，它看也不看我一眼，蜷缩着身子，抱住一团温暖，像抱住自己的宿命。院子里很安静，它的主人不在家，也许是上坡翻土，或者是收割豆荚去了。关闭的房门上了锁，锁已经生锈，好似许久都没有人开启。

我从地上捡起一块石子，准备向那条狗砸去。我讨厌它那种还没有死，就装出寿终正寝的样子。我举起手中的石块，正要砸，它突然睁大瞳孔，毛发倒竖，龇着牙，朝我怒吼。手中的石块滑落下来，刚好砸中我的脚背。眼泪顺着脸颊流下来，疼痛在我的心尖上花朵般绽放。

我正欲转身逃离，突然，一个女孩迅速从房屋的背面跑过来，操起搁在院墙边的一根竹竿，朝狗身上打去。狗起身的动作有些迟缓，背上被重重地挨了两棍，汪汪汪地逃跑了。女孩名叫蓝蓝，村里的人都喊她"哑巴"。蓝蓝的哑，是先天性的，她一出世，这个世界于她而言，就是沉默的，失语的。她感知世界的唯一方式，除了体悟，便是

挂满鞋子的房屋

承受。蓝蓝扔掉棍子，朝我善意地笑笑，就去门槛下摸钥匙开门。她将整个身子都趴在门槛上，伸长双手，在最大范围内来回摸索。脸紧贴门板，像是镶进去似的。她摸了很久，也没找到钥匙。看得出，她很焦急。她急于想到屋子里去——想进屋喝口水？还是去拿一件被遗忘了的物件？总之，她要进屋，屋里有她需要的东西。

但她没有钥匙，门是上了锁的。

她不得不失望地回转身，背起放在屋檐下的一个大背篓，走出了院墙的包围。我没有说话，我们彼此是对方一个沉默的影子。

三

　　乡村的岁月，落寞得似寒夜的月亮。所有的人，都在忙，手不歇脚不停，像风追赶着云。可谁也不清楚究竟在忙些啥。大人们每天考虑的，都是生存的事。虽然，他们的内心极度空虚，但跟活命比起来，灵魂实在算不得什么。村头学堂里的学生，数量每天都在减少，以致后来，连老师都失去了继续教书的信心。操坝上的野草，越长越深。挂在教室椽梁上那截用铁管做的"铃铛"，已经撞不出宏亮的响声。日子宛如一张老人的脸，正在逐渐褪去光泽，而埋藏在皱纹沟壑里的，是生活无法言说的部分。

　　我即是那不断减掉的队伍中的一员。

　　自从我辍学后，童年也跟着退场了。我只给自己留下一本语文书、几个练习本和一支用掉大半截的铅笔，把其余的书统统投进灶间烧了。而那个破旧的军用书包，也被母亲拿去做了针线袋。我之所以没烧掉那本语文书，是因为我迷恋书上的方块字所散发出来的气息。在我眼中，每一个字，都是有生命的。每个字的笔画，都是我血管的延伸。

院墙旁

只要有空，我就趴在院坝中间的石桌上，临摹书本上的字。我幻想通过练字，来增添童年生活的色彩。否则，倘今后我能侥幸长大成人，真不知道该用怎样的记忆，去缅怀我的曾经。母亲从来不过问我的事情，只要我还活着，对她来说，即是最大的安慰。她每天除了拼命干活，就是缝补、搓洗那一堆旧衣服。衣服有父亲的、我的，还有她自己的。每件衣服，都是我们家族史上的文物。父亲穿的衣服，是爷爷留下来的；母亲穿的衣服，是奶奶留下来的；我穿的衣服，是根据父母穿破的衣服改做的。衣服的前胸后背都打满补丁，补丁重补丁，伤口重伤口。父亲总是板着张脸，跟人有仇似的，闲暇时，独自坐在屋檐下抽叶子烟，呛人的烟草味道四处飘散。他抽一阵烟，咳嗽一阵，咳得很凶，痰里带着血丝。幸亏有烟抽，不然，父亲就少了一个活着的理由。偶尔，他会走过来瞧瞧我写的字，看了很久，却一句话不说，又重新坐回屋檐下，像一尊雕塑。

除了以前老师教过的字外，大多我都不认识，也不知道它们代表什么意思。蓝蓝更不知道，她一天学堂也没进过。但她对我的写字行为充满好奇，每当我趴在石桌上练字的时候，她都躲在院墙的另一面，从一个缝隙里偷偷地瞅我。起初，我并未察觉她在偷看我练字，她是被我母亲发觉的。那天，母亲照旧在院子里晾衣服，不小心，抖落了衣服上的一颗纽扣。她躬下身子，满院子寻找，找到墙根下时，一抬头，目光正好穿过墙缝，与对面的眼睛相遇，吓她一跳。我跟随母亲跑出院门一看，发现蓝蓝蹲在墙根，身子打颤，满脸羞红。

蓝蓝的偷窥，使我的练字行为，开始变得有了意义。她的那双眼睛，仿佛一道光，穿透墙壁，直抵我心。后来，练字成了我每日的必做功课，只要天不下雨，我就会安静地趴在石桌上，专心致志地尽量把每个字都写工整，写漂亮——我不止是为自己写，还为身后的"读者"而写。

尽管，我们都不明白这些字的含义。

四

秋天，院墙正中的枣树上挂满了枣子。风一吹，满树的小枣都摇晃着脑袋，可爱极了。我是眼看着这些枣子长大的，蓝蓝也是眼看着它们长大的。她站在院墙的那边看，我站在院墙的这边看。虽然，我们彼此看不见对方，但明白心里都在想些什么。我们的情感是相通的，我们的心里，装着同一个梦想。

特别是有月亮的夜晚，村子里的人们都入睡了，大地安静得幽深，只有我和蓝蓝醒着。我们站在同一棵枣树下，背靠着同一堵院墙的两面，抬起头，静静地看着树上的枣子，听它们说话，听它们打鼾，听它们的呓语。隔着墙壁，我们还听到了对方心跳的声音。明亮的月光照着两个小院、两个孩子、一棵树、一堵院墙。

夜晚给了我想象的自由，也给了蓝蓝想象的自由。在白天，蓝蓝是没有自

树林

由的。她的自由被父母牢牢地限制死了，而变成一个劳动工具。天不亮，她就背着背篓上坡割草。待到朝霞映红天边，屋顶上升起袅袅炊烟的时候，她已经割满一背篓青草回来了。青草上挂着的露珠，像是从她的心尖上溢出来的。圈里的那头牛，是蓝蓝喂大的。牛刍草时，蓝蓝就站在圈栏前看着它。牛吃一嘴草，也抬头看一眼蓝蓝，眼神中充满感激。若不是蓝蓝的精心照料，它怕是早就被饿死了。在吃不饱饭的年月，地也荒得差不多了。村里的人都不再指望能在贫瘠的土地上种出粮食来。蓝蓝的父亲早就想将这头牛卖掉，先后找来几个屠户商议价钱。终因双方未达成一致协议，而暂时保全了牛的性命。每次屠户来看牛，蓝蓝都非常紧张，堵在圈门口，双手又比又划，企图唤起屠户的善念。但没有人将蓝蓝当回事，屠户一边用手在牛身上拍拍，一边讨价还价。牛的眼泪挂在眼角，蓝蓝的眼泪也挂在眼角。牛跟蓝蓝一样，不会说话，她们是天生的"哑巴"。最终，牛还是被卖掉了。牛被人牵走以后，蓝蓝每天不再割草，但依旧天不亮就起床。除了割草，有太多的事等着她去做。她每次从牛圈门前走过，都要伸长脖子朝里面瞅瞅，仿佛那头牛还在，她要跟牛打声招呼。

　　蓝蓝的父母经常吵架，吵过了，就动手打，闹得鸡飞狗跳。他们都想再生个儿子，接续香火。蓝蓝已经是他们生的第三个孩子了。第一个生下来不足四十天，就感染风寒夭折了。第二个孩子虽是个男孩，但长到三岁还不会走路，且双耳失聪。在一次赶集时，他们将之带到镇上丢掉了。待到蓝蓝降生，却发现又是个哑巴。他们原本也想将蓝蓝处理掉，惟恐接下来出生的孩子，同样是残疾。经过一番激烈的思想斗争，他们相信了命。蓝蓝也才侥幸活了下来。

活下来的蓝蓝，是她父母的一个羞耻。他们认为，是蓝蓝败坏了他们在村子里的名声，给他们脸上抹了黑。他们基本上不顾蓝蓝的死活，无论夏天，还是冬天，都能在田间地头看到蓝蓝劳动的身影。矮小的个子，还没有芭茅草高。一个大背篓挂在肩上，像驮了块大石头，强压着她虚弱的身体。她的一双小手，瘦得跟鸡爪似的，上面布满疤痕。她身上穿的那件补丁衣服，好似从来就没有换洗过，破洞里藏着过冬的虱子。平常大人出门，是从来不会带蓝蓝去的。门一关，锁一上，转身就走了，把蓝蓝一个人抛在院子里，孤零零的。有时，大人打了架，心里不痛快，蓝蓝还得充当出气筒。母亲骂她，父亲打她，她的身上，经常爬满鲜红的血痕，那全是父亲用竹条给抽的。面对这一切来自生存的磨难，蓝蓝始终沉默着。她不发声，也发不出声，连一滴眼泪也不流。

蓝蓝最信任的，是她们家的那条狗。狗最听蓝蓝的话，她让狗躺下，狗就躺下。无事的时候，蓝蓝就让狗陪着她，坐在院墙下，看树上的枣子，以及树枝间活蹦乱跳的鸟雀。那些鸟雀贪嘴得很，枣子还没成熟，就用尖喙去啄。被啄掉的枣子砸在狗的头上，或是自己的头上，也不生气。那是她最快乐的时候。她是那么渴望变成一只鸟，在树上自由穿梭，在蓝天上自由飞翔，飞出高山之外——从此，让这堵牢固的院墙再也囚禁不了她。

狗看穿了蓝蓝的心思，太阳落山的时候，就会领着她去村边的小河边转悠，散散心。河水缓缓地流淌，无声无息，带走了时间，也把村子里的秘密带走了。蓝蓝坐在河岸上，狗摇着尾巴，守在她身旁，站岗似的。晚霞铺在水中，把她们投在水面上的倒影也染红了。蓝蓝心情不好的时候，也会骂几句狗，捡起地上的干树枝朝狗身上打去。狗虽挨了打，但并不记仇，照样跟在蓝蓝身后，蓝蓝走一步，狗跟一步。她们走过的地方，淌着蓝蓝的泪水，也淌着狗的泪水。

入夜，蓝蓝习惯到院墙下面待一会儿，我也习惯到院墙下面待一会儿。四周静悄悄的，只有墙缝里躲着的蟋蟀唱着疲乏的歌。夜风吹拂，枣树的叶子发出哗哗的声响，那种喧响里，有我们谁也抗拒不了的忧愁。

隔着院墙，我们共同背负起隐形的沉重。

五

母亲在晾衣服的过程中，获得了内心的宁静。衣服也是有生命的，它的纤维里吸收着人的体温。在洗衣服之前，母亲总是要将那些新磨出的破洞补上。作为妻子，她想给丈夫收藏些阳光；作为母亲，她想给孩子保留些温暖。而这一切，都要通过衣服来完成，当心缺少足够力量的时候，这是唯一的途径。

父亲的衣服上，洞口是最多的。那些洞口，有的是被风撕烂的，有的是被刀割裂的，有的是被雨淋破的，还有的是被他的烟锅烧穿的……父亲是乡村忠实的守望者，他相信人定胜天。当村里大多数人的地被荒废掉，年轻力壮的人都朝城里跑时，他依旧高抡锄头，耕作于田间。他从来不在乎别人的看法，执著地我行我素。干完自己地里的活儿，还跑去将别人荒地里的野草刈除，翻耕后，种上小麦和大豆。哪怕遭遇旱情，抑或虫灾，粮食颗粒无收，他也痴心不改。送冬迎春，年复一年，父亲就这样在与土地的对抗中消耗着生命。皱纹逐渐爬满他的额

竹林

头,白发逐渐覆盖他的头顶,从前挺直的脊梁也弯了下来,他的身体离大地越来越近,仿佛等着土地最终将他接纳。

我在父母的老去中一天天长大。我不再耽迷于练习写字,人生的梦想越缩越小,小到像那棵枣树上的枣子,不需要等到成熟,就被鸟雀叼去果腹。即便如此,我也希望是一只漂亮的鸟雀来青睐我这颗"小枣"。生活就像一副模具,可以随意把人塑造成它理想中的样子。父亲是我未来模型的参照,在他的熏染和调教下,我学会了开垦荒地,种植玉米、高粱,还学会了挑粪、养兔子。我的双手沾满泥巴,皮肤粗糙得像锯齿。一张原本年轻的脸,刻满了老年人的风霜。父亲对我在农业上的表现,既不赞扬,也不责难。他总是用一种平静的眼光打量我,让我的内心惶恐不安。我跟父亲很少有过交流,从小到大,我们之间的情感都是有隔阂的。他跟我说得最多的一句话是:"是人就得活出个人样儿,别当孬种!"即使他心里真想跟我说事,也不当面对我讲,而是指使我母亲来转达他的意旨。不止一次,母亲神神秘秘地跑来跟我说:"你应该存点积蓄,把破旧的房子翻修翻修,年龄大了,总得说门亲,安个家了。否则,再拖下去,人就荒废了。人荒废跟地荒废差不多,无论施多少肥,都不增产。"末了,不忘补充一句:"这是你爸说的。"

父亲希望通过女人来拯救我的苦难,从而激发起我对土地更深的热爱。

六

院墙遭到长期的风雨侵蚀,表面的泥层开始脱落,裸露出里面的秫秸和碎石。墙根下,随处都是老鼠刨出的洞穴。夜晚,一对对的老鼠跑出来寻欢作乐;白天,就躲进洞穴生儿育女,过着安逸的生活,引来邻里周边的猫,成天蹲在院墙上守株待"鼠"。

我和蓝蓝已经不再像年少时那样,靠在院墙上望着枣树,幻想不着边际的事情。如今的我们,都比院墙高出一个头顶了。站在院墙的这边,抬眼就能看到院墙那边的动静;站在院墙那边,侧耳就能听到院墙这边吹过来的风声。我们原先蹲在墙下做梦的地方,都让给了村子里那些老人们。只要天晴,他们就搬条凳子,靠着墙根坐成一排,晒太阳,摆龙门阵,用回忆打发余下的时光。

蓝蓝终于成为她父母的骄傲，村子里的骄傲。十里八村的人都知道她的名字，知道有一个"哑巴女"，不但人长得漂亮，而且勤快，还烧得一手好茶饭。蓝蓝的确能干，洗衣种菜，喂猪养羊，插秧割麦……没有她不会的，这是从小磨练出来的本事。她跟村子里其他女孩子相比，少娇气，吃得苦，遇事冷静，有主见。更重要的是，她善良。无论碰见村子里的谁，都露出一张甜甜的笑脸。她还经常帮助村子里那些鳏寡老人洗衣叠被，炖汤熬药。蓝蓝的父母每当听到别人夸自己的女儿时，心中漾起的喜悦，比吃了蜂蜜还甜。蓝蓝对自己的双亲，更是相当孝顺。知道父母就她一个女儿，便把家中大小事务全部扛了下来，重活脏活都不再让他们干。她父亲几年前中了风，躺在床上不能动，吃饭要人喂，拉屎撒尿要人扶，这些全都由蓝蓝独自承担。

只要看到蓝蓝在院子那边跑进跑出忙碌的身影，我就心生感动。有时，我会主动过去帮她干些重活，减轻她的负担。她对我所给予的帮助心怀歉意，把感恩都藏在心里。偶尔，她也会煮几个热滚滚的鸡蛋，偷偷地从院墙的那边递给我，然后，羞红着脸转身跑进屋。

隔三差五，都有媒人前来给蓝蓝提亲。来提亲的人家，都是家庭条件比较不错的。他们不嫌弃蓝蓝是个哑巴，谁若是娶到蓝蓝做老婆，那是前世修来的福气。但蓝蓝对前来提亲的人，统统拒绝了。她对自己的出嫁有个条件——必须把自己的父母一起嫁到男方，这是来提亲的人家都难以接受的。

但蓝蓝到底还是嫁人了。

娶她的是从外乡来的一个小伙子。小伙子自幼父母双亡，吃百家饭长大，后来独自跑出去闯世界，学了一门泥水匠手艺。在城里摸爬滚打多年，挣了些钱，回村后听人说起蓝蓝的事，便主动找上门来入赘，并发誓与蓝蓝厮守终生，共同承担赡养老人的义务。

蓝蓝的婚礼是在一个冬天举行的。婚礼很热闹，村中男女老少都赶来吃蓝蓝的喜酒。大红鞭炮炸翻了天，整个村庄都笼罩在一片喜庆的氛围之中。我站在院墙的另一边，看到身穿大红棉袄的蓝蓝被人群簇拥着，像簇拥着一团火。那团火，把整个村庄都燃烧了起来，熊熊的火焰把刺骨的寒冷驱散了，也把每个人心中囤积的寒冷消融了。

七

冬去春来,阳光重新照临大地。冰雪解冻,万物苏醒。枣树上发出了无数的新芽,站在院墙下,抬头一望,满目苍翠。

一个新的年头开始了。

蓝蓝的肚皮像挂穗的麦子,一天天鼓了起来。阳光好的时候,她会叫丈夫把瘫痪的父亲抱到院坝里的椅子上晒太阳。每隔一段时间,她都要帮父亲翻转身子,行动笨拙而灵巧。她的丈夫憨厚、勤劳,把田间地头的活,干得漂漂亮亮。秧田耙了,谷种也下了;该种的蔬菜,也种上了。小两口把日子过得有滋有味,红红火火。

我蹲在院墙下,望着枣树发呆。父亲坐在院子里,修整闲置了一个冬天的犁铧。突然,他停下手中的活计,很认真地跟我说:"你也老大不小了,该成个家了。"那是父亲第一次跟我谈心。我埋着头,没有说话。母亲伛偻着腰,在院墙下晾衣服。母亲晾的衣服上,又新添了几块补丁。

院墙一角

一个木匠的尊严

一

刚入秋，气温就变凉了。天地灰蒙蒙的，像披了一层薄纱。时间也慢了下来，让人辨不清早晨和傍晚的区别。姑父蹲在院门口的磨刀石前，磨那些跟了他一辈子的斧头、凿子、推刨。他从半下午就开始磨，一直磨到傍晚，成心要折腾它们似的。

斧头已经够锋利了，姑父试过，他举起斧子，朝一根锄把粗的树枝砍去，刹那间，树枝断成两截，齐整整的，断口光滑如砥。姑父提斧子的手因用力过猛，有些颤抖。斧头在暮霭笼罩下，寒光闪闪。

但姑父还是不放心，那些工具有好几年没有使用过了，全都生了锈。自从他停做木工那天起，那些工具就被他锁进箱子里，放进床底下，未曾打开。虽然，他经常在梦中看见自己重又操起家伙，帮助邻里亲朋打制风车、桌椅，替别人修房造屋。

那些工具，是姑父的一个精神慰藉。只要一看到它们，他就两眼放光。像一个饥饿到极点的人，突然见到了馒头。经过姑父费心的打磨，那些尘封的工具重又变得光洁锃亮起来。姑父将它们并排放在院坝边的条石上，像展览出土的文物一样，内心充满肃穆和敬畏。

他试图重新找回作为一个木匠的尊严。

匆匆吃过晚饭，姑父就爬上木楼，取下早就藏好的上等柏木。那几截木料又粗又直，树龄最短也在十年以上。那还是他在多年前，从大山上砍回来搁在阁楼上的。除开他的叔父叔母去世时，取下几截料为他们打了两副棺材外，剩余的就一直被他看守着，没舍得用。那些木料和那些工具一样，都是他心中的最爱，上面刻满了他的人生密码。

如今，他要动用那些珍贵的木料，来打制一件能让自己得意的东西。

月亮升起来，光辉洒落一地，透着梦幻色彩。姑父小心翼翼地将木料放在木马上，用卷尺量好尺寸，用墨斗弹上墨线，再用木头角尺标上记号，开始认真地改料。他的体力已经没有年轻时好了，所以改得很吃力，好似把全身的劲儿都卯足了。额头上的汗珠顺着他皱纹的沟壑往下流，他索性脱掉上衣，赤着膀子干，像在跟自己的生命作抵抗似的，有些顽强，又有些悲壮。但姑父的木工手艺堪称精湛，他到底还是把那些木料改完了。那些木料仿佛也是等着姑父来成就其价值的，都很听他的话，顺着墨线一分为二，不差毫分。姑父改完料，坐在木马上，抽了根烟，心中轻松了许多。月光将他的影子投在院墙上，像是雕刻上去似的。姑父望了望天穹上的月亮，月色明亮了一些。再过几天，就是中秋节了，他想赶在这个团圆的日子到来之前，完成手里的活路，圆自己一个心愿。

乡村匠人

他从木马上立起身，把一块一块的木料放平稳，开始用推刨推料。他左脚在前，右脚在后，站成一个弓箭步。两手平端推刨，十指紧扣刨沿，用力向前推进。动作娴熟，力量均衡。打着卷的刨花，从推刨中飞出，在半空中一跃，弧形坠落地面，形成一个一个"蛋卷"。木板越推越薄，越推越光洁，月光反射下来，能照出人影。

  姑父推完一块，再推第二块，推着推着，他就推出了当年做木匠时的豪气来。

二

  姑父的一生堪称悲凉，四岁不到，即死了爹娘，跟着叔父叔母长大。到了入学年龄，因为家穷，读不起书，只好留在家里放牛养羊，帮助叔父干些力所能及的家务。其叔父膝下生有三男两女，加上他，一家人八张嘴，饭吃了上顿没下顿，人人都过着半饥半饱的日子。眼看生活一天比一天窘迫，其叔母每天又吵又骂，指桑骂槐，句句话都直指姑父。姑父看在眼里，痛在心上。他想尽一切办法，尽量避开叔母，不看她的脸色，甚至，故意错过吃饭时间。大清早就上坡去放牛，直到太阳偏西，才拖着疲乏的身子回家。吃饭时，叔母不叫他，也不给他留饭。叔父担心长期这样，姑父的身体会饿垮，闹出人命，每顿饭后，就将自己碗里的饭菜分出一小半，给姑父留着。可当其叔父一转身，其叔母就将留下的饭菜端进房间，藏了起来。姑父的两个堂妹，见其可怜，每天都背着父母，偷偷地递给他两个煮红薯。那两个红薯，成了他活命的唯一食粮。姑父的一张脸，总是面黄肌瘦，皮包骨头。夜晚躺在床上，孤寂和屈辱巨石一样压得他喘不过气来。被泪水打湿的枕头左边还未干，右边又湿透了。他时常在梦中看见亲生父母的样子，他的父母分别牵着他的一只手，领着他正在去往天国的路上。那条路十分漫长，路上遍布碎石，两边野草丛生，冷风呼呼地刮着，催魂似的。可每当姑父受恶梦惊吓醒来时，背心总是冒出一股冷汗。屋外，其叔母又在高声叫骂了。

  事情发生在姑父十二岁那年的一个傍晚。他像往常一样，牵着牛朝家走，可就在经过一块水田时，姑父两眼一黑，脑子一晕，双腿瞬间失去知觉，扑面栽倒在水田里。要不是邻村的一个木匠路过时将其救上来，姑父怕是早就归西了。

  死过一回的姑父，发誓不再依靠别人活着，立志要为自己拼出一条活路。后来，不知是他的诚心打动了那个救他的木匠，还是那个木匠见他可怜，收他做了徒弟。自此，姑父开始了他的木匠生涯。

　　姑父学木工很刻苦，也很快得到了师傅的信任。刚开始，他只能帮师傅打打下手，诸如砍树，改料，磨斧子等等，但每做一件事情，他都做得认真，不怕苦，不怕累。姑父心里清楚，自己这一生，或许就指望靠做木匠求生存了。木匠师傅非常喜欢姑父，说他聪明，勤快，天生是块做木工的坯子。他对姑父说："只要你死心踏地跟着我，我会将自己的手艺毫无保留地传授给你。"姑父把师傅的这句话，深深地铭记在心里。平时，他除了帮师傅打杂，还为师傅料理家务，挑粪，挖苕，犁田，割麦……什么都干，从无怨言。师傅也不亏待他，将之当做自己的儿子看待。姑父嘴巴甜，成天左一个师傅，右一个师傅，跟喊亲爹似的，喊得人心里暖融融的，热乎乎的。渐渐地，木匠师傅开始教他做一些简单的家具，诸如凳子、桌子等。姑父一学就会，做出的家具不但让师傅点头，也让做家具的主人满意。

　　几年过去，姑父已经是一个远近闻名的木匠了，师傅也将自己的看家本领，悉数传予了他，隔三差五，就有人前来请他去做木工。姑父的生活条件，跟过去相比，有了翻天覆地的变化，不但能吃饱饭了，兜里还有了钱，在村子里既有身份，又有地位。人人都羡慕起他来，对他刮目相看。

　　他就是因为做木工，认识我二姑并与我们成为一家人的。

　　那年，我爷爷请他来家里做风车。做风车比做其他家具耗时，做一架至少也得七、八天时间。我二姑天天给他做饭，端茶倒水。没事的时候，二姑就立在旁边，静静地看他做活儿，像欣赏自己倾慕已久的意中人。他也最喜欢吃我二姑做的饭菜，顿顿吃饭都当着我们一家大小的面，对二姑的厨艺赞不绝口。有几次，二姑炒菜时菜里放多了盐，炒出来的菜又咸又苦，难以下咽。家里人都在埋怨二姑粗心，惟独他帮着二姑说好话，一边说还一边夹起菜朝嘴里送，嚼得津津有味。这样一来，两人相处日久，便互生爱慕之情。那架风车原本七天就能制好的，却偏偏拖了十天才完工。完工那天，我爷爷付工钱给他，他也不要，只是傻傻地盯着我二姑，笑而不语。家里人都看穿了他的心思，也摸透了二姑的想法。最终，由我爷爷和他师傅做主，请了一个媒人，促成了这桩婚事。

　　从此，他以一个木匠的身份，入赘到我们家，成为了我的姑父。

三

姑父的到来，使我们家弥漫着刨花的味道。我们家侧面靠院墙的地方，有一间空房，那间房原是用来堆杂物用的。但姑父利用农闲时节，砍来竹子、树木，将坍塌的房柱换掉，墙壁也加了固，又挑来新的稻草，将房顶重新翻盖后，改成了属于他个人的木工制作间。一有空，他就去山上砍回树木，码在院坝里，等到木材被太阳晒干，就改成木板，制成成套的桌椅、柜子等。凡邻里乡亲需要家具，就主动到我们家来购买。有条件稍好些的人家，要嫁闺女，会提前来找姑父订做。脸盆、衣柜、饭桌等全套嫁妆做下来，少说也得三四百元钱。由于姑父做的家具质量好，买主高兴，姑父也高兴。最高兴的，是我二姑和爷爷。二姑高兴，是因为姑父给她的生活带来了改善；爷爷高兴，完全是因为姑父成了他的一个荣耀，让他在进出村子时，脊背都是挺直的，脸上容光焕发。

由于订做家具的人多，姑父不得不在夜间赶活。木工间的灯光整夜整夜地亮着，四周静悄悄的，只有姑父锯木料和推刨的声响，在暗夜里水波一样扩散开去，像是木料发出的叹息，唤醒沉寂的午夜。院子里的木料堆里，不时传出一阵蛐蛐的叫声，听上去，怪冷清的。但姑父听不见这种冷清，他的心思，全部集中在了对木料的设计上。他在一个又一个安静的夜晚，创造出了一件又一件木器艺术品。

无数次，姑父推刨的声响，将我从睡梦中惊醒。我推开房门，揉揉惺忪的睡眼，站在院坝里撒尿。姑父知道是我，调侃似的说：小

木柴

177

子，洪水别把我的木材给冲跑了。我提上裤子，透过栅栏做的墙壁，看到姑父朦胧的身影，在灯光下前移后晃，像演皮影戏似的。他的打趣逗得我睡意全无。我慢慢地走进他的木工间，刨花清香的气息随着夜风扑来，裹满了我的身体，并渗入我体内的每一个细胞，使我的血液流动加速。我一屁股坐在雪白的刨花上，像陷进了柔软的棉花里，让我产生无尽的幻想。姑父停下手里正在干的活，蹲下身来，摸摸我的脑袋，从衣兜里抽出一根烟点燃。蓝色的烟雾，一圈一圈地升上房顶。一些不知名的小飞虫，追着灯光，踩在烟圈上，腾云驾雾。姑父问我："想学木匠吗？我教你。"我摇摇头，手里玩弄着他那还带着温度的推刨。他从墙壁上取下棉衣外套，披在我身上，说："今晚你就别进屋睡觉了，陪我做木工吧，我给你讲故事。"姑父一边推刨，一边给我讲起故事来。他满肚子里藏的都是故事，怎么讲都讲不完。每个故事都那样精彩，那样吊人胃口，让我百听不厌。姑父讲的故事，极具民间性，充满生活情趣。我现在都还记得他曾经给我讲过的不少故事内容。要是将它们述诸文字，篇篇都是优秀的短篇小说。我每次都是还没等到故事的高潮出现，就躺在刨花堆上睡着了。

  姑父终于还是败在了自己精湛的手艺上。

  一天午后，他正在木工间替一个待嫁的闺女打嫁妆。突然有人跑来捎话，说是师傅有急事，叫他立马过去一趟。姑父一听师傅有事，扔下手上的工具就跑。对师傅的话，他历来是言听计从，不敢有丝毫怠慢。在姑父的心里，师傅是他这辈子最感激的人，不仅救了他一条命，还教给他求生的本事。他早已将师傅当成了自己的亲生父亲。

  当姑父气喘吁吁赶到师傅家时，师傅已坐在堂屋的椅子上，等候他多时了。姑父见师傅的脸色不大对劲，板着面孔，很严肃的样子，他的心也跟着忐忑不安，立即惶恐起来。他俯下身子，凑进师傅的耳边轻声问："师傅，遇到啥事了？"师傅微闭着眼，没有看他，也没有说话，而是掏出叶子烟，卷起来插在烟锅上。姑父赶紧上前为他将烟点燃，目不转睛地盯着他。过了半晌，师傅才开口说话，一说话，就两眼掉泪。师傅说："娃啊，我一直把你当亲儿子看待，没起过外心，手艺也毫无保留地教给你了，还为你做主讨了媳妇。你看，你现在都成为有名望的木匠了，生意也搞得红火，我和你师娘，都为你感到高兴啊！十里八村的人都在说你的手艺做得比我好，人又年轻，有力气。看来，我这把老骨头，只有等死了。你要是哪天有空，就亲自给我打副棺材吧，也不枉我俩师徒一场……"

当天，姑父从师傅家回来时，已是晚上，我们已经吃过夜饭了。家里人都以为师傅要留他过夜，就没给他留饭，谁知他还饿着肚皮。二姑见状，赶忙跑去灶房弄吃的。饭还没做好，姑父已躺在床上入睡了。那夜，明亮的月光照着姑父的木工间，异常安静，平常亮着的灯光熄灭了，推刨制造出的声响消失了，洁白的刨花也被夜色覆盖。我们都不知道发生了什么事情，谁也没去问姑父。

姑父的反常，让大家的心都揪得很紧。直到后半夜，我到院子里去撒尿，看见姑父坐在院坝里的木料堆上抽烟，猩红的烟蒂，在月色下忽明忽暗。他抽完一支，接着又点燃一支，地上的烟头跟堆放的木料一样多。

第二天天不亮，姑父就蹲在磨刀石前磨他那些工具，他把每一样工具都磨得光光的，然后，将它们整整齐齐地锁进了箱子里。

姑父说：只要师傅活着一天，我绝不会去动它们。

四

姑父的决定，让我二姑和爷爷伤透了心。尤其是我爷爷，再也没有以前风光，平时大都窝在家里，不愿出门。即使出门，也是埋着头，匆匆快走，怕见人似的。他担心村里人会取笑他，曾经那样的盛气凌人，竟落得如今的威风扫地。二姑也天天在家里发牢骚，埋怨姑父没骨气。只有姑父一声不吭，该种地种地，该施肥施肥；该吃饭吃饭，该睡觉睡觉，把日子照样过得亮亮堂堂。不过，自从他放弃做木匠那天起，脸上就没出现过笑容，成天苦着一张脸，上面写满了忧愁。村里人都为姑父放弃做木工感到惋惜，时不时，还有个别人家愿意出高价请他去做家具，他都坚定地拒绝了。

每过一段时间，姑父都要打开箱子，把他那些行头拿出来看一看，抚摸抚摸，摸着摸着，眼眶里便盛满一汪泪水。有那么几次，我看到姑父坐在月夜下，用推刨去割他的胡须。他将推刨平贴在脸上，慢慢地上下移动，像在修整一块木板。割着割着，他就将推刨放在了自己的嘴唇上，好长时间没有拿开。待第二天一看，他的下巴上全是鲜红的划痕，像是墨斗里装了血，弹出的线。

姑父一直有个愿望，他希望我能成为他的徒弟。不止一次，他将这个想法提出来，跟我父母商量。有了他这个曾经风光的木匠作为参照，我父母自然是满口赞成。并且，他们还私自挑选了一个黄道吉日，给我举行拜师仪式。我也的确跟着姑父学过一段时间的木匠，但后来我发现自己根本不是那块料。墨线弹得不直不说，就连拉锯改料的兴趣和力气都没有。唯一吸引我的，是那些洁白的刨花。一走进木工间，我的注意力只停留在刨花上，它们那种卷曲的形态，给了我一种美学上的刺激和思维上的舒展，而对那些冷冰冰的斧子、凿子没有任何热情。姑父倒是对我颇有耐心，他不厌其烦地教我如何凿孔，如何打榫，结果总是让他大失所望。后来，姑父大概也确证了我没有做木匠的天赋，气愤地指着我的鼻子骂道："要不是我养的是个闺女，老子这手艺，还传不到你身上来。"

事情终于出现了转机。当姑父自己都快忘记自己是个木匠的时候，他的师傅去世了。姑父带着沉痛的心情，为师傅守了三天三夜的灵。遵照师傅临终前的交代，是姑父为其打制的棺材。那是姑父停做木匠后，第一次拿起斧子和推刨。姑父也不会想到，自己竟然是以这样的方式重做木工，他的心情没有丝毫喜悦，惟有失去亲人的悲痛。安葬师傅那天，姑父在其坟前长跪不起，失声痛哭。

时间转眼到了师傅的周年祭，姑父专门置办了烧酒、供品去为师傅上坟。烧了纸，磕了头，姑父坐在坟前，一言不语。直到那刻，多年来积压在他身上的债务，才算彻底还清了，他感到如释重负。

姑父到底又可以成为一个木匠了。

但重新成为木匠后的姑父，却再也没有从前那样幸运。村人们不再对他感到好奇，也没有人夸赞他的手艺精湛。木匠已经过时了。村里人都嫌木匠做的东西粗糙，不耐看。现在交通便利了，生活水平跟过去相比，也有了较大的改善。若有人家需要添置家具，都习惯去镇上的家具店买，既美观，又便宜。

可姑父不死心，他认为自己的手艺，绝不比那些家具店里销售的东西差。一入夜，他仍在那间破旧的木工房里敲敲打打。他还是喜欢在夜间工作，几十年的习惯，改不了。我因外出求学，不再可能钻进他的木工房，去看那些洁白的刨花，嗅刨花散发出来的淡香，听他讲那些老套的故事了。但姑父依旧对他的木工一往情深，锲而不舍。偶尔，我放假回家，半夜里，躺在床上，听到木工房里传出来的单调的推刨声，以及连续不断的咳嗽声，我的脊背就会冒出阵阵凉意。

真正让姑父对做木工彻底失望的，是他的女儿。

当村人们都不再需要姑父做的家具时，他把希望全部放在了女儿身上。他要替女儿打制一套嫁妆。姑父砍来上好木材，耗费近四个月时间，为女儿制了全套嫁妆。可等到女儿出嫁的时候，女儿女婿都不领情。他们不稀罕那些东西，说放在家里不合适。女儿还狠狠地批评了一顿父亲，责怪父亲失了她的颜面。

嫁走女儿后，姑父再一次将那些工具锁进箱子，藏了起来。

树苗

五

明天就是中秋节了，月亮像一个银环，镶嵌在夜幕上。姑父已经完成了他打制的木具，他坐在木具上，左右瞧了瞧，又用手拍了拍，掏出一根烟点燃。他对自己的手艺，表示满意。自从他做木匠那天起，就一直在替别人制家具，从来不曾为自己打制过。如今，别人不需要了，他便有了足够的时间，静下心来替自己也打制一件用具。

不知不觉，姑父想起了从前的事、从前的人，想起了他的叔父叔母、师傅师娘，想起了我爷爷。一张张熟悉的面孔，在他的面前清晰起来，仿佛他们都是赶在中秋节前，来与他团圆的。

姑父替自己打制的用具，是一口厚厚的棺材。

棺材的里面，装着一个小棺材盒子，那是用来放置他那套行头的。

被黄土收藏的人

远子大爷

远子大爷是个杀猪匠,在我们那里,方圆几个村的人都认识他,很有些名气。

凡逢年过节,或谁家有红白之事,都请他去杀猪。远子大爷杀猪的技术好,只要把猪赶出圈门,由两个人帮忙把猪的下半身死死按住,剩下的,就交给他了。他则坐在一张凳子上,左臂搂住猪头,左手锁住猪的下巴,右手紧握杀猪刀,一刀子进去,一股鲜红的热血,便从猪的脖颈处喷薄而出。猪尖叫两声,还来不及挣扎,即倒地而亡了。

小时候,我最喜欢看远子大爷杀猪。我们家的年猪,历来都是远子大爷杀的。他一来我们家,我就兴奋,知道又有新鲜肉吃了。杀猪时,我总是跟他打杂,递递刀子或烧烧水什么的。远子大爷很喜欢我,夸我能干,懂事。猪一杀死,还没刮毛,他就笑着对我说:"让你妈炒猪肝给你吃。"

不管在谁家杀猪,远子大爷的老婆都要跟他一块去,目的是去蹭一顿饭。远子大爷家穷,四十岁时才经人介绍,从邻村讨回一个寡妇做老婆。随着寡妇一起过门的,还有一个十多岁的男孩子。

自从那寡妇跟了远子大爷后,整天游手好闲,好吃懒做。家里乱得像牛圈,也不收拾整理一下。远子大爷一说她,就哭天抢地,寻死觅活,还逃跑。远子大爷最担心的,就是她跑。自己好不容易讨个老婆,一旦她逃跑了,自己又是光棍一条。

一个人的日子,远子大爷实在是过怕了。

故凡是远子大爷外出杀猪，都要带上老婆、儿子。请杀猪的人家，知道远子大爷的处境，便都不好计较，尽管心里不悦，表面上，也佯装笑脸，热情接待。

远子大爷杀一头猪，收费十五元。大方一些的人家，临走时，还要拿一块肉给他，作为犒劳。我们家每年杀年猪，母亲都要额外给远子大爷一块肉。母亲说："一块肉，不算啥，自己少吃一顿便是，你远子大爷是个好人。"

可远子大爷每次杀猪得来的钱，都必须交其老婆保管。否则，家里少不了一场战争。

远子大爷的老婆，经常跟他吵架。一旦村里没有人邀请远子大爷杀猪，家里就断了经济收入。没有钱用，老婆就不高兴，一不高兴就骂，埋怨远子大爷没本事，是个窝囊，还说当初嫁给他，是瞎了眼。

面对老婆的恶言詈骂，远子大爷只好装哑巴，把苦水往肚子里吞。实在憋不住了，就偷偷跑到后山，抽一袋烟，伤心地哭一回。

远子大爷患有肺气肿，因无钱拿药，只好一天拖一天，有时咳得凶了，四肢浮肿，痰里都是血。实在受不了了，就自己上坡去挖点清热的草药来熬水喝。

空宅

远子大爷唯一的心愿，是在有生之年，把自己那几间破旧的房子修一修，免得人家说他窝囊。为了完成这个愿望，他放弃了杀猪的行当，跟随村里的壮劳力外出务工。远子大爷一走就是几年。这几年里，他只有每年春节回一趟家，其余时间都在外面。据说是在一家红砖厂搬砖出窑。

自从远子大爷走后，他的老婆就跟邻村另一个单身男人缠在一起，隔三差五地跑到那男人家里去吃住。日子一长，村子里的人都在议论纷纷，对远子大爷深表同情。有人实在看不下去了，就跟寡妇外出打工的儿子打去电话，让其劝劝他妈。谁知，寡妇的儿子在电话里一通责骂，说："我妈是怎样的人，我清楚。你们不要诬陷我妈。不然，谁造谣，我不放过谁。"之后，再也没有人敢

去管这等闲事。

因此，远子大爷的老婆也更加肆无忌惮，公然把那野男人带来家里过夜。

远子大爷或许是听到了风声，有段时间，他一个月就回一次家，但又抓不到任何把柄。于是，他只好把听到的一切，当做传言，以此来安慰自己。

由于过度劳累，远子大爷的病情越来越重，几次晕倒在砖窑里。要不是好心的工友及时送医院抢救，他怕是早就命归黄泉了。

经过多年的苦拼，远子大爷终于挣够了修房子的钱。

他想，只要修了房子，自己就不再外出了，守着自己的老婆，安身过日子。等他老后，这房子就留给老婆的孩子——也是他的孩子，把香火传承下去。

可遗憾的是，新房建成不久，远子大爷就去世了。

远子大爷去世后，他的老婆就改嫁随了别人。而远子大爷唯一的"儿子"，也带上女朋友，去了成都打工。

新房成了一座空宅。

炉子大叔

炉子大叔是个摆渡的。

我的家乡，地处丘陵，进出不是爬坡，就是上坎。且山下被一条河流环绕，平时要出村，去镇上购化肥，称盐买油，割肉打酒，都必须坐船。否则，有腿无路，便只能望洋兴叹了。

过去，地贫人穷，本村的人都制不起船只，过河只好坐其他村的船。有时，其他村的人忙时间，又嫌我们村的人坐船钱给少了，都不愿意载我们村的人过河。倘遇到谁家有急事，需到镇上去，可恰好又没有船只，那情形，简直能把人逼疯。故本村的小伙子，大多娶不到老婆。有哪家的姑娘，愿意嫁到这个倒霉的村子里来呢。

自从炉子大叔制了条船后，我们村的人进出才方便多了。人人都说，炉子大叔是在行善积德。

炉子大叔制船，缘于他母亲去世对他造成的伤害和打击。那次，他七十岁高龄的母亲生病，需及时到镇上的医院去进行抢救。他汗流浃背地把母亲背到河边，足足等了一个多小时，就是不见有船只出现。他急得眼泪直流，而背上的母亲已经奄奄一息。当炉子大叔终于等到有船来的时候，可一切都晚了。母亲已趴在他的背上，痛苦地死去。

事后，炉子大叔痛定思痛，发誓要制一条船，来改变村里人"有脚无路"的状况。他花了三个月时间，去山林里砍来柏木，去皮，晒干，下料，又买来钉子，亲自打制了一只船。

从此，炉子大叔便成了个职业摆渡人。

村子里的人，每过一次河，给炉子大叔五毛钱。炉子大叔也不嫌少，他说："我制船的目的，本来就是方便村人的，不图钱财。"

记得我们到镇上读初中那几年，全靠炉子大叔的船载我们过河。特别是冬天，路途远，我们六点钟就要起床，打着电筒赶路。风像刀子一样，割着我们的耳朵。当我们走到河边的时候，炉子大叔早就蹲在船上等我们了。他总是穿一件打着补丁的棉袄，下身只穿一条单裤。河面风大，风一吹，他就缩着脖子，周身都在颤抖。清鼻涕像两条虫子，挂在他的鼻孔上。我们既感到好笑，又觉得心酸。要不是为了送我们过河，他还在被窝里暖着呢。

炉子大叔四十多岁了，还没讨到女人。

他的两个外出打工的弟弟，曾劝他不要再摆渡了，跟他们一起出去打工，说摆渡既找不到钱，把人也磨老了，到头来，终是一场空。可炉子大叔脾气犟，不听两个弟弟的劝告，依然每天都去摆渡。为此，他们胞弟之间，差一点反目成仇。后来，他的两个弟弟，也就不再管他了。

渡船

炉子大叔倒不是没谈过对象，村里好心的大婶，曾先后给炉子大叔介绍过几个女人，但对方一听他是个摆渡的，一没有钱，二没有一个像样的家，都摇摇头，走了。炉子大叔伤了心，曾暗自起誓：今生不再成家，靠摆渡了此一生。

摆渡人

村里人都离不开炉子大叔了。

农忙的时候，村里人都请炉子大叔前去帮忙抢收，每天付给他工钱。炉子大叔干活很卖力，不怕苦，也不怕累。雇他的人，都很喜欢他。有时，有的家里人手少，忙不开，要去镇上买化肥，就直接把钱交给炉子大叔，用他的船载过河，又请他扛上坡，完了，给他几块钱。炉子大叔也乐于干这种差事，算是找点外块。

遇到上了年龄的人或小孩子要过河，炉子大叔会不收他们的钱。即使不是老人或孩子，倘过河的人身上忘了带钱，或没有零钱，他也会挥挥手，嘴里不停地说："算了，算了，下回给，下回给。"

可炉子大叔最终还是没能靠摆渡过完一生。

他的两个弟弟不忍心他就这样平淡地走过下半辈子，托人在镇上给他物色了一个女人。那个女人丧偶，有两个子女，但都不在自己身边。女方同意炉子大叔入赘到她家，共同生活，相伴终生。

这次，炉子大叔没有拒绝两个弟弟的好意。他把那只船送给了村里另一户人家，一个人去了镇上，做了那个女人的男人。

炉子大叔走那天，村里人都去送他有些不舍，但又替炉子大叔高兴，祝贺他总算有了个家。

可谁也没有料到，炉子大叔到镇上的第二天，竟传回他去世的噩耗。

村里的人都不敢相信，但事实又让人不得不信。

炉子大叔死在他新婚的床上。

最后一个夜晚

午后幽暗的光线，从院子中间那棵核桃树的枝叶间漏下来，在地面上形成一团阴影。空气湿漉漉的，朽旧的雕花木房，裸露出灰色的瓦顶，一派清冷气象。外公躺在院子里的木椅上，眼神呆滞，气若游丝，疾病已将他推向冥界的边沿。早在几天前，他就开始出现幻觉——一直在自己的童年和暮年之间穿梭、徘徊。他的脸，清瘦蜡黄，表皮松弛，毫无生机。深深的皱纹里，除了沧桑，仿佛还暗藏着他一生中所有的秘密。

剃头匠戴着老花镜，目光聚焦在外公的头顶，一把锃亮的剃刀，在他手上运转如飞。外公的毛发，像枯萎的茅草，一根根落下。剃头匠不时将剃刀在自己的裤腿上蹭蹭，再用指尖在刀刃上刮刮，看够不够锋利。像木匠改料前的锉锯，他们都是敬畏生命的人。一把剃刀，见证了一个乡村的死亡史。只有经过它"剃度"的人，才能带着灵魂干净地上路。在乡村，剃头匠就是生命谢幕仪式上的司仪，他的职业充满肃穆和神圣。

外公剃光毛发的头，像一颗光滑的鹅卵石，形象十

烧荒

分滑稽。我和虫虫都不敢相信,眼前这个模样酷似和尚的老头儿,会是我们血脉的源头。虫虫站在一旁望着外公,嘿嘿地笑。我蹲在地上,不停捡着那撒落一地黑白间杂的毛发,放进我自制的一个小木匣子里,以满足我的收藏兴趣。

虫虫是大舅的儿子。那时,我们都还小,不懂得什么是活着,什么是死亡,更不懂得衰老对一个生命所造成的严重伤害。

母亲说,任何事情,都有个预兆。在外公病重的那些日子,她经常失眠,夜晚躺在床上,心上像放了块石头,压抑夜色般沉重。捱到后半夜,好不容易入睡,刚闭上眼,梦魇就像蛇一样缠着她。母亲的睡梦中,总是反复出现一个画面:她看见我死去的外婆,穿件蓝花布衣裳,牵着刚刚在地里干完农活儿的外公的手,慢悠悠地走在田坎上。外公的手,好像从来没有洗过,沾满泥巴。天上的太阳,明晃晃的,风吹得路两边的树叶沙沙响。外公走几步,就回头看一看,像是遗忘了什么东西,又像是舍不得离开。外婆总是埋着头,伛偻着身子朝前走。她的手,似一根绳子,拖着外公赶路。母亲说,那条田坎才叫长哟,总也望不到头——连接着冥界。母亲每次跟我复述她的梦,都泪水涟涟。我趴在凳子上写作业,她的眼泪雨滴般滚下来,落在我的本子上,把一个个歪扭的铅笔字,洇湿成斑痕。母亲用她粗糙的手,摸摸我的头,哽咽着说:你外公怕是活不长了。

风不时将核桃树的叶片吹落,在地面打着旋儿。大舅和二舅从楼板上取下干透的柏树,放到院坝中间,这些柏树是外公年轻时栽下的。二舅说:"爸平生最疼这几棵树了。他将这些树,栽在院子左侧的荒坝上,就是希望它们离自己近一点。每天早晨,打开房门,看见一排树郁郁葱葱站在那里,山雀把窝筑在树冠,欢快、蹦跳个不停,爸就非常高兴,嘴上叼着旱烟,凝视好长时间。"

一棵树从苗秧长成材,其间需要经历多长时间,经受怎样的风雨,外公是清楚的。树的秘密就是他的秘密。前几年,大舅建房子,想将那几棵柏树砍来做梁,遭到外公强烈反对,父子间不惜反目成仇。直到外婆去世,大舅心中的芥蒂才算消除。外婆病故前,是外公亲自将他精心培育起来的那些柏树砍倒,扛回家,去皮,晒干,为外婆打制了一口厚厚的棺材。他把那几棵树身硬挺、材质最好的树,全给了外婆,只将剩下的几棵弯曲且矮小的树,放在楼板上藏起来。那时,左邻右舍都说,戴老头子这人心肠真好!外公猛吸一口烟,回答:我这辈子欠我老婆子的太多了。

世界对我们来说是陌生的。我和虫虫在干透的柏树上踩来踩去,做游戏。两个木匠聚精会神地在改料,钢锯发出叹息般的钝响,锯木面筛糠一样朝下落,宛如时间堆积的尘埃。虫虫抓起地上厚厚的锯木面朝我撒来,我的鼻孔、耳朵、头发上顿时弥散出木头的气息,有一种苦涩的味道。虫虫看到我像一个裹满黄豆面的粽子,张开脱了门牙的嘴,傻傻地笑。他的笑声激发了我的愤怒,我迅速从地上抓起一把锯木面,借助风势将他的嘴塞满。虫虫的笑容瞬间僵硬,像一朵干枯的向日葵,两行清泪顺着他的脸颊滑下来。母亲拍拍我的头,伸手指指木椅上的外公,示意我们别再疯打、喧哗,以免搅扰一个老人的宁静。对一个垂死之人而言,最重要的就是保持安静,以此来平息他内心深处涌动不止的波涛。

外公瘫在木椅上,中风使他的手和腿都失去知觉。凹瘪的嘴歪到眼角下,似一枚变形的月牙。唾液扯成丝线,浸湿他胸前的衣服,黏黏的,很像糖果融化后留下的痕迹。外公的头歪向一侧,眼睛静静地凝视着那两个手忙脚乱的木匠。多年前的某个早晨,他也是这么静静地凝视着那些向上生长的树。外公的眼神已经不聚光了,但凝视的习惯还是没有改。他也许是在观察,看那几棵被木匠锯开的树,哪一棵是他自己。

外公年轻时,也是个木匠。曾替不少的人修过房,造过屋,打制过棺材,把一个个痛苦或忧伤的灵魂请入灵柩,送往极乐世界。那个时候,他的心里一定充满了对生命的敬畏,以及对生命脆弱的伤感。如今,轮到别人替自己打制棺材了,不知外公心里在想些什么?是对过往人生的惋惜?对逝去时光的留恋?抑或在责怪那两个木匠的手艺差,将他的棺材造得丑陋窄小,让他躺在里面,像窝在一个岩洞里。

大舅用毛巾揩去他嘴角的唾液,二舅端着碗用勺子喂他白糖开水。水刚喂进嘴,又被他呕出来。他已经几天不吃不喝。大舅俯下身子,嘴贴着他的耳朵,像哄孩子一样喊了几声:"爸,爸,爸……"没有反应。他已经不认识任何人了,他的内心是孤独的。从来都没有人真正走进过他的内心,就像从来没有人,真正理解一棵树的生长秘密。树的年轮,只有等到树死后,才能呈现给渴望了解他的人。

现在,这个现实世界对外公来说,也是陌生的,他再也无力改变什么。

母亲从镇上买回香蜡纸烛,这是死亡的必需品。来替外公念改时经的道士先生说,一旦人落气,就得打开路,请各路神灵前来迎接亡魂归位。没有冥钱、贡品,神灵们是不会来的。即使职责所在来了,把亡魂接走,也就扔下地狱,不再过问,更不会向阎王求情,任其过奈何桥、下油锅、爬烧红的铁板……使之倍受折磨,痛苦难耐。外公活着时遭够了罪,怎么还能让他死后受苦呢?母亲买回的烛是大红蜡烛,香是长香,纸是长钱,还买回了金山、银山、金童玉女,老衣寿鞋。冥界该有的都准备齐了。剩下的便是等着外公安心上路。大家心里都清楚,外公气数已尽,他的生命即将得到解脱。

虫虫从香烛筐中拿出一张火纸,折纸飞机。他折了很多个,大的、小的,桌上摆一排。虫虫说,等我公死了,我就把这几架飞机烧给他,等他没事的时候,就开飞机耍。我没有理虫虫,趴在桌子上,抓起道士先生的毛笔,专心致志在火纸上画画。画了撕,撕了画。墨汁渗透纸背,像暗黑的血。我不知道自己在纸上画了些什么,也许,只是一个小孩意识里的感觉,或者记忆里的游丝。虫虫捡起我揉皱的纸团,展开,眼睛一亮,惊奇地问:你怎么在画我公?我一看那张纸,纸上的轮廓果然酷似外公的肖像。我双手托起纸,想重新看仔细,但很快,那张纸却被墨汁融化了、破碎了、模糊了、看不真切了……

棺材已经制好,两个木匠在做最后的工序——上漆。黑黑的油漆在棺材上刷了一层又一层。木匠屏气凝神,面对一口棺材,他们的心情也是沉重的。在木匠眼里,棺材也是生命的一部分,尽管,它更是死亡的象

水坡嘴

征。外公曾说过，制棺材的人，其实是在替阴间的人造房子，造宫殿。那两个木匠大概是理解外公的，他们是同路人。木匠尽量将外公的棺材刷出光洁度来，把木头间的小缝隙用油漆填满，把不平整的地方刮平整。这除了木匠间的相互敬重，更是木匠对自己手艺和理想的捍卫。一口棺材除材质好，漆也要上好。如此，才能使之在漫长的黑暗中经受地气的腐蚀，防止虫蚁的破坏。一口棺材，所装的不止是一个人的肉体，还有除肉体以外的其他东西，阴间的世界也是完整的。

两个木匠上完漆，站在棺材旁抽烟，蓝色的烟圈花朵般飘散，他们对自己的劳动表示满意。大舅拿出钱来塞在木匠手里，木匠点点头，收拾起地上还带着温度的工具要走。木匠转身的那刻，瘫在椅子上的外公突然清醒了。他摇摇头，目光追随着木匠走远的背影，嘴动了动，发出呜呜之声。听不清外公想说什么，像是喘息，又像是表达谢意。木匠走后，外公长久凝视着那口为他准备的黑亮亮的棺材，眼眶盛满泪水。

二舅望着外公脸上的神色说：怕是回光返照。

亲人们都来了，风一样从四面八方奔回，聚集在外公的院子里。死亡的力量是巨大的，惟有它才能将散落各地的人召回出生地。平时，他们都太忙了，要糊口，要养家，如果不是遇到自己生命的源头断流，他们的脚，恐怕是难得再踏上故乡的土地的。

这是一场关于死亡的聚会。二姑、四姑、五姑一见外公，就号啕痛哭。二姑一边哭，一边数落："爸，你的命啷个这么苦哟，一辈子没享过啥子清福……"五姑流着泪，手上剥着香蕉："爸，这是你最爱吃的香蕉，你想吃的时候，没人给你买，现在我买了，你又不能吃了……"哭得最凶的是四姑，她蹲在地上，将脸贴在外公僵硬的腿上，泣不成声，嘴里只知道不停地喊："爸，爸呀……"悲伤河水般流淌。母亲立在一旁，看到姐妹们悲痛的模样，忍不住也跟着落泪。我和虫虫被姑姑们的哭声吓着了，躲在棺材背后，像两个木偶。

大舅气冲冲地从屋里出来，吼道："人还没死，就哭成这样了，像啥子话！"大舅一吼，姑姑们像一群聒噪的麻雀，突然禁声。院子安静下来，天色忽然转阴，风把核桃树的叶子吹得飘零，时空如此虚幻。外公安静地瘫在椅子上，眼睛盯着油漆未干的棺材，脸上露出少有的慈祥和宁静。姑姑们刚才说的话，外公肯定是听到的，只是他不再开口。缄默是具有穿透力的，那是另一种深刻的语言。

姑姑们围守在外公身边，像落地的果子重新回到枝头。只可惜，那曾经孕育她们的树干，早已干了水分，正在枯朽。

天擦黑时，四姑说："咱去瞧瞧爸自己选的那块地吧。"四姑说的那块地，就在后山的松坡嘴上。每年暑假，只要我到外公家，就会和虫虫到松坡嘴来玩。松坡嘴方圆一里地内种植的全是松树，一到夏天，密密的松针形成一排翠绿的伞盖，把强烈的紫外线挡在外面，松林里清凉异常。我和虫虫在里面捉迷藏，捡松籽吃。玩累了，就躺在林中睡上一觉。哪怕我们身上经常被蚊子、蚂蚁咬出小红疙瘩，也丝毫不减对松坡嘴的热爱。有时，外公挖土挖累了，也会钻进松林里来，掏出烟袋抽上一锅。外公一边抽烟，一边望着挺拔的松树说："真是块风水宝地，要是人死了，能埋在这里，那才叫'万古长青'呢。"虫虫从地上爬起来，撅着小屁股说："公，那你赶快死吧，你死了，我们就把你抬来埋在这里。"外公顺手给虫虫屁股上一烟锅，骂道："小东西，狗嘴里吐不出象牙来。"虫虫嘿嘿笑着，老鼠一样逃跑了。

早在十天前，大舅和二舅就找人为外公打好了阴井。阴井左边是一块麦田，麦子刚刚发芽，绿油油的。阴井右边是一块草坪，上面耸立着两棵松树。外公是最喜欢树的。大舅说，这块地向山很好，天气晴朗的时候，可以看见对面的茶山像一把太师椅。好几个阴阳先生都说这地方不错，专发后人。不管是死者的儿子或女儿，都会家业兴旺的。

五姑说："这些松树长得真是茂盛，我们小的时候，经常到松坡嘴来玩。几十年过去，我们都是当妈的人了，它们还是这么青葱，好像是活在时间之外一样。"二姑叹叹气："人要是活得过一棵树就好了。"大家忽然又想起外公来，姑姑们都沉默着，气氛显得有些伤感。暮霭笼罩着松坡嘴，阴森森的。

舅舅、姑姑们心里都明白，外公将自己最后的归宿选在松坡嘴，除了喜欢那些松树外，还有另一个心思——离外婆近一点。外婆的坟地就在松坡嘴的垭口上，那儿风大，外公将自己的坟地选在垭口上边，是想为外婆挡挡风。他们活着时在一起，死后也应该在一起的。

夜色黑油漆般泼下来，整个村庄都像上了层漆，死气沉沉。一只十五瓦的灯泡挂在屋梁上,它所发散出的微弱光线,使屋里的一切都像处于古老的时光中。外公的椅子靠墙放着,他的脸,一半对着灯光,一半隐在黑暗中。他的精神状态跟下午比起来,更加虚脱,眼睛半闭半睁,脸像一张被岁月抽干水分的叶子——那是一张经过苦难的脸。外公的内心一定是痛苦的,只是他不表露出来,不愿意把心里的隐秘拿给死神窥破。人活到最后,总是该为自己留点什么的,尽管,留下的那点东西需要以生命来做最终的赌注。

松树

　　姑姑们坐在灯光的阴影里,开始回忆往事。她们谈到外公年轻时候的事。二姑说:"爸年轻时,也是个犟脾气。他当生产队队长那会儿,张福广的儿子想去当兵,体检合格了,需要爸在政审书上盖个章。可爸说那孩子有偷盗行为,经常在村子里干偷鸡摸狗的事,愣是不给人家盖。张福广递烟给他,不接,送鸡蛋、腊肉给他,不收。结果半年不到,张福广就当了队长,爸下课了。张福广记了他一辈子仇,后来二哥上学差学费,需要张福广盖章贷款,人家又以其人之道还治其人之身。父亲不但不生气,你猜他怎么说:'张福广这人做事要不得,早晚会倒霉的'。"

　　五姑笑了笑说:"那一年,爸去交公粮,吃了早饭就去,打着光脚板,担挑谷子走十几里路,累得上气不接下气。到了粮站,过秤的人一称,谷子还差两斤。爸说,我在家装足分量的,啷个会差?过秤的人说,公家称还有假!爸摸摸

193

头,转身走了。他饿着肚皮回到家,二话不说,饭也不吃,拿个麻布口袋,装两升谷子提起就走。当爸再次走到粮站时,收粮的人已经下班。爸硬是跑到过秤的那人家里,把人拉出来让其过秤,说是要把上午差的两斤谷子补上。过称的人说,不用称了,把麻袋里的谷子倒出便是。爸说,那不行,我这麻袋里有两升谷子,肯定有多,你得把剩的还我。那人过完秤,看着爸一晃一晃走远,朝地上啐口痰,骂一句:'死老头'。几天后,爸才听人说,他那天上午所交的公粮不是差两斤,而是多两斤。"

……

姑姑们的回忆是一条丝线,串连起外公的一生。不晓得外公听了姑姑们的讲述,能否在心中重新对自己的人生进行打量和确认,是否会勾连起他对往昔生活中,那些温暖抑或伤感的记忆进行梳理。他对这个生活过的世界留恋吗?当死亡的面孔在他沧桑的脸庞上露出笑靥。

也许是寂寞过于漫长,也许是回忆已经失去意义。姑姑们早已从她们的讲述中退出来,围坐在圆桌边,搓起了麻将。她们必须要借助娱乐来冲淡对死亡的恐惧。面对死亡来临,亲情也显得那样脆弱,不堪一击。

我和虫虫,两个毛屁孩,连死亡的旁观者都算不上。我们早已在姑姑们的麻将声中,沉沉睡去。

大概到了后半夜,我和虫虫被姑姑们慌乱的脚步声吵醒。我听见

木秀于林

二姑喘着粗气说:"快点,打盆水来净身,换寿衣。身体冷僵了,就穿不上了。"四姑和五姑边帮忙,边呜呜地哭。二舅慌里慌张在屋中跑来跑去,六神无主。大舅在纸筐里东翻翻,西找找,颤抖着嗓音说:"火炮搁在哪里,拿出去点起。"寒气从窗户钻进来,在屋中转几个圈,又从房顶上的瓦缝里钻出去了。

虫虫把头缩进被窝,用他那小脚丫子碰碰我的屁股说:"哥,肯定是我公死了。听说人死了会变成鬼,你怕不怕鬼。""我才不怕呢,老师说,这个世界上是没有鬼的。"说完,我的身子像被冷水冰了一下,迅速缩进被窝。虫虫和我像两只兔子,躲在被窝里,紧紧抱成团,把被子捂得严严实实。母亲一把将被子掀开,吓得我和虫虫一阵颤抖。母亲流着泪说:"还不快起来,看看你外公最后的样子。"我和虫虫穿衣下床,手拉手瑟缩着站在外公面前。

这是我第一次看到外公赤裸的身子,他的肋骨一根根凸起,皮肤又黄又干,周身像是包了一层火纸。由于长期不进食,他的胸腹下凹,像路面上一个被太阳蒸干水汽的土坑。二姑和大舅在为外公擦洗身子,暗黄的灯光照在他身上,像打了层蜡。外公身体的温度逐渐冷却,原本就无法动弹的两条腿,像两截木棒,硬硬地横在那里。大舅费了好大的劲,才将他的双腿分开,用毛巾揩去他下身的污垢。外公的阴茎萎缩,像一条生病的虫子,躲在黝黑的毛丛中,看上去十分丑陋。不知道大舅在看到孕育自己生命的那条来路时,会作何感想。外公的形象带给他的是一种难言的忧郁,还是一种隐痛的悸动。

姑姑们将净身后穿上寿衣的外公,平放在门板上。六件寿衣玉米壳一样层层将他裹住,好似一个扎紧的粽子。外公的儿女太多了,他必须要将儿女们最后的孝心,穿在身上带走才放心,对儿女们也才公平。尽管这份公平里隐藏着太多的沉重。

地灯点起来了,灯心草尖上跳动的火苗一闪一闪,映照着外公安静的睡眠。香也点然了,青烟在外公脚边袅绕。烛也点亮了,暖红的火光在为外公引路。

舅舅和姑姑们跪在外公脚前,哭着朝地上放着的铁锅里烧纸,一边烧一边说:"爸,一路走好,走好,爸……"纸钱在铁锅里忽地亮一下,就化成了黑黑的灰烬。我和虫虫跪在姑姑们身后,不停地作揖。我俩没有像姑姑和舅舅们那样,对外公的死感到悲伤。我们把这种祭祀仪式当成了一种游戏。虫虫说:"他们烧这么多纸钱,外公领得到吗?"我说:"即使领到了,外公舍得用吗?"

当虫虫和我的膝盖都跪痛的时候,我们听见笼子里的公鸡"喔喔"地打起鸣来。每天黎明,公鸡都会报晓,公鸡一叫,天就要亮了。

外公到底没有捱到天明。

灵堂在早晨才搭起来,整个村庄都被外公的死激活了。吊唁的人来了,帮忙的人来了。小孩子是牵着大人的衣襟来的,老年人是拄着拐杖来的,他们都来参加外公的葬礼。大舅、二舅又是跪迎又是递烟,招呼乡邻入座。他们尽量要使外公的丧葬搞得热闹一点,隆重一点。大舅说:"咱爸苦了一辈子,拉扯我们几兄妹成人,不容易。现在爸走了,说啥,也得让他走得风光一些。"二舅赶出圈里的两头猪,宰了。宴席一定要办得丰盛,不然,人家会笑话我的两个舅舅无甚能力,死人不要脸面,可活着的人还要。坐在院子里的人,有的打牌,有的嗑瓜子,外公的死成了一个乡村的节日。

但这所有的一切,外公都看不到了,也与他无关了。他平静地躺在窄窄的门板上,任时间水一样从他安详的脸上滑过。

锣鼓响起来,道士先生身穿道袍,在为外公做法事超度亡魂。伴随道士先生的诵经声,我似乎看见外公的身影从虚幻中清晰地浮现出来:他叼着个大烟袋,坐在松坡嘴的松林里,给我和虫虫讲他年轻时候的事。我突然感到空虚和哀伤,眼泪像两条虫子,在我脸上爬动。那一刻,我才真正意识到——外公不在了。从今往后,他将归于永久的黑暗,而只能活在我的记忆中了。

那天,我一个人悄悄跑到松坡嘴的松林中躲起来,任泪水哗哗往下流。

远远地,听着道士先生吹出的浑厚、低沉的海螺声,我看见外公的灵魂,变成一朵云,飘散了,从一个世界融入另一个世界。

对一个女人的记忆和想象

一

最先被记忆激活的，是一所老房子。

老房子的椽梁、墙壁上，挂满蜘蛛网。一道经岁月淘洗过的门槛，像垂暮者嘴里的牙床，只剩下牙齿脱落后，坚硬的牙印子。阳光从瓦缝间漏下来，照在屋内飞舞的灰尘上，像照着一段发霉的往事。小时候，我常趴在那道门槛上，眼睛眯成一条细线，朝门板上的一个破洞里往里瞅。衣袖在上面蹭来蹭去，像两块抹布。时间在我每天的磨蹭间溜掉了，我看见很多被时间遮蔽或埋葬的事物。

除草

我每次趴在门槛上，内心都充满恐惧。这种恐惧，来缘于我的一次次偷窥和观察，来缘于我探测到的一个女人的忧伤和绝望。

那个女人，与我的血脉息息相连——我喊她小姑。

小姑每天都被关在屋子里，像一只被监禁的羔羊。她的房门上了锁，锁是我爷爷上的。那把锁除了爷爷，没人能打开，它只有一把钥匙，一直挂在爷爷的腰间。爷爷对我说："你好好守住门口，别让你小姑逃出来。不然，我打断她的腿。"

屋子里光线幽暗，一张木床依墙而放，床上乱糟糟的，没有一点活气。偶尔，会有几只老鼠，在床上跑来跑去，疯打，嬉戏。床的正面，搁着一张桌子，岁月的磨砺，使它色泽陈旧，其中一条桌腿，已经朽断，只能斜撑于地面。桌上放着的两个碗，装着剩饭。苍蝇在碗边飞来飞去，嗡嗡乱叫。

　　饭，是小姑剩下的。

　　每天早上，爷爷都会盛一碗饭、一碗菜，放在小姑房间的桌子上。小姑饿了，就用手抓。每次吃饭，都颇费周折。她的两只手，抽筋得厉害，饭被她的手抓起，又滑落，好不容易送到嘴边，却糊得满鼻孔、满脸都是饭粒。白生生一碗饭，真正被小姑吃下肚的，只是少量，更多的饭粒，被她撒落在桌子或地上。没有人过问小姑吃没吃饱，她自己也对饥饿缺乏敏感。端饭给她，就吃。不端给她，肚子饿了，也不吼叫，只静静地坐在床沿，怀里抱个枕头，轻轻地拍打，亲吻。

　　小姑只要发现我在偷窥她，就会抬起头，露出被长发遮住的脸，目光直愣愣地刺向我，盯得我脊背发麻。她的脸，如一张被太阳晒蔫的菜叶子，神情僵硬而凝重，仿佛对任何人都充满敌意。

　　我不敢与小姑的目光对视，每次都是在我们的目光触碰的刹那，我便迅速缩回头，偎在墙角，躲起来。我担心惹怒小姑，会招来她的打骂。爷爷就是怕小姑乱打人，才将她锁起来的。

　　母亲是不允许我靠近小姑的房间的。她说："别听你爷爷的话，离那疯女人远点，打人不说，晦气。"

　　我没有听从母亲的嘱咐。

　　我对小姑充满好奇，就像我对她住的那间屋子充满好奇一样。我总觉得，这个与我的血脉有着关联的女人，是我们家族史上的一个迷。我幻想通过自己的成长经验来接近它，认识它，解读它。否则，这个迷，将会成为一种伤、一种痛，永远刻在我们的族谱上，刻在后辈人的心上。

二

　　时间退回到那年夏天。

　　明亮的阳光，照着大地。蝉蛰伏在树枝上，高一声浅一声地聒噪。金黄的向日葵，在田里闪烁着光芒。十七岁的小姑，穿件青花布衬衫，手持竹耙，在晒坝上晒麦子。汗珠在她额头上滚动，像她徘徊的心，充满焦躁。

小姑沉默得太久了，隐忍得太久了。沉重的生活，使她年轻的生命变得暗淡。

天气好的时候，她会一个人，偷偷地爬上后山，仰望天空，看飘移的云朵，做飘逸的梦。日落黄昏，她喜欢站在后山的垭口上，眺望从村子通向远方的那条山路。那条路，小姑也不知道通向哪里。长这么大，她从来没有出过山。山脚下的村子，是她成长的唯一"摇篮"。小姑站在垭口上，山风穿过她的黑发，也穿过她脸上的忧伤。幻想，似一个逐渐胀大的彩球，充塞了她的大脑。夕辉下，小姑正跋涉在那条通往外界的山路上，一次次逃离，一次次返回，一次次返回，一次次离开。仿佛那条路是她走出来的，整条路上都刻满她的脚印。直至夜幕笼罩后山，小姑才从垭口上转身，摸黑下坡。

晚上，小姑躺在床上，却仍在梦里，继续逃离——朝着山外的世界。

看得出来，小姑那天是在等人。

晒麦子时，她老是心不在焉，神色慌张。歇气的时候，她坐在黄桷树下，东瞅西望，左顾右盼。黄桷树的背面，藏着一个大布包。包里藏着小姑穿的衣裤，和一枚漂亮的发卡。那枚发卡，是村子里一个小伙子送给她的。小姑非常珍视那枚发卡，它让她获得了苦难中令人眩晕的幸福感。那枚发卡，见证了她的一段青春往事，一次浪漫爱情的体验。

太阳在云层里，时隐时显。寂静中，能听见小姑心跳的声音。她等待这一天，已经太久了。那是一场漫长的预谋的煎熬。她必须要从自己苦闷的青春时光中逃出去，才能获得自由生存的权利。

小姑那天等的人，即是那个送她发卡的小伙子。

太阳逐渐偏西，时间早已过了他们约定的时间，小姑却迟迟不见小伙子到来，这使她忐忑不安。小姑怕人发现她的秘密，故意在树底下坐一会儿，又起身翻晒一会儿麦粒。那时，我的爷爷奶奶，正在田里收割麦子。他们想，等这些麦子晒干入仓，就挑一半去卖，将卖麦子得来的钱，为小姑置办几套像样的嫁妆。

天忽然阴了，像要下雨。小姑抬头望天，天空中的云朵，瓦蓝瓦蓝的，像一团团散不开的愁绪。她失望地从树下站起身,挎上那个大布包,匆匆朝山路走去。刚走几步,她又踅转身,将布包里那枚发卡取出来,放在黄桷树下,含泪而别。

当爷爷奶奶赶到晒坝时,看到的,只有一晒坝被雨水泡胀的麦粒。一颗颗受孕似的,腹大如豆。爷爷立在晒坝上,仰天狂喊,老泪纵横。奶奶当即倒在雨水里,晕了过去。

三

小姑的失踪,引起村里人一片哗然。各种猜忌声、指责声、恶骂声,雨点般砸向我们家,砸向被悲伤笼罩的爷爷,让我们全家人都抬不起头。以致于,我每天上学放学,都不敢昂首挺胸走路,怕被人指桑骂槐,甚至怕被人拖到某片玉米林或青杠林里,暴打一顿。

小姑的出逃,成了我们共同的羞辱。

爷爷每天都承受着精神上的重压和折磨,整天沉默寡语,蹲在院墙下晒太阳,或者坐在屋檐下抽旱烟。伤痛宛如一座冰山,耸起在爷爷的心田。时光漫漶,给寂静的乡村生活笼罩上一层惆怅的色调。爷爷在这种色调的包裹中,一天天走向衰老。有一次,我放学回家,看到爷爷蹲在院坝里,愁眉苦脸,内心的孤独和长期的沉默,使他看上去就像一架老旧的水车。风已不能再使他

鹅群

转动，他的生命只剩下被岁月消耗过后的伤孔。爷爷看见我，突然立起身，将我拉到一边，悄悄地问："你说你小姑，她会回来吗？"爷爷的问话，使我感到突兀。我摇摇头，转身进了屋。

小姑是爷爷后半生的一个精神支撑。

命运最终给了爷爷补偿遗憾的机会——我的小姑，在失踪三年之后回村了。小姑回村时，也是在夏天。山坡上的野草，已长得十分茂盛了。小姑是被一个孩子发现的，当时，那个孩子正在离一个坟堆不远的地方割草，突然听见坟堆后面有人在呜呜哭泣。哭声暗哑，阴惨惨的。孩子扔下背篼，撒腿欲跑。这时，他看见坟堆上的巴茅草剧烈地晃了晃，探出一个女人的头颅，夕阳下，泛着灰色的光影。孩子双眼一黑，吓晕过去。

当那个孩子醒来后，天早就黑了。孩子的父母，正趁着月色，在野地里，东一声西一声地替他喊魂。而那个女人，则被我的爷爷和父亲抬回了家。被一同抬回家的，还有女人肚子里即将临盆的小生命。

小姑的回家，成了村里的一个事件，就像她当初的失踪一样。倒是爷爷显得十分平静，每天亲自到灶房烧水，替小姑洗脸、洗手，还吩咐母亲，天天煮一个鸡蛋，为小姑补身子。阳光好的时候，爷爷就搬两张凳子，和小姑坐在院坝里晒太阳。小姑总是低着头，一会儿掐自己的裤子，一会儿解自己的纽扣。爷爷嘴上叼着旱烟，目光直愣愣盯着小姑看，看着看着，两条莹亮的虫子，便从他深陷的眼眶中爬了出来。蓝色的烟雾，似一团哀愁，在空气中飘浮。

小姑扰乱了我们原本正常的生活秩序。她常在夜半放声大哭，哭声能掀下房顶上的瓦。我经常被小姑的哭声惊醒，躲在被窝里，用被子死死裹紧自己，全身冷汗直冒。母亲受不了小姑的惊扰，在隔壁大声骂："哭死啊，还要不要人睡。"父亲则轻声劝慰母亲："睡吧，克服一下，别跟一个病人较真儿。"这时，爷爷准会披衣而起，来到小姑身旁，一边抚摸她的头，一边絮叨："闺女，这是命啊，是命！"爷爷一坐，就是一个晚上。等到天亮时，才发现他和小姑头枕着头，靠在床架上睡着了。

爷爷几乎将全部的精力和心思，用在了小姑身上。小姑时常将屎尿拉在裤子里，由于父母都要上坡干活，爷爷就承担了清洗小姑脏裤子的任务。村前的池塘边，总能看见爷爷伛偻着背，提着桶盆搓洗衣裤的身影。若此刻恰巧有人从池塘边经过，准会望着爷爷的背影，轻蔑地说："大爷，不在家享清福，来受这罪呀？"爷爷对嘲讽他的人，只是笑笑，不作答。泼辣一些的妇道人家，故意提高嗓门说："一个疯婆子，还稀罕个啥，肯定是在外面不学好，男人睡多了，把脑子操坏了……"说完，嘻嘻哈哈地转身走掉。

爷爷曾想方设法治好小姑的病。凡逢场赶集，他都要去镇上四处打听偏方。只要听说有什么药，对小姑的病有帮助，他都愿意找来试。那段时间，我们家里堆满了各种各样的草药，远远地，就能嗅到从我们家飘散出的水药味道。

尽管如此，爷爷丝毫没能让小姑的病情有所减轻，反而让死神乘虚而入，与小姑擦肩而过。

谁也没有料到，小姑会难产。早在这之前，母亲就提出带小姑去医院做流产手术。母亲说，要是把孩子生下来，连父亲都不知道是谁。况且，小姑又是个疯子，岂不是作孽。可爷爷思考再三后，坚持要让小姑把孩子生下来。父亲也同意爷爷的想法。爷爷说，只要他活着一天，就不会让这孩子受一天罪。如果哪天他不在人世了，孩子就转交给我大姑领养。他已经和大姑商量过，大姑也同意领养这个孩子。

可当医生最后征求爷爷意见，保大人还是孩子时，爷爷毫不犹豫地说：保大人。那个夜晚，在镇医院冷清的走廊里，爷爷、父亲、母亲和我，静静地从窗外望着躺在产床上的小姑，像守候着一个刚从冰雪中走回家的人。灯光煞白，整个世界都在疼痛。

四

白花花的阳光，照在爬满院墙的丝瓜藤蔓上，鹅黄的花朵柔软地开放着，几只蜜蜂，绕着花蕊，飞舞或滑翔。庭院如此寂静，时间宛如乡村午后的炊烟，在屋舍瓦楞的上空流动。自从医院回来以后，小姑就成天坐在屋子里，表情木纳，不愿见人，食欲下降。爷爷怕小姑精神过度抑郁，性命不保，每天都扶她到院子里散心。可只要爷爷将她牵出门槛，她又转身回屋去了。有时，爷爷将她惹恼怒了，她就又吼又跳，露出一副狰狞的面容，令人汗毛倒竖，胆颤心惊。

小姑的反常，使我们全家人束手无策。她的脾气，越来越暴躁。有一次，父亲去给她喂饭,她顺手将碗砸在地上,摔成碎片。瓷片还划破了父亲的额头。小姑对爷爷,也不再像以前那样愿意亲近,而处处表现出抵抗情绪。爷爷给她梳头,她就用脚踢,给她洗脸,她就用手抓。爷爷的手背上,爬满了鲜红的血印子。渐渐地,我们也不再那样关心小姑,任其在屋子里待着,像一只孤独的虫子,蜷缩在冰冷的洞里。

　　冬天,寒风刺骨。母亲担心冻着小姑,就给她睡的床铺上厚厚的稻草,垫上厚厚的棉被,甚至,用两个装过白酒的高温瓶子倒上开水,放进小姑的被窝里,为她驱寒。谁知第二天早晨起来,却发现小姑将棉被铺在墙角,坐在上面,双手抱膝,周身冻得乌紫。她还时常在深夜跑出去,害得我们冒着严寒,打着火把,满村子找寻。任凭我们喊破了嗓子,她也不吱声,直到天亮后,才在自家的牛圈或猪圈里找到她。记得有一天晚上,她掉进了村前的池塘里,幸亏池塘里水不深,且发现及时,她才躲过一劫。

菜坛

　　小姑也有开心的时候。

　　一次,几个胆大的伙伴来我家玩。我们在院子里玩老鹰捉小鸡的游戏。那天下午,我们家充满了欢乐的笑声。自从小姑回来后,我们家一直被阴云笼罩。村子里的人家,都不与我们家来往,说我们家阴气重,谁沾上,谁倒霉。各家的大人们,对自己的孩子,都是千叮咛万嘱咐,不准在我们家留下一个脚印。那天来我家玩耍的几个孩子,都是趁大人去村头为一户娶亲的人家帮忙去了,才偷着来找我玩的。他们是我平时在学校耍得最好的伙伴。其实,在我们家,不止是小姑,每一个人都是孤独的。爷爷是孤独的,父亲是孤独的,母亲是孤独的,我也是孤独的。

　　我们太渴望有一道强光,来驱散堆积在心中的阴霾了。

　　我和几个伙伴,手拉手,围成一个圈,钻进钻出,你追我赶。时间在我们的笑声中流逝,我们彼此都陶醉在游戏所营造出的氛围中,而忘记了身边的

腌菜

一切。当然，也忽略了我的小姑，正站在屋里的窗子旁，望着我们欢快的身影，傻傻地笑。当我们最终看到小姑的笑容时，我们的身体突然僵硬了，惊恐水一样将我们覆盖。那几个孩子，迅速从我家消失，仿佛一股旋风，瞬间无痕。

我一个人站在院子中间，望着小姑，像望着一个陌生人。我从来没看见小姑笑过，小姑笑的时候，比不笑时，更让人惧怕。

事情发生在那天早晨。

一个上学的孩子，从我家门前路过时，被小姑扑倒在地，孩子因受惊吓，奋力挣扎时，折了腿。此事在村里掀起一场轩然大波。我们家因此遭受了一场大的灾难，也彻底被村庄孤立了。小姑也自此失去了自由，她再一次成为这个村子的敌人，成为自己的敌人。

五

我们家老屋侧面，有一片青杠林，大雨过后，地面长满野菌子。那些菌子，有的暗红，有的淡黄，更多的是白色的牛肝菌。放学后，我常去那片林子割草。青杠树浓密的叶子，形成一道天然的屏障。我把那道屏障，当做躲藏自己的迷宫。我只要一走进那片林子，就不想出来。我怕过早回到家里，听到父母激烈的争吵，见到小姑失态的举动，望着爷爷沮丧的表情。家在我们心里，已不再具有归宿感，它变成了一个人人厌弃的场所。

我躲在树林里的时候，总会想到小姑。觉得她像极了那些野菌子，独自生长，独自寂灭。我曾在一本书上看到，有些菌类，是带毒的。我想，小姑就是一朵带毒的菌子，没有人碰她，理睬她。她身上所散发出来的气体，使整个村庄都中了毒。

爷爷曾对小姑变疯的原因，做过各种各样的猜测。他说，小姑一定是在外面求生时，被人骗了，受不了刺激，才疯掉的。外面的世界多大，多复杂，人心隔肚皮，谁能一眼将人看穿。城市里的人，不比咱们乡下人，坏透了，满肚皮花花肠子。他们看到一个淳朴的乡下妹子，能不起打猫儿心肠？爷爷只要谈起小姑，泪水便在眼眶中打转。后来，他将所有的怨恨，都转移到那个送小姑发卡的小伙子身上。爷爷说："要不是那个家伙背信弃义，不守承诺，或者，劝说小姑留在村里，结婚生子，过平静的生活，她也不至于落到如此下场。我就是到了阴曹地府，也不会放过那个挨千刀的。"

人呵，真是不堪折磨。自从小姑被爷爷锁进屋子后，精神状态一天不如一天，头上的白发多了，脸上的皱纹深了。她心中囤积的阴郁，沉重得足以将其压垮。爷爷也在操心小姑的过程中，步入残烛之年。就是在院子里散步，他也要拄根拐杖。一种深深的痛苦，在吞噬小姑灵魂的同时，也在吞噬爷爷的灵魂。爷爷和小姑，一对命运多舛的父女，在受难中共同承担死亡。

那是一个黄昏，小姑突然从家里失踪了。

当父母从镇上为爷爷置办完香蜡纸烛、老衣寿鞋回来后，发现关小姑的门是开着的。门上的锁，锁得结结实实。门是被砸开的，门板上还留有血迹。父母慌了神，转身朝村中跑去。那些天，爷爷正躺在医院里，由大姑守着输液。他已经生命垂危，医生早已下了病危通知书。

暮色聚拢，晚风摇曳。父母焦急地在山冈上一边找，一边喊小姑的名字，直到天快黑尽时，才在晒谷场旁边找到小姑。她躲在那棵黄桷树背后，哭得很伤心。仿佛她这一生所遭受的委屈，全化着泪水，在那一刻，奔涌而出。

那天过后，小姑再一次被锁进了屋子。小姑是个疯女人，只有将其锁起来才安全，对村子才安全，对她自己才安全。

小姑到底是怎么疯的，没有人知道，这永远是个谜。但爷爷临终前说，幸亏小姑疯了，要不然，她根本活不到现在。

爷爷的话，是一句谶语，藏着更大的秘密。

鬼魅飘荡的村庄

夕阳照着沙砾路，池塘里水草漂摇，几尾鱼在水草间钻来窜去，像几个捉迷藏的孩子。我从地上捡起石块，朝水中投去。受惊吓的鱼儿瞬间潜入水底，藏匿起身子，水面上荡漾开一圈圈涟漪。我肩上斜挎着帆布书包，书包里装着课本、作业本、铅笔、弹弓、一把小刀、一根橡皮绳……这是我一个人的小秘密。我不喜欢把秘密装在心里，那样太沉重。我漫无目的地走着，放学后的其他孩子都回家了。他们从不在路上逗留———一群胆小鬼，他们总害怕在路上遇见吊死鬼，把自己的耳朵或鼻子咬掉，甚至，把自己的小鸡鸡割去喂狗。我的同桌张光发就曾在放学路上因逗留时间过长，而被鬼魂附体，掉进池塘里，差点淹死。害得他母亲和奶奶绕着村庄，喊了三天三夜的魂，嗓子都喊哑了。

我不惧怕鬼。我早在书包里准备好了捉鬼用的刀子、绳子。为了提高捉鬼的保险系数，我还跑去村南面的土地庙，偷得一块开过光能辟邪的桃木和一张镇妖符。如果我能捉住鬼，我就可以重塑在同伴心目中的地位和形象，让平时习惯欺负我的二毛、大赖、牦牛对我刮目相看而心生敬畏。

黄昏的光线逐渐暗淡。我在村头村尾转了几圈，脑子转得晕晕乎乎，却仍不见有野鬼现身。我像往常一样，躲在张聋子房前的草堆里，打个盹儿，伸个懒腰，然后，跑到张聋子家的茅房里拉摊屎，或者，对着他家的墙壁撒泡尿。做完这一切，我看见各家各户的烟筒里升起袅袅炊烟，薄雾一般，弥散着柴草的木香。我开始拖着沉甸甸的腿朝家走。

放学后的时光就这样被我打发掉了。

我第一次遭遇恐惧。

黄昏的气息过于浓烈，几只大红公鸡摇着尾巴，在竹林里走来走去，像些闲着无事的人。蜘蛛网挂在草堆上，网丝上残留着昆虫的翅膀。风是静止的，村庄也是静止的。我从草堆里爬起来，边伸懒腰边向张聋子家的茅房走去。他家的茅房挨着猪圈，高粱秆做的墙壁四面透风，一张破塑料纸做的门帘，像是被子弹射烂的战旗，不遮羞，也不避寒。我每次脱下裤子，蹲在里面拉屎时，都要下意识地扭转头，朝后看看。我担心一向嫉恨我的二毛或者牦牛会突然站在我身后，手握弹弓，瞄准我白亮亮的屁股，来上一子弹，将我射到茅坑里去，弄个狗吃屎。我一边拉屎，一边想着捉鬼的事。我猜想鬼长得该是什么样子，青面獠牙，凹眼凸腮，抑或儒雅敦厚，貌若天仙。想象力的匮乏严重影响了我的排泄功能，也许是我占用茅坑的时间过长，栅栏那边的猪时不时地爬在栏杆上，探出头，冲着我"吭吭"地怒吼，恨不得在我屁股上咬两口。张聋子太懒了，他经常把圈里的猪饿得直叫。我立起身，一手提裤子，另一只手朝猪的脑袋上打去，嘴里骂道："张聋子，滚一边去。"猪好像听懂了我的语言，我叫它张聋子，感觉受了侮辱，它抬起长嘴一顶，将我顶在茅房的栅栏上，屁股被一截木锥擦破了皮，血珠水一样流出来。我准备再次扑过去打那畜生，这时，我听见身后有人发出"嗤嗤"的笑声，声音有些阴冷。我的头像被泼了盆冷水，周身毛骨悚然。

　　我回转头，眼前的情景差点把我吓晕过去。

　　——一个矮女人，肥嘟嘟的，立在我身后，头发乱蓬蓬的，茅草一样，垂至两肩。一张脸，颧骨突兀，鼻梁高挺。张大的嘴里露出的两排牙齿，参差不齐，苞谷粑一样黄。臃肿的躯干上套着一件宽大的灰底蓝碎花衬衫，两腿奇短，身材比例严重失调。她手里拿着一把杈头扫把，表情因憨笑而显得夸张，甚至僵硬，仿佛一个插在地上的稻草人或者木偶。

　　我从来没在村子里见到过这个女人，不知道她是从哪里冒出来的，又怎么会在张聋子家里出现。张聋子由于耳聋，打了大半辈子光棍，他的家里是不可能出现女人的。我越想越害怕，两腿哆嗦着，裤子提上去，又掉下来。那个女人大概发现了我的慌张，她转过身去，笑得更加放肆。她的背影更吓人，像黑夜里挂在墙上的蓑衣，一晃一晃的。

　　不断有冷风从竹林中刮过来。我突然尖叫一声："鬼，"提起裤子撒腿就跑，那个女人的影子蛇一样在我脑中盘旋，我感觉她一直在后面追我，我跑得越快，她追得越急。天色逐渐暗下来，汗珠豆粒般从我额头滚落。跑着跑着，我的腿似灌了铅，麻木了，像两根木桩，失去知觉。我的身体好像被那个女人用力推了一下，两眼一花，栽倒在地，天完全黑了。

三天过后，当我睁开眼，从床上坐起，阴阳先生左手正拿着我捉鬼用的小刀，右手拿着绳子，替我驱邪送鬼。母亲坐在院坝里，朝着田野为我喊魂："孩儿，回来哟，回家哟。"我感到身体虚弱，嘴巴疼得难受，用手一摸，一颗门牙没了。我怀疑，肯定是那个鬼女人把我的门牙拔了去。

夕阳的余辉静静地映照着路两边的油菜花。晚风徐徐，将菜花浓郁的香气送入我们的鼻息，野性而醇厚。一条窄窄的田坎，弯得像蠕动时的蚯蚓。放学了，大赖、二毛走前面，我走中间，牦牛走最后。我一个人不敢再在村头村尾浪荡，也不敢再提捉鬼的事，虽然，我的书包里仍旧装着小刀、绳子。自从遇见那个矮女人，我变成了一个地道的胆小鬼，一个经常被同伴拿来开涮并作为笑柄的胆小鬼。我再一次在同伴面前失去了尊严。但无论我的同伴们怎样对我加以讥笑和鄙夷，我都视而不见，不做任何回击。因为，我在心里一直相信

生活场景

这个世界上是有鬼存在的，而且，她就藏在我们村子里，躲在张聋子家的猪圈或茅房下。尽管，后来的事实证明我那天遇见的矮女人并不是什么鬼，而的的确确是张聋子花钱刚从一个偏僻村落买回来的老婆。

我们走到张聋子屋前时，看见那只大红公鸡像平常一样，摇着尾巴，在竹林里，悠闲地啄食。圈里那几头周身糊满猪屎的猪，照样饿得直叫。娶了老婆的张聋子，似乎仍然没能改变懒惰的习惯。"你跑去蹲在茅坑上，拉摊屎，把

鬼引出来，我们帮你捉。"大赖戏谑着说。我低着头，不出声。牦牛从后面推我一把，我一个趔趄，扑倒在地。这时，二毛故意高吼一声："快跑，鬼来了。"那三个龟孙子便风一样从我跟前飞逝而去。当我慢慢地从地上爬起来，掸掉身上的尘土，我看见张聋子的老婆左手拿把割草刀，背上背一筐猪草站在院坝边，嘿嘿地朝我笑。那筐猪草的阴影淹没了她的整个身躯。我周身激灵一下，头皮有些发麻，但我没有像上次那样撒腿跑开，而是磨磨蹭蹭地转到茅房的墙根下，撒了泡尿。圈里的猪看见我，爬在栅栏上，"吭吭"地冲我打了个招呼。我没有理它们，转身走了。它们失望地气得在圈里乱蹦。也许它们没有看到我白亮亮的屁股，会很寂寞。

　　二毛、大赖、牦牛这几个龟孙子，没把我整惨，他们是不会善罢甘休的。一天下午，二毛、大赖都没到学校上课。他们宁愿牺牲自己的学习，来完成专为我设下的阴谋，竟用了整整一个下午的时间，在张聋子家门前的土路上，用铁铲挖了个深坑，坑里灌了粪水，在坑口盖上茅草。他们预料我会从那深坑上踩过。一切准备就绪后，二毛、大赖分别从张聋子家偷来一张蓑衣和一个烂草帽，装扮在自己身上。他们的脸都用灰碳抹黑，像两个从矿井下钻出来的矿工，躲藏在深坑旁繁茂的蒲草丛中，等着我放学从这里经过。那天，一直嫉恨我的牦牛态度对我出奇的好，他把衣袋里自己都舍不得吃的糖果抓出来给我吃，且言辞凿凿地给我讲，他早就不想跟二毛、大赖在一起混了，只要我吃了他的糖，我们就是兄弟了。他一边给我糖果，一边伸出小拇指让我拉勾。然后，他拍着我的肩膀，径直朝那个早已等待我的深坑方向急走。就在我的脚快要靠近那个深坑时，我忽然听见身后一阵草动声，没等我回头，二毛和大赖迅速从蒲草丛里窜出，向我扑来，嘴里阴阳怪气地乱吼。我被吓得两腿哆嗦。这时，牦牛惊叫一声："有鬼，快跑。"我刚跨出前脚，一下掉进了又深又臭的粪坑里。

　　我哭着在坑里挣扎了许久，也没爬上来。我的头上、脸上溅满了粪水，裤子也划破了。正在我绝望的时候，幸亏张聋子的老婆割猪草回来，听见我的哭声，才慌忙从屋里拿来根抬石头用的绳子，把我从粪坑里拉上来。她人矮，在拉我的时候，用力过猛，差一点把她扯到粪坑里去。矮女人见我一身粪水，她将我牵到田边，把我衣服脱下，用水洗净，跑回屋，拿出一件张聋子的衣服替我穿上，才送我回家。张聋子人长得高大，我穿上他的衣服，像一个穿着长衫的小老头。我和矮女人一前一后，走在田坎上，晚风吹拂，傍晚的光线像肮脏脏的茶色玻璃，浓度越来越厚，笼罩着两个晃荡的魅影，向着黑暗深处走去。

我重新成了一个孤独的人。

这次恶作剧使我对二毛他们心存警惕，并与他们保持着距离。我不再像以前那样单纯，大赖、牦牛他们让我明白，人的心里都隐藏着险恶，而鬼，也有善良和可爱的。

池塘里的鱼儿仍在水草下蹿跃，我在村头村尾转悠时，经常看见它们。有时，我会在土坎上坐上好一会儿，看它们在水中嬉戏，活泼，自由自在。我不会再捡起地上的石子，朝水面上打水漂，我怕惊动那些玩得正欢的鱼儿，以免对它们造成伤害。我每次坐在土坎上看鱼儿的时候，都能看见张聋子的老婆，在池塘边洗衣服、淘菜、洗萝卜……她只要见到我，都要朝我笑一笑。她的笑永远那么夸张、别扭，但我已不再感到害怕，反而多了一种温暖。矮女人每次在池塘边洗东西，不是提着一个大大的脚盆，就是背着一个大大的箩筐。这种在常人眼里本属平常的农用工具，却对她矮小的身材造成压力。好几次，我都看见她背着装满萝卜或衣服的箩筐而立不起身来，险些掉进池塘里。我很想跑去帮她一把，但到底还是没有过去。

我不需要试图捉住鬼来改变在二毛他们心里的地位了，我根本不屑于跟他们在一起。我书包里装着的小刀、绳子早已被我扔进了茅坑里。我不惧怕鬼，鬼跟人没有什么区别。放了学，我又开始像过去那样，习惯性地在村子里逗留，无所事事地慢走。困了，照样躺在张聋子屋前的草堆里睡上一觉；醒来，照样去他家的墙角撒尿，或者蹲在茅坑上拉屎。我不再怕矮女人笑话我，我知道她的笑没有恶意。我也不再担心张聋子圈里的猪会饿得爬上栅栏探头咬我的屁股，它们睡在圈里，很安静，肚皮胀得鼓鼓的，膘肥体壮，矮女人顿顿都将它们喂得很饱。

油菜花火焰一样燃烧，天边的云朵灌了铅。我躺在张聋子屋前的草堆里，像一只慵懒的猫。我在沉睡，村庄也在沉睡。大赖的惊乍像一只苍蝇，钻进我的耳朵，吓得我老鼠般从草堆上滚了下来。他一脸神秘，瞅瞅四周无人，将嘴贴在我耳根说："我看见张聋子和他婆娘在油菜地里干那事儿。"大赖的

菜地

描述非常仔细。他接着说："张聋子像只癞蛤蟆爬在矮女人身上，扑哧扑哧喘粗气。矮女人的衣服被张聋子剥得精光，两个大奶子像李大爷的烟袋一样下垂着，油菜花瓣纷纷往下落……"大赖越说越来劲，我对他说的话将信将疑。他对我的伤害还没能使我恢复到接受他的友好。那个下午，我的心像时光一样悬浮。大赖走后，我静静地躺在草堆上，我在等张聋子和他老婆回家。我等了很久，直到天黑尽，才看见张聋子扛着锄头和矮女人慢悠悠回来，张聋子表情显得有些兴奋，嘴里还吹着口哨，他自己越听不见，吹得越起劲。我下意识打量了一下矮女人，她显得很疲惫，衣服、裤子上都沾满泥巴，头发乱得像鸡窝，上面落满金色的油菜花瓣。

我感到很难过，忧伤像一场风暴，鼓满我的身体。

乡村的季节似一堆干茅草，缺少明亮，时间是灰色的，生活也是灰色的。自从我划燃手中的火柴，点燃张聋子屋前我曾躺在上面消磨过无数时光的那堆稻草后，我的记忆就像那堆灰烬，退场了。即使偶尔闪现一点火星，也是记忆遗失在路边的一朵野花而已。

我又跟牦牛、大赖、二毛他们混在了一起。一个人若是孤独到极点，仇人也可能是你的朋友。我放火烧张聋子家草堆的那个下午，我没有到学校去上课，那是我第一次逃学。我认为，烧张聋子家的草堆比到学堂上课更重要。教我们的老师是个戴眼镜的老头，病恹恹的，打不起精神，讲课缺乏激情。每天只晓得坐在讲台上训人，骂我们是乡下狗儿、井底之蛙（他这样骂我们时，总是忘了自己也是乡下狗）。他只教我们加减乘除，而不教我们什么是爱，什么是恨，什么是感恩，什么是尊严。那天下午，我心中涌动的愤懑烈火般强烈。我恨张聋子，我恨不得把他的房子也烧掉。这种恨来自于他的老婆，来自于他老婆乱糟糟的头发上散落的油菜花瓣。当那堆稻草哔哔剥剥燃起来时，我看到冲天的火光晚霞一样灿烂。

张聋子气咻咻地站在燃尽的灰堆旁，两手叉腰，破口大骂：是哪个狗杂种烧了我的稻草……凶悍的样子像一头发情的公狗。村子里的人都拥来看热闹，七嘴八舌议论着。二毛、大赖他们恰好放学从这里经过，我听见牦牛在说："肯定是鬼火，昨夜还有人看见鬼火呢。"只有矮女人蹲在地上，默默地看着我。她是亲眼看见我将那堆稻草点燃的。

阳光暖暖地照着路边的泡桐树，菜畦边的篱笆上，爬满藤蔓，花朵开败了，几根小丝瓜，挂在叶丛中，打秋千，模样瘦得可怜。矮女人坐在院坝边的条石上，织毛线，缝小衣裳。她的肚子凸起来，像个西瓜。矮女人怀孕了。

大赖每次见到矮女人，都要评头论足一番，内容无非是重新描述一次他在油菜地里见到的情形。他说："这女人矮得像根筷子，而张聋子高得像根旗杆，你们说他俩在干那事时，会不会弄错部位，而将那东西插进肚脐眼儿里去。"大赖的话逗得二毛、牦牛哈哈大笑。我阴沉着脸，感觉大赖的话非常羞耻。大赖见我板着脸，伸手掐我一下："装啥子假正经，那矮子又不是你婆娘。"我挥拳向大赖砸去，拳头砸在他的鼻梁上，鼻血像红油漆，涂满他的脸。牦牛、二毛见我学会了反抗，扶着大赖灰溜溜地走了，一边走，一边说：那矮子怀的肯定是他妈个怪胎。

矮女人见了我，仍会朝我笑一笑。只是怀孕后动作呆笨的她，笑起来更滑稽，像后山岩洞里遛出来晒太阳的野山猪。

那天的氛围出奇的清冷，空气凝固了，整个村庄安静下来。上坡干活的人都扔了锄头放了筐，二毛、大赖他们把书包挂在颈子上，集体逃学。他们都聚集在张聋子家的院坝里，屏气凝神，像在等待一场好戏开演。张聋子忙里忙外，又是烧水，又是搂柴，汗珠雨滴般从他额头滚下。接生婆在屋里一声接一声地喊：使点力，使点力。矮女人妈一声娘一声地吼叫，像一根绷紧的绳子，将所有人的心都吊在半空。大赖耐不住

挑粪

寂寞，站在一张木凳上，踮起脚尖朝窗户里瞅，那一瞅，吓得他从木凳上摔了下来。没等大赖从地上爬起来，紧闭的门吱呀一声，开了。接生婆双手托着一个血淋淋的婴儿，立在门口，呆若木鸡。围观的人全都傻愣着，眼睛放射出绿光。良久，大家才摇摇头，失望地散去。大赖和牦牛走过来，故意在我面前做个鬼脸，掸掸屁股，走了。眼里流露出轻蔑。

张聋子蹲在墙角，沮丧着脸，抽闷烟，远远看去，像是一尊被雨水浸泡后的菩萨。我站在他家的院坝中，感觉从未有过的冰凉。时间井水一样平静。风裹挟着泥土潮湿的气息，从田野深处漫过来，盖住了整个村庄。

傍晚，暮霭深浓。夜色还未降临，星星早已探出头，在苍穹上眨着眼。张聋子一个人歪歪扭扭地走在田坎上，肩上扛把锄头，手里提个箩筐，箩筐里装着他死去的婴孩。他悄悄地将这个夭折的孩子埋在了大路边的一棵黄桷树下。

从此，那棵黄桷树下的土堆前，冥纸翻飞，青烟袅绕，村庄重又变得鬼魅飘荡。

轻柔的风吹皱池面的水，池中游动的鱼儿，疲倦了，躲在水草底下，睡觉。天幕低垂，浓云像被风撕烂的灰色棉布，变换着形状在天空中移动。河湾里一群鸭子，摇曳着身子朝村旁的草棚子赶，雨点豌豆般从空中砸下来，沙土路上出现一个个滚圆的小洞，像"地牯牛"的窝。二毛、大赖、牦牛手牵手，低头赶路，神色恐慌。我背着书包，紧跟他们身后，像一个因饥饿而掉队的士兵。我们都不敢再从那棵黄桷树旁经过，我们改了道，顺着河湾从后山绕道回家。牦牛说：我妈昨天下午牵牛到河边喂水，听见那黄桷树下有人在哭，阴森森的，她扭头去看，并不见人，吓得她转身就跑，牛都弄丢了。牦牛的话让我们惴惴不安，雨珠滚进我们的脖颈里，透凉得瘆人。黑云暗下来，天空像一口锅，倒扣在村庄上。我们试图加快脚步，早些回家。自从张聋子把他的婴

砍猪食

孩埋在路边的黄桷树下，我们上学、放学的路开始变得无比漫长。

　　风吹动着树木。我背着背篼去河湾割草，这是母亲交给我的任务。我不敢一个人去，我心里很清楚——村庄"不干净"。割草时，我总要叫上二毛、大赖或者牦牛，他们也得出去割草，这是农村孩子生活中的功课。恐惧使我们变得团结。我们手里挥舞着弯刀，边走边唱歌，以此来克服内心的颤栗。二毛刚唱了句"小船儿荡起双桨……"就听见一阵尖利的哭声从河湾飘过来，吞噬了二毛的歌唱。二毛像一只受惊吓的蝉，瞬间禁声。大赖吓得将手上的弯刀落下来，砸了脚背，痛得面部表情痉挛，却不敢出声。我们三人紧握弯刀，并肩一排，蹑手蹑脚朝哭声方向移动——一个女人坐在沙地上，披头散发。夕阳从她身旁那棵苦楝树的枝桠间漏下，投在她身上，半明半暗，让人分辨不清她到底是坐在树的阴影里，还是坐在自己的阴影中。我一眼就认出，那是矮女人。二毛和大赖放下手里高举的弯刀，长长地舒了口气。矮女人侧头看下我们，又回头继续悲泣。她的哭使其形貌更加丑陋，脸上布满细密的血痕。那天下午，我们都忘了割草，蹲在地上，远远地看着矮女人，直到夕阳在她的哭声中收了尾巴。

　　矮女人抹着眼泪回去后，我们才从地上站起来，正要回家，却发现每个人的背篼都是空的。那棵苦楝树的枝杈上，挂着一根长长的布绳子，随风晃来荡去。

　　我们重又回到了原来走惯的路上，没有人再怕那棵黄桷树，怕黄桷树下的坟堆。当一种恐惧最终没有对人造成伤害，它的威慑力也就自动失效了。牦牛、大赖、二毛又开始疏远我，我们彼此是对方的一道屏障，这道屏障就是人心的距离。他们三个人是一个世界，我一个人是一个世界。人都是在圈子里活着，只有在圈子里，人才能找到自己活着的尊严和意义。离开了圈子，谁都是谁的"王"，谁也瞧不起谁。放学后，二毛他们三个龟孙子，照旧在路上挖深坑，坑里灌入粪水，等着我往里面跳。可我偏不上当，我早已看穿了他们的丑恶伎俩。当一个人做某一件事情的次数多了，最后难免变成习惯，甚至转化成本性保留下来。比如张聋子，经常把他老婆打得喊爹叫娘。开始他只是偶尔打打，次数多了，就变成天天打。一天不打矮女人，他就吃不下饭，睡不着觉。

　　每天我从他家屋前路过，都看见矮女人坐在院坝边，神情呆滞，脸上伤痕累累。她看见我,也不再笑了,眼神里充满屈辱和仇恨。

　　大赖他们也有理我的时候。那天,我在河湾割草,他们像三个小土匪一般从后山坳钻出来,吊儿郎当给我说:"张聋子又逼着矮子在竹林里干那事,先矮子不从,张聋子就打,把矮子打得像个落地的冬瓜。等矮子筋疲力尽,张聋子一爪将矮子裤子脱去,像提一只狗一样把矮子提起,挂在胸前。他那东西吹火筒一样粗……"说完,哈哈大笑。二毛说,他有一次在井边也亲眼看见张聋子逼迫矮子干那事。张聋子比他圈里的猪还厉害。大赖说。

　　弯刀割破了我的手指,血流出来,暗红暗红。我的血水染红了草地,染红了天空,染红了村庄,染红了记忆。寂静无边无际,空虚无边无际。

　　村庄再次沸腾了,田间地头都在传播矮女人怀孕的事。张聋子的口哨声像一群苍蝇,在村庄乱窜。就在大家擦亮眼睛,期待一场好戏重新开演时,矮女人却像一阵风,从村庄上空悄悄地遛走了,留给村庄的只有叹息和隐秘。没人知道矮女人去了哪里。张聋子重新成了一个孤单的人。比张聋子更孤单的,是他圈里的几头猪。

　　大赖说:那几头猪肯定晓得矮子去了哪里,只是它不说,整天在圈里精叫,鬼哭狼嚎。

　　时间是一片背阴的洼地,过往的人与事,生活和记忆都被它埋葬了,唯一剩下的只有时间本身。我终于在与二毛他们的对抗中熬到初中毕业。离开学校那天,我们几个人跑到操场后面的山坡上看夕阳,草木浓重的气息包裹着我们,野花烂漫,蜜蜂群舞,蝴蝶翩迁。牦牛从衣袋里掏出糖果,分给每一个人。大家都沉默着,舍不得吃。我们以前所有的恩怨、仇恨都被晚霞融化了,伤感晚风一样撩拨着我们。大赖说,咱们唱支歌吧。我们齐唱"小船儿荡起双桨……"歌声很响亮,飘得很远,仿佛满世界都是我们的歌声。唱着唱着,我们突然紧紧抱在一起,热泪滂沱。

　　那天之后,我们蒲公英般被风吹向了四面八方。我留在本县读中师。牦牛去了另一个县城读书。二毛跟他叔叔去了贵阳学泥水匠。大赖跟他父亲去云南捣鼓烟生意,结果在一次爬火车时,报销了。只运回来一具残尸,埋在河湾那棵黄桷树下,与张聋子夭折的婴孩坟堆比邻。

　　我和牦牛、二毛再次相聚时,已是几年后的一个秋天。村庄终于迎来了它的节日,张聋子是这个节日的兴奋点,他新建的预制板平房是这个节日的象征。这是村庄里矗立起的第一座平房,男女老少都跑来吃张聋子的上梁酒。全村人的眼睛都绿了,阳光照着张聋子的平房,金碧辉煌。噼噼啪啪的鞭炮炸翻了天,炸得每个人心里五味翻滚,嫉妒火焰般喷发。张聋子失踪的老婆也回来了,这平房就是她拿钱修建的。矮女人比以前更瘦更矮了,一双手粗得变了形。她似乎还认得我,朝我笑了笑,笑容里多了一缕沧桑。这么些年,不知道她到底去了哪里。二毛说,她曾看见矮女人在贵阳的火车站乞讨,脖子上挂个布口袋,穿件破衣裳,在垃圾堆里捡烂苹果吃。好几次他都想跑去打声招呼,可当他跑到时,矮女人却不见了。不晓得二毛说的是不是真的,反正,那天矮女人穿得很漂亮,头发梳得溜光,辫子上还扎了条红头绳,一件淡黄色衬衫,比油菜花还要金黄。"矮子真是能干,有钱了。"村人们说。张聋子立在一旁,嘿嘿地笑。

矮女人就住河对岸

牦牛、二毛成熟了许多。傍晚,他们提议去看看大赖。我们拿着香蜡纸烛去黄桷树下为大赖上香,恰巧矮女人也在替她夭折的孩子上坟。我们彼此都没有说话,青烟盘绕出一圈圈纤细的阴影,雾气越来越重。幽蓝的火光穿过了村庄,穿过了土壤中的亡魂。

从疼痛中走出来,阳光依然明亮,稻田里、河湾里、山坡上,到处都是万物生长的姿态。我和牦牛又去了不同的地方上学,二毛坐着火车去了贵阳,他必须要在流徙和动荡中才能成就其生活的深度。矮女人呢?早在那个傍晚,就化成一缕烟,飘散了,像一颗划过村庄上空的流星,消失了,永远没再回来。

张聋子一个人守着空空的房子,像守着一个空空的村庄。

日子平静了许多,空虚了许多。

母亲的世界

母亲年轻时,读过几天书,一些简单的字,她现在都还认得。母亲记忆力很好,也有读书的天分。老师上午教的课文,她下午就能背诵。母亲对书本有种天生的迷恋,只要她翻开书,嗅到墨香,就像蜜蜂见到花朵,兴奋立刻写在脸上。每次上坡割柴、割草,母亲的衣袋里都要插上一本书。歇气的时候,她就会掏出来,看上几页。晚上临睡前,也不忘翻上一翻。外婆对母亲的勤奋学习,夸赞有加。看到母亲捧着书本读得忘我痴迷的样子,外婆总要停下手上正纳着的鞋底说:"这孩子,继续这么下去,准能变成一只金凤凰。"外公的看法跟外婆截然相反,他只要看到母亲睡觉前还在看书,就非常生气,从床上爬起来,噗地一下吹灭桌上的油灯,愤怒地说:"女娃子,看这么多书,思想会抛锚。无用不说,还浪费煤油。况且,家里也没钱再让你读书。从明天起,你就别去上学了,留在家里带你的两个妹妹吧。"

母亲的读书梦就这样被外公吹灭了。

母亲一直没有放弃读书的渴望。她每天除了带两个妹妹,总不忘偷偷地躲在墙角,将藏在腰间的书,拿出来看一看。有一次,母亲因躲在角落看书入迷,忘记了时间,也忘记了她那两个在院子里玩耍的妹妹。黄昏降临,外公、外婆干活回家,发现他们的两个小女儿躺在院坝里睡着了。脸上糊得脏兮兮的,黑一团紫一团,身上被蚊子叮满小红疙瘩。外公见此情景,怒火中烧。扔下锄头,破口大骂。母亲被外公的骂声吓破了胆儿。那天,母亲被外公狠狠地扇了一耳光。外公将母亲身上搜出的两本书,丢进灶坑里,烧了。母亲眼看心爱的书本,在熊熊焰火中化为灰烬,心碎了,泪水下雨般流淌。母亲意识到自己这辈子，恐怕再也没有读书的机会了。那天晚上，母亲一个人跑到院坝里，用割草刀削尖陪伴她的那只铅笔，深深地刺进了自己的大腿。月色清冷，血水染红了她的裤管。

从那以后，母亲的大腿上便多了一颗"黑痣"。那颗"黑痣"成了她一生都无法忘怀的记忆，镌刻遗憾，充满疼痛。

母亲嫁给父亲时，只有17岁。母亲生性本分、老实，不爱多说话。由于家里添了人口，每顿吃饭，就多了一张嘴巴。那时，父亲两个尚未出嫁的妹妹，经常欺负母亲，嫌她嘴馋，说是母亲每顿都要喝两碗米汤，比她们谁都吃得多。奶奶心疼她的两个女儿，只要饭一起锅，就赶忙用勺子将本就不多的米饭舀出，盛在另一个碗里，给她们留着。饭一舀完，剩下的，就全是汤。一家人坐在桌子上，各自手里端一碗米汤，喝得跟猪吃食一样响。汤喝完了，大家都没吃饱，每个人都瞪着眼睛，你看看我，我瞅瞅你，不说话。爷爷双手捧碗，翻来覆去地舔，恨不得把碗也吞进肚子里去。父亲拿着锅铲，在锅壁上吱吱地刮，将刮下的那点水锅巴，倒进母亲碗里，让母亲吃。我的两个小姑看见父亲将水锅巴给了母亲，目光直愣愣地盯着，充满仇恨，嘴巴翘得能挂稳镰刀。爷爷看见父亲对两个妹妹的态度无动于衷，一巴掌拍在桌子上，把桌上的空碗震落在地，摔得粉碎，恶狠狠地说："才取婆娘几天，就知道偏心了，连妈、老汉也不心疼了，养你有啥用？"父亲见爷爷发怒，从此再也不敢将水锅巴往母亲碗里放。越到后来，吃饭时，母亲连桌子也不上了，舀一碗米汤，站在旁边，唏哩哗啦喝下肚，就背着背篼，上坡

莴苣

干活去了。

分家的时候,父亲只从爷爷手中分得一间正房和一间用竹子夹成墙壁的灶房,外加一百斤谷子、五十斤麦子、一头耕牛。其他的,什么也没有。家里唯一的家具,只有一个红木柜子和一张抽屉,那是母亲的陪嫁物。

分家那天,奶奶指着母亲的鼻子骂:"离开了我们,你两口子就只有饿死!"母亲抬起头,拨开奶奶的手说:"妈,我即使讨口,从你老人家面前走过,手里的打狗棒也会扛在肩上,而不会在地上拖着走。"那是母亲第一次反抗她的婆婆娘。

为了争口气,也不让别人看笑话,母亲提前扮演了一个家庭妇女的角色。她每天起早睡晚,开荒种粮,借钱买来小猪、小鸡饲养。父亲看到母亲没命地干活,知道她是铁了心要把这个家搞出个名堂来。于是,父亲几乎放弃了其他事情,全力配合母亲搞好这个家。那时,爷爷分给我们家的那头牛,因劳累过度,死了。一到开春,就无牛平秧田。看到别人家的秧田平整完,已

进城后的母亲

经撒谷下种,父母心急如焚。万般无奈之下,父亲大胆向母亲说:"干脆咱俩自己代替牛去平田,你拖我推,我就不相信困难能憋死人。"

早春的寒气还未消退。父亲的肩上卡着枷担,母亲双手紧握耙子,一前一后在田里挪动。他们埋着头,父亲的脸快要挨着水面了。母亲在后面深一脚浅一脚紧跟着,泥水溅满她的脸。好几次,她因力气小,把握不住耙子,而摔倒在水田里,周身裹满泥巴,只剩两只眼睛在转动。

晚上回到家,父亲和母亲呆坐在凳子上,累得不想动弹。母亲的手掌起了水泡,血水从擦破皮的水泡里流出来,痛得她的一双手不停地颤抖,像风中摇晃的树枝。父亲的衣服磨穿了,肩膀被牵索勒出很深的一道血印子,血

水凝固了，衣服粘在肉上，撕都撕不掉。漫长的黑夜，始终充斥着父母疼痛的呻吟。

就在我们家刚有点起色的时候，我的爷爷死了。爷爷死后不久，我的两个小姑也出了嫁，剩下我奶奶一个人，孤零零的。母亲说："就让妈跟我们一起过吧，人老了，总得有个依靠。"奶奶跟着父母后，母亲从来不要她干活，就是烧火、喂鸡这样的轻便活儿，也不让她做。母亲说："人都有老的时候，谁不盼老来享几天福呢？"

奶奶的事情安顿好了，父母开始为另一件事愁得焦头烂额。

爷爷生前，因为修房子，向乡信用社贷了一笔款。信用社的人听到爷爷死讯，三天两头跑到家里来催债。催债的人说："债主虽然死了，他的后人还在，父债子还，天经地义。"这样一来，还债的事，自然就落到父母头上。

来催债的人，每次都凶神恶煞，动不动就要牵圈里的猪，揭房上的瓦。有时催急了，父亲就站出来跟他们理论，但无论父亲怎样辩驳，到底是被人骑着的骆驼，直不起腰。人家有理有据，欠债的字条上，黑字白纸写得清清楚楚。父亲佯装镇定，不过是自己给自己壮胆，在催债人眼里，父亲的辩驳，无疑是自取其辱。

圈里的两头猪还小，不到出槽时间。家里唯一能卖钱的，是那头羊，羊已经怀了崽。母亲担心催债的人把羊牵走，只要看见催债的人来了，就慌忙叫我

河边菜地

荠菜

牵上羊,到后坡去躲一躲。我一躲就是大半天,直到催债的人走了,母亲才来喊我回家。

有一次,我牵着羊到后坡躲债,一直到天黑尽,都不见母亲来喊我回家。我不知道家里出了什么事。借着暗下来的夜色,我畏畏缩缩牵着羊回到家时,看见母亲坐在猪圈门口痛哭,一边哭一边说:"可惜我的猪哟,才这么小……"当我拴好羊,跑到猪圈门口一看,圈里空空荡荡,两头白生生的乳猪,没了。它们被来催债的人强行牵了去。父亲歪靠在院子里的核桃树下,垂头丧气,被人打得鼻青脸肿。

一天下午,母亲一个人,背着背篼,神情恍惚地朝后山的河滩走去。我发觉母亲的表情有些怪异,顺手拿了把割草刀,装出割草的样子,慢慢地紧跟在她身后。母亲发现我跟着她,就停下来,劝我回去,说她是去河滩搂柴,不会有事的。为不让母亲难过,我假装转身回家去了。等母亲走远后,我又偷偷地跟着她。我很害怕母亲出事,她已经心力交瘁。

我躲在一片芭茅草丛中,看见母亲在河边走来走去。河边除了母亲,没有其他人。风安静地吹来，撩起母亲蓬乱的头发，一幅沧桑画面。母亲徘徊很久之后，正一步一步朝河心走去，河水淹没了她的小腿……我从芭茅丛中忽地蹲起身，正要奔去拉母亲，却见母亲又返身退了回来。我长长地舒了一口气，紧张的心稍稍得到平静。我重新蹲在芭茅丛中，从芭茅叶的缝隙中观察母亲的动静。母亲坐在河滩上，双手抱头，呜呜呜地哭了起来，哭得很伤心，仿佛那一河的水，都是母亲的泪。目睹母亲伤痛的模样，我心如刀锥，藏在芭茅丛中也哭了起来。母亲在芭茅丛外面哭，我在芭茅丛里面哭。风把芭茅叶子吹得晃来倒去，它锋利的叶锯，把我的手和脸割得血珠直冒。

后来，母亲不止一次对我说："要不是为了你，我早就不在人世了。"

爷爷生前欠下的一屁股债，好不容易还清了。我们家的日子，开始一天天好起来。可母亲却一天天瘦了，皱纹过早地爬上她的额际。比起以前，母亲更不爱说话了。经历过人生的起起落落，磕磕碰碰，她变得没有大悲，亦没有大喜。

只有母亲自己知道，她这一生是怎么熬过来的。

母亲没有文化，她称自己的命为"黄土命"。

风华风韵 之

巴渝大地，故土苍茫。
一个青年不甘命运的拨弄，
在生存与精神的双重重压下，
以顽强的毅力与贫穷抗争。
可那难舍的浓浓亲情，
又使他迷茫和徘徊。
他的内心就这么纠结着，
撕扯着……
他到底该何去何从呢？

背篓谣

一切从黄昏开始。

风在田野上奔跑。路边的小树，随着风吹的方向，弯了弯腰，又立正了。两只麻雀，站在树枝上，脑袋转来转去，抖擞着羽毛，像两个歌唱家，在表演节目。晚霞铺在西天上，绯红绯红的，仿佛油画家泼洒的颜料，有一种古典的美。田坎上，一条黄狗摇着尾巴，急匆匆朝家赶。风拉长它的影子，看上去，有些流浪的意味。

玉米林

母亲背着大背篓，走前面；我背着小背篓，走后面。我们总是在本该回家的时候，才上坡。在此之前，母亲和我都有其他事情要做。

农人的日子，不分白昼和日月。

母亲给我的最初印象，即跟一个背篓联系在一起。无论天晴下雨，还是刮风飘雪，她的肩上都背着一个背篓。那个背篓里，不是装满柴火，就是装满野草。由于长期背背篓的缘故，母亲还很年轻的时候，背就驼了。背驼后的母亲，常喊腰椎疼。有时，她背着柴草，在路上走着走着，病突然犯了，疼痛使她直不起腰。遇到这种情况，她也只是靠在土坎上歇一歇，而从未放下过肩上的背篓。

将背篓填满，是母亲的责任。

我们家靠院墙的偏房里，堆满了一屋子的干柴，这些柴全是母亲割回的。割柴是为抵御冬天的寒冷。乡村的冬天，是很难熬的。霜冻常常袭击脆弱的事物，比如一只飞翔的鸟，一只尚在跪乳期的羊羔，一个蹲在墙角失语的老人……他们都需要借助强大的热源，来驱逐内心堆积的风寒。许多个冬天，我都在野地里捡到过被冻死的鸟，我把那些鸟的尸体装入一个纸盒子里，埋在村头的一棵槐树下。每当我从那棵槐树前路过，眼睛就会潮湿。

在乡下，一只鸟是脆弱的，一只羊羔是脆弱的，一个老人是脆弱的。而我并不比他们中的任何一个强大多少。

母亲割回柴火，不是为自己，而是为我，和我们的家。

这些干柴，让我对幸福充满渴望和期待。每一根柴，都是一粒火种。火种越多，火焰越旺，屋子越温暖。

被这温暖火光笼罩的，还有我们家的牛和羊。早在入冬以前，母亲就在圈里储备了大量的野草。那些草虽经霜打寒冻，大多已枯萎，但能救牲畜的命。无论是那头牛，还是那只羊，对我们家都有恩。牛为我们耕地犁田，羊为我们攒钱流血，它们的一生，都在为我们做牺牲。母亲没有理由不救它们。

从冬天走出来的人和动物，生命都是耐寒的。

我在母亲的护佑下，渐渐省事，母亲却在一天天变得瘦弱。疾病潜伏在她的体内，变换着花招折磨她。夜里躺在床上，疼痛使她难以翻身。父亲满山挖草药煎水给她喝，也不奏效。一天夜里，母亲把我叫到床前，拉着我的手说："孩子，从明天起，你就跟我一起上坡割柴吧，你肩上早晚都得挎上背篓的。"

当晚，父亲就为我编了一个小背篓。

刚开始割柴，我连刀都拿不稳。几刀子下去，柴没割掉，手指却被刀割破了皮，血珠水一样冒出来，疼得我又哭又喊。母亲见状，并不理会，只是摘来几片草叶，擦掉我手上的血迹，细声说："小心点，过一会儿就不痛了。"说完，又埋头割柴去了。她一边割，一边观察我的动静，满脸愧疚。

事实上，我的小背篓，每次都是母亲帮我填满的。单靠我自己，根本不可能把背篓填满，这一点，母亲是清楚的。她之所以这么做，不过是想让我过早地认识人生罢了。

记得那年我大概七岁，跟着母亲上坡割草。初冬的绵雨，使山道一片泥泞。田野和远山，都被雨水泡软了，潮湿、虚幻，了无活力。地上的草，多半干了苗。尚存绿意的，也被雨水淋湿，趴在地上，像在对哺育它们的土地忏悔。母亲带着我，从这个山坡走到那个山坡，几乎找不到要割的草。她沉默着，一脸沮丧。直到天将黑时，我们才割得大半背篓草，朝家走。因我人小，走路不稳，且脚底打滑，几次跌倒，周身溅满泥浆。母亲为搀扶我，也数次跌滑，崴了脚。我赌气，站在路上哭着不走。雨淅淅沥沥下着，打湿我们的衣服和头发。眼看天就要黑了，母亲焦急地拢拢头发，然后，用衣袖抹去我脸上的水珠，牵着我的手说："孩子，走吧，跟着我的脚印走，这样就不会跌倒了。"我踩着母亲的脚印，一步步试着朝前走。我的脚印印在母亲的脚印上，母亲的脚印引领着我的脚印，像一个个路标，又似一串生命的印痕。

　　为让我跟上脚步，走得更稳，母亲故意放慢速度，步子迈得很小。我们小心翼翼地跨过一个个水坑、一个个泥潭，果然，我没再跌倒。母亲见我愁眉舒展，越走越轻快，便放开了牵我的手。她说："我不能牵你一辈子，再烂的路，都得自己走啊。"她一边走一边还教我唱童谣："小背篓，挂肩上，圆圆的口子似玉缸。装柴火，装太阳；装青草，装月亮，装满童年的梦想……"

　　就这样，我跟着母亲的脚印，唱着她教的歌谣，从童年走向了青年。

　　等到我终于能够独自填满背篓的时候，父母却又在开始忙着比割草或割柴更重要的事情。那几年，庄稼减产，瘟疫肆虐。粮仓里储存的粮食，填饱我们一家人的肚子都难。母亲养的猪或羊，还是幼崽时，即染疾夭亡。家里债台高筑，天天都有人上门催债，闹得父母苦痛不堪，我也因此不得安宁。

　　父亲时常坐在田坎上，抽闷烟，沉默得像他身旁的锄头。他已经没有多少话说了，他早把心里想说的话，通过劳动，秘密地告诉了大地，大地上的禾苗、麦子、高粱和大豆……母亲则躬着身子，在田里拔草。只有将野草除尽，种子才可能长得根正苗壮。种子长壮了，籽实饱满了，我才不挨饿，母亲才不挨饿，父亲才不挨饿，我们全家人才不挨饿。

　　落日下，我看见一颗颗受累的灵魂，像故乡一样脆弱。

　　我一直试图摆脱背篓的重压。

　　多年后的一个黄昏，我背着一个帆布口袋，沿着村头那条崎岖的山路，走向了远方。口袋里，装着母亲亲手为我做的一双布鞋和几个干硬的馒头。在离开家的那些日子，我躲在别人的城市里，像一只蚂蚁，爬行着生活。白天，我到工地上帮人抬沙，提灰桶，替人抄海报，散发传单。风里奔雨里跑，饿了，

买两个馒头或一袋方便面充饥；渴了，跑到厕所旁的自来水龙头下接水喝；夜晚，就坐在街边的路灯下看书，学文化。直到街上游人散去，我才拖着困倦的身躯，回住处休息。有时看书太久，我趴在街边的台阶上睡着了，醒来，披一身露水，周身冷得哆嗦。寂寂大街，空无一人，心中悲戚顿生，眼泪夺眶而出。每每如斯，我便深切思念故乡，思念父母，耳边就会响起母亲曾教我唱的歌谣来。那支童谣，成了我生命中最美的乐章。在我孤独失意时，乐章就会奏响，给我抚慰和力量，勇气和希望。

没想到，我摆脱了一个背篓，背篓却变了一种形式，压在我的身上。

不过，跟以前相比，我的承受能力更强了。我没有被肩上的重负压垮——如今，我在城市里站稳了脚跟，过上了城市人的生活。母亲也没有被她肩上的重负压垮——她一生都在与肩上的背篓抗争，与命运抗争。最终，她获得了火焰和阳光，成了我们家的脊梁，一个村庄的脊梁。

但我清楚，我虽身处城市，根，仍在乡下。我人生的来路，还得在母亲的脚印里去寻找。

母亲是故乡的缩影。

今年春，我回到老家，与母亲并肩坐在山坡的草坪上，晚风撩起她花白的头发，落日的余辉照在她沧桑的脸上，安静而祥和。"妈，你还记得曾经教我唱的那支歌吗？"我问。她抬头望望天，良久，才张开漏风的嘴唱道："小背篓，挂肩上，圆圆的口子似玉缸。装柴火，装太阳；装青草，装月亮，装满童年的梦想……"

歌声跟随晚风，传遍山川和旷野，飘向时间和永恒。一种消逝的力量，重新在我们心里复活了。

我们一边唱歌，一边看着落日慢慢地从西天上坠落。当夕阳的最后一缕光辉被暮色吞噬，我和母亲紧紧抱在一起，眼里同时闪着泪花。

227

寻找冬日的灯盏

时令渐入冬季，该静的，都安静下来了。

每年的这个时节，我的心，都有种被静谧抚慰过后的透彻。尽管，寒冷会使我的生活秩序，或多或少遭受一些影响。

城市钝化了人对自然变化的敏感。无论是走在喧闹、拥挤的大街上，还是站在家中孤悬的阳台上，我的目光都是那样惊悚不安。我看到很多的老人，待在屋子里，偎着个电火炉，和一只猫说话，和一只狗谈心。我看到更多的年轻人，坐在街边的餐馆里，谈工作，谈爱情。每个人都有自己过冬的方式，都有独自抵御寒冷的办法。

冬日的猫

季节的冬天来临了，一些人的冬天，也在来临。

入冬那天，我回了一趟老家。临走前，我在城里买了两件毛衣，两瓶烧酒。毛衣、是买给母亲的。在我的记忆里，母亲很少穿毛衣。我五岁那年，父亲从远方回

来，买了一件黄色毛衣，作为礼物，送给母亲。可母亲一次也没穿过，她将那件毛衣拆成线团，改织成了一条围巾和一件小毛衣。后来，那件小毛衣，穿在了我的身上，而那条围巾，套了父亲的脖子上。

烧酒，是给父亲准备的，晚年的父亲，把酒视作他精神上的一盏灯。没了酒，他会很寂寞。酒，是支撑父亲过冬的良药。惟有酒，才能使父亲的人生明亮。

乡村的冬天，多了些宿命的意味。

落光了叶子的树枝上，挂着两个空鸟巢，像两顶乡村老人废弃的旧毡帽。村头的那条河流，变得比以前浅了，瘦了，沉静中透着忧伤。野地里，薄霭朦胧，白色的雾状颗粒，洒满了田间堆积的草垛。寒气上升，渗透在身体周围，濡湿了我的视线，也濡湿了我的记忆。

小时候，我和姐姐常在黄昏时分，走向冬日的山坡。姐姐肩背背篓，手握割草刀，寒冷将她的一双小手，冻得通红。五根指头，像五根细小的红萝卜。姐姐每天都必须赶在天黑前，割满一背篓草。圈里的那头老牛，还盼着她带回的晚餐呢。我则牵着家里的唯一一只羊，跟在姐姐身后，鼻涕挂在嘴角，像凝结的冰凌。我怕冻坏我的双手，只好将手插在裤袋里，把拴羊的绳索套在腰上。喂饱羊，是我每天的责任。

姐姐每割一会儿草，就要抬头看我一眼，也看我身边的羊一眼。她在看我们的时候，内心是充满恐惧的，她那惊惧的眼神里，总是闪动着一丝不确定的信息。我知道，姐姐是怕我，或者羊，会被冻死。而无论是哪一种情况，她都没法回家向父母交差。

羊的生命和我的生命，同等重要。

每年，都有一些人，或者一些牲畜，在冬天死去。

我们永远记得爷爷临终时的样子。那个冬天，村庄迎来了入冬以来的第一场雪。雪花纷纷扬扬，飘洒在故乡的大地上。地面上积满厚厚一层雪，雪覆盖了地上的荒草，也覆盖了平时熟悉的道路。爷爷嘴叼大烟袋，抬头望望天，半晌才说了句："狗日的雪，下了四天四夜了，啥时才有个完！"说完，他就牵着圈里那头跟他一样老的牛，慢慢地向远处走去。那头牛，跟了爷爷一辈子。无数个冬天，他们都是在相互依偎中走过来的。

那天，直到天黑尽，也不见爷爷和他的那头牛回家。而雪花还在继续飘洒，丝毫没有要停止的意思。当我们打着火把，在田野里找到爷爷时，他已经伏在牛背上，四肢僵硬，永远地睡着了。牛的背上搭着爷爷身上穿的棉大衣，而爷爷的整个身体，早已被雪花覆盖，像一尊凝固的雕塑，定格在一片冰雪世界里，也定格在我们的记忆中。

活下来的老牛，很孤单，衰老得也很快。

做一头牛，或一只羊，也是不容易的。

爷爷走后，父亲将饲养老牛的任务，交给姐姐去完成。他说："老牛在，你爷爷就在。"

从此，姐姐和我，心里都充满惧怕。我们担心，在某一天，老牛也会像爷爷一样，安静地死去。这是我们无法掌控的结局。

谁能真正熬过冬天呢？

父亲抡着臂膀，在院子里劈木柴。母亲将劈开的木柴，搂到墙角，垒出碉堡的模样。他们在替自己积累生活的资源和能量。他们的心里，需要旺盛的火焰和光源。

母亲知道我要回来，停止了去野外的一切劳动，特意取下灶梁上挂了一个周年的腊肉，为我做了一桌丰盛的晚餐。劈完木柴的父亲，冒着寒冷，在村头徘徊，坐立不安。一双昏花的眼睛，直愣愣盯着回村的山路。他渴望在那条路上，看到我归来的身影，就像曾经望着我离村时的背影，以及那一个个滞重、坚定的脚印。

入夜，四周都安静下来。干涩的冷风，在屋子外钻来窜去。父亲、母亲和我，围桌而坐，热气腾腾的饭菜，摆了一大桌。这种暌违已久的亲情氛围，让我感到一种踏实而宁静的幸福。父亲和母亲，争着为我夹菜。我回家的日子，成了他们最为隆重的节日。

但在父母高兴的背后，我隐约感到一丝不安。透过十五瓦电灯泡暗黄的光线，我看到了父母身体上，那被岁月的利斧斫伤的痕迹。母亲脸上沧桑的皱纹，已经不能再掩饰她经受风霜雨雪后的平静。父亲弯弓的脊背、掉光的门牙，以及他那条患风湿病的"老寒腿"，都在时间的监视下，证明着他苦难的人生，离最终的大地，越来越近……

凝视父母，我有一种说不出的难受。

他们都生活在寒冷里太久了，以致于，他们的生命里住进了一片雪原。那片雪原，不是火能够烤得化的。父母所需的温暖，也绝不是一件毛衣或一瓶酒能解决的。

那么，冬天所呈现的色彩，只能是一种惆怅和悲凉吗？

我时常想，爷爷在多年前那个冬天的辞世，绝不是因为那场持久飘飞的大雪，也不是由于下雪所带来的更大的寒冷，而是源于嵌入他骨子里的巨大孤寂和绝望。这种生命的感受，

留守老人

是生活馈赠给他的，只有他自己能够体会。如果，我深爱着的奶奶，不是重病卧床，也许，爷爷的孤寂，就会分出一份，让他生命中的另一半去承担和消磨。如果，我的父亲，曾经能把自己的时间和精力，抽出一小半，投入到爷爷的晚境上去，爷爷的孤绝感也不会那样强烈。

可我父亲，当时都在干什么呢？

有些事情永远无法说清，回忆总是布满伤痕。现在想来，我是理解父亲的，父亲也有他的苦衷。在一次醉酒后，父亲拉着我的手说："孩子，在过去的那些日子里，要不是我和你母亲，你和你姐姐，甚至连我们这个家，恐怕都难平安过冬。"

爷爷把人生最后的信任和安慰，留给了陪伴他大半生的那头老牛。他相信，老牛是理解他的。只是不知道，老牛的内心世界，爷爷能否看透？

231

有四季，就一定有冬天。有年轻，就一定有暮年。暮年，也应该有美丽和浪漫的一瞬吧。就像雪花的坠落，不止代表寒冷，也昭示春讯。

母亲穿上了我为她买的毛衣，虽然，她的表情告诉我，这件毛衣并不合身。母亲是属于乡村的，她已经习惯了穿棉袄，也练就了抵抗寒冷的能力。这种扎根泥土的生存，曾使母亲尝试过各种各样的活法，有时像庄稼一样活着，有时像野草一样活着，有时像树一样活着……

活下来的母亲，走过了一个又一个漫长的冬天。

母亲反复抚摸着身上的毛衣，脸上浮现出她一生中少有的荣耀。我不知道，这种虚幻的荣耀，能否最后支撑她平安地走过比寒冬更难熬的暮年。

我从母亲身旁站起身，推开房门，看见父亲躺在床上，鞋也忘了脱。如雷的鼾声，打破了冬夜的宁静。吃饭时，父亲看见我为他买的酒，有些兴奋，忍不住多喝了几口。酒再一次让他找到了作为父亲的尊严。

除了酒，还有什么能将父亲的晚境照亮？

在父母心中，我是他们共同的灯盏。但我能成为他们心中一盏永不熄灭的灯吗？

有灯照耀的冬天，是温暖的。心温暖了，生命才有亮色。

谁要是站在冬天的边沿，能看到春天的阳光，谁就是幸福的。我看到了——尽管，我是代替母亲看到的。

母亲，是没有春天的。

没有春天的母亲，用自己寒微的一生，千百次，将春天唤醒，像唤醒另一个人提前到来的幸福。

水车转动的年轮

　　无事可做的日子，我喜欢去那条河湾走走，有时兜里揣本书，其实也不看，只随意翻上几页；有时什么也不带，沿河慢行，看水里的鱼虾游动的身姿，灵跃，俏皮，像是玩魔术；也或者，躺在河滩的沙泥上，闭上眼，让内心安宁下来，想一些事情。当然，更多的时候，我会长时间凝视那架破败的水车——怀想它曾有过的辉煌，感念它所经历的沧桑，然后，走向那幢同样破败的茅舍，走入一个温存的世界……

　　茅舍里有些昏暗，油灯微弱的火焰在寒风中闪烁。四周朦胧的树影，像剪出的人形。河水从茅舍前悄无声息地流过，夜，正在沉睡。我独自在河滩上转悠，身上穿得很单薄。冷风从我的脖颈钻进去，蛇一样咬得我的肌肤生疼。

　　母亲不知道我偷跑出来了，生活的重担已经不允许她分出更多的精力去关心我的事情。父亲呢，整天躺在病床上，意识里早已没有了白昼与夜晚的概念。家里几乎天天都有陌生人闯来，不是催还账，就是催要粮。我已经辍学很久了。内心的风雪在骨子里游走。每天，我除了帮母亲拾柴，放牛，料理家务，剩下的便是接受其他正欢快地蹦跳着去上学的孩子的嘲笑和鄙视。因而我特别盼望夜间的来临，黑夜于我是一道屏障，能够隔绝白昼里给我带来的屈辱，并使我享有片刻的自由，安全，温暖，自尊。

　　游走是不具有目的的，连方向也没有。黑夜省略了我认识世界的过程，人与自然是一体的。幻觉征服了恐惧。这使我不知道正在河滩走着的，究竟是我，还是我的影子。所以，当我后来在那些寂寥的夜晚，从那幢茅舍前经过

233

时，如果不是它里面亮着的油灯吸引了我，我很可能会把它当做意识里的一个幻影，而将之忽略掉。

我没想要走进那幢茅舍里去，我不知道里面住着什么人。谁会在深夜里燃着灯睡觉呢？况且，一个孤独的人有什么资格去搅扰他人的安静？但我终究没能控制住自己内心的欲望——我的心被一盏油灯散发出的光俘虏了，尽管那盏油灯的光是那样微弱。

是的，那盏微弱的油灯让我感到温暖。我轻轻地靠近茅舍，推开木栅栏，从那扇落满尘埃的门的缝隙里朝里瞅了瞅。屋里很简陋，一张桌子，墙上挂满了农具。靠左边的墙下是一张石头垒砌而成的床，蚊帐是用麻袋缝制的。床上没有人。而那盏亮着的油灯就挂在屋中间的一根木柱上，照耀着屋内和屋外的世界。

我想，这间茅舍怎么可能没有人呢？那么，那盏亮着的油灯是谁点燃的呢？是油灯自己吗，不可能，天下哪有自燃的灯啊！

我回转身，正欲离去。这时，我的耳朵突然听到一阵声音。声音来自茅舍里，苍老却又清晰："孩子，既然来了，为何不进来坐坐呢？我等你很久了，我

古老的水车

知道你迟早会来的。"

记忆是如此混沌。我总是忘了自己当时的年龄，十二岁还是十三岁，也许更早。早晨或黄昏或深夜，我从家里跑出来，望河祈祷，内心的落寞沙滩般荒凉。我的命运晃荡在绝望和希望的两极，进退维艰。父亲的病情日益严重，母亲整日以泪洗面。贫穷和债务已使我们家徒四壁。我不知道自己未来的路该怎么走。人在无助的时候，逃避也是一种伤害。

那时，河边的那架水车每天都在转动，像人的年轮。我最喜欢看水车转动时的样子，轻快，水花四溅，充满活力。我一直认为，水车是懂得生命价值的。凡是蓬勃的生命都应该是转动的，否则，它就会腐朽。我想，要是人的命运也能像水车一样，能够自由把握和转动，该多么好啊！但后来，我就发现了水车转动背后的虚假。它虽然每时每刻都在转动，却并未走远，只在原地转圈。活着的生命怎么能这样呆板呢，生命的意义应该在于行进吧，实在行进不了，或许只有解脱是对的！

当我看穿了一架转动着的水车的悖论，并滋生出厌烦后，我开始为自己的命运寻求解脱的路子。我依稀看到河流的上面漂荡着一叶小舟，在浪尖上颠簸。它或许就是我苦苦为之寻找的命运之舟了，我相信，它完全可以将我带入另一个世界里去。尽管，这叶小舟自己也未必能平安抵达河流的彼岸。

我伸出腿，准备向那叶小舟跨去。猛然间，我发现身后有一双眼睛正锐利地盯着我，闪电般明亮。我转身瞥了一眼，看见的却是一个背影，在离我不远的地方移动。我重又转过身，再次伸出腿，向小舟跨去。却又发现那双目光箭一样刺向我，使我不寒而栗。我回过头来，看见的仍是一个背影。总之，那双目光在我内心最彷徨的那些日子，它就像魂灵一样紧随着我，使我的解脱之梦终未完成。

后来的很长一段时间里，我一直在拼命回忆，试图从记忆里打捞出那个紧随我的人的模样，看看他（她）到底是谁。但打捞是徒劳的，我忆起的除了一个背影，还是一个背影。甚至根据背影我也猜测不出那个人的大致年龄。反正，从那以后，我再也没有为自己的命运寻求解脱之路了。一个被人的目光识破的计谋是不可能实现的。

而那叶曾被我看见过的河流上的小舟，是否真的存在，我也记不起了。也许存在，也许不存在。

我被老人领进茅舍，他居然叫了一声我的乳名，这使我惊诧。我努力回想在什么地方见过他，没回想起来。老人转身去拿茶杯，这时，我注意到他的左腿，瘸得厉害，而他居然没用任何辅助工具也能行走，这使我相信他一定是个特别的老头。老人将茶杯倒满水，让我喝。我真以为是茶，就猛喝了一口，灌到嘴里才知道是酒。我咳嗽着说：我从不喝酒。老人严肃起来，说：男人怎么能不喝酒呢，不喝酒的男人不精彩！我第一次听到有人把孩子叫做男人，我的脸红了，有些发烫。老人一直盯着我，目光坚定。我顿时觉得这目光是如此熟悉，却又想不起来在哪里见过。

老人举杯呷了口酒，说："你母亲姓戴吧？"

我说："你怎么知道？"

片刻沉默后，老人重又举杯呷了口酒说："我还知道你父亲病了，而且病得不轻，是吧？"

我被老人的问话震住了。老人大概也看出了我的诧异。随后，他用手指了指屋中柱子上燃着的那盏灯，说："那盏灯是你母亲叫我点燃的，她知道你经常在深夜偷偷地从家里跑出来，怕你孤独。你母亲还托我帮忙看着你，她担心你出事。她说，你应该尽早学会独立和坚强……"

我突然就想起了那个背影，以及那双锐利的目光。我猜想，在那些寒凉的夜晚，凡我脚步走过的地方，是否也留有母亲的脚印。我一直在寻找自己内心的灯盏，没想到，我本身也是一盏灯，被另一个深爱着我的人藏在心里，即使在最苦难的日子，也用她的生命守护着，不让它被寒风吹灭。

"只知道耗灯而不知道点灯的人，是感受不到温暖的。"老人说。我理解老人这句话的意思，并知道了他的故事：三岁丧父，四岁起跟随母亲辗转南北，流浪颠沛。十岁时母亲染肺癌逝世。十一岁起寄人篱下，当过挖煤工，开过起重机。十九岁参军，参加抗美援朝，在枪林弹雨的战争中九死一生，废了一条腿。从部队退役后，给工厂看过大门，到机关当过干事。历经人世沉浮，挫折辛酸，最后选择了来这个僻静的河湾盖了一幢茅舍度日……

一个没经受过死的人，是不会眺望生的。老人说：人要是耐不住一场大风的考验，就会脆弱如草，被黑暗卷入更深的黑暗。我知道，老人先后在这条河湾里拯救过好几个生命了,在被老人所拯救过的生命中,有男的,也有女的,有年老的,也有年幼的。"活着是多么好啊,就像灯燃着是多么好一样!"老人边喝酒边说。

那晚,茅舍内柱子上的油灯,一直燃着,直至天明。老人喝醉了,我也喝醉了。我第一次意识到自己是一个男人。而就在那盏油灯快被黎明吞灭之前,我早已完成了命运的解脱,并获得了超度。

过去的水车

现在,我站在城市的阳台或中心,身边刮过的是更加呼啸的飓风,内心经受的是更多的深不可测的夜晚。我所置身的周围是更多的泥泞和险滩……但我已经不再恐惧和畏缩,我已学会了挑战和跨越。因为,当我遇到人生的沟坎时,我总会想起那幢茅舍和茅舍里的灯光;想起那个老人和紧随我的那个背影;想起那架水车和它转动的年轮……这一切,总能激发我的内心产生一种无形的力量和勇气——那是生命的力量,更是活着的勇气。

如今,那幢茅舍已经坍圮了。老人也已离开了人世。当年守护那盏油灯的我的母亲也已白发苍苍。那架水车呢,也早已停止了转动。岁月悠悠,年轮渺渺。一切都仿佛成了凝固的时间。而我,只有我,则是从那凝固的时间里复活的一个新生。

一只墨水瓶改装的煤油灯

那只墨水瓶，是我从村头的学堂偷来的。

学堂坐落在一个土丘上，周围除生长着三棵枣树和两株柳树外，看不见更多植物。木条的窗棂，灰尘密布。屋顶上的瓦，长满青苔。阳光从瓦缝间泻下，照在教室里一张张憨态可掬的小脸上，梦一样飘忽。整个学堂，拢共十余个学生，一个老师。四季在这里，是没有色彩的，就像那些孩子眼里，没有春天和秋天，只有麦子和面包，田野和道路。他们在一个封闭的世界里，安置肉身和心灵。

我是那一群缺少色彩的孩子当中，最早发现色彩的人。

那色彩，被装在一只墨水瓶里，放在老师的讲桌上。每天上课，我的注意力，都会被那只瓶子所吸引，而完全忽略掉老师的讲课内容。直到我的作业本上，出现一个又一个红色的"×"时，依然没有改变我对它的凝望和遐想。那种血一般鲜艳的液体，复活了我童年的记忆。

墨水瓶里，总是插着一支钢笔。我喜欢看老师批改作业时的样子，三根指头拈住笔柄，将笔尖朝墨水瓶中蘸蘸，再在瓶口刮刮，潇洒地在作业本上划下"√"或"×"。时间在对与错的对峙下，溜走了。一些人的命运，就这样被改写。

而老师，自然成了我的偶像——他不但可以判断知识的对错，还能判断心灵的美丑，甚至预测一个人的未来。作为一面镜子，我从老师身上，看清了自己的方向和目标。

但我知道，要成为老师那样的人，不容易。老师是喝过大量墨水的人，文化人都是墨水浸泡出来的。姐姐说，谁墨水喝得越多，文化越高。任何一瓶墨水，都将转化成人身体里的血液，并使之变得聪明、睿智。

姐姐的话，坚定了我在苦难中的信念——拥有一瓶墨水，学做一个文化人。

我不敢将这个想法告诉父母，怕加重他们心里的压力。他们能让我和姐姐活下来，并将我们中的一个送进学堂，已属不易。作为父母，他们能做的，只有这么多。剩下的事，全靠我自己。

那是一个黄昏，放学后，孩子们都回家了，教室里空空荡荡。晚风吹拂，杨柳婆娑。我躲在教室的椽梁上，似一只等待觅食的老鼠，心跳鼓点般起伏。蟋蟀躲在墙缝里，高一声低一声地叫。夜色聚拢，空虚如水般将我覆盖。我突然感到恐慌，从椽梁上滚了下来，疼痛加深我的惧怕。我颤抖着身子，迅速撬开老师办公室的门，拿走了桌上那只墨水瓶。

那天晚上，我第一次失眠了——为一种来自心灵的惊悸，也为一条遍布生

村头的学堂

活道路的荆棘。直到天快亮时，我才睡着。睡着后，做了一个梦：

我成了老师的下一个轮回。

可梦，是要醒的。就像希望和失望，没有边界。

没想到，我偷回来的这只墨水瓶，会给姐姐精神上制造一场灾难。

姐姐比我更加珍视那只瓶子，每晚睡觉前，都要将其捧在手心，端详半天，才能安然入睡。姐姐在看墨水瓶时，脸上浮现出一丝幸福感，仿佛她那苍白的青春琴弦上，跳出几个明快的音符。

一只墨水瓶，不仅拯救了我，也激活了姐姐生命的潜能，和梦想的自由。

在接下去的时间里，姐姐不再把精力消耗在劳动上，更多时候，她坐在桌前，望着墨水瓶发呆。偶尔，从我的书包里，抽出一本书来，一边翻阅，一边在纸上写写画画。我知道，姐姐是在以一种决绝的态度，对抗生活和命运。

父亲看穿了姐姐的心思，每天早晨，故意提高嗓门说："兰兰，你去送弟弟上学吧。"姐姐听父亲这么一说，顿时神采飞扬，宛如一只蝴蝶看见了菜花。但姐姐同样是理解父亲的，即使在送我去上学的路上，她也背个背篼，割草或割柴。任何时候，她都没忘记帮助父母支撑起我们这个风雨飘摇的家。

山风吹散薄雾，朝霞染红大地。姐姐牵着我的手，像牵着自己的一轮红日，向村头的学堂走去。若遇刮风下雨，村道一片泥泞。姐姐就戴个斗篷，或撑把伞，将我扛在背上，驮我去上学。泥水溅脏她的裤管和脸庞，也溅湿她的憧憬和青春。

姐姐从来没有到过学堂，每次，她只将我送至学堂对面的田坎，就不送了。她对自己无法拥有的东西，从来只存敬畏和仰望。我能想象，姐姐在目送我走向学堂的身影时，她那脸上压抑的忧伤和内心尖锐的疼痛。

直到我走进教室，姐姐才从她的守望中回转身，去山坡割草。下午放学时，她又会准时出现在那条田坎上，接我回家。我在姐姐的接送中，一天天长大，姐姐也渐渐变得成熟。

仅几年光景，姐姐完成了她一生所要经历的事情。

有一天，姐姐终于从我的视线中消失了。她嫁给了邻村一个学木匠的小伙子。姐姐出嫁时，只有十五岁。母亲流着泪，卖掉家里唯一一头羊，给姐姐买了件新衣裳和一双解放牌胶鞋。从此，姐姐像那头羊一样，被人牵走了。姐姐走那天，我正在学堂上课。下午回到家，才发现姐姐住的房间，只剩下那只墨水瓶，安静地放在桌子上。瓶子旁，是我送给她的半截铅笔和一个练习本。本子上，歪歪斜斜写着一些错别字。那些错误符号，记录着姐姐的心灵秘密。每一个错字，都是一道伤和痛。

　　姐姐的出嫁，使我们这个家，笼罩上阴影。

　　无论在学堂，还是家里，我满脑子浮现的，全是姐姐的影子。父亲闲暇时，不是坐在院坝里抽旱烟，就是站在姐姐离去的路口发愣。母亲只要一走进姐姐曾住过的屋子，就忍不住掉泪。姐姐为我们这个家，付出得太多了。姐姐的命运，是我们共同的命运。

　　后来，不知是为苦难的姐姐祈福，还是想重新点燃我们生活的希望，母亲把那只墨水瓶，改装成了一盏煤油灯。入夜，母亲将灯芯挑得长长的，桔黄色的火焰，越燃越旺，仿佛姐姐如花的笑靥。温暖重又弥漫我们的屋子。父亲伴着灯光，编箩筐。母亲坐在灯下，纳鞋垫。我则趴在灯旁，看书，写字——我不仅要坚守我的信念，更要替姐姐完成梦想。

旧宅

长夜漫漫，灯火煌煌。我独自坐在深夜，面对内心和灵魂，把一本本书，翻得破损不堪。有时太疲劳，眼皮像粘了胶水，睁不开，我就用辣椒水来点眼角，刺激自己的睡意和困顿。冬夜，寒气重，稍微坐一会儿，腿脚就冻僵了，只有呼吸，尚余热温。母亲知道我要久坐，做晚饭时，就为我备好满满一烘笼碳火，并一再嘱咐：天寒，不要坐久了。可只要我一想到姐姐，听到父母睡梦中疼痛的呻吟，我内心的倔强，又春草般苏醒了——我注定要成为一个守夜人。而那盏煤油灯，是夜间唯一的光源。它陪伴着我，迎接过无数的黎明和晨曦。

我到底从那盏煤油灯下，走了出来。

多年后，我师范毕业，站上了讲台。梦想实现了，却感觉不到幸福。当我看到讲台下坐着的孩子们，那一双双惊惧而渴求的眼神时，我在想——他们会将我视做自己的下一个轮回吗？

我又想到姐姐。自她出嫁后，我一直在心中寻找她。我想教她识字，然后，把练习本上的错字，改正过来。否则，她这一生，都不知道曾经的生活，哪里出了错。

我再次见到姐姐时，她已经是一个母亲了。当那个脸上糊得脏兮兮的孩子，叫了我一声舅舅，我的心里，涌起一股酸楚。那刻，我才明白——这辈子欠姐姐的债，永远还不上了。

如今的姐姐，生活平静而安详，不再对一只墨水瓶抱有幻想，也不再对那些喝墨水的文化人生发崇敬。在经历过风雪之后的她看来，喝清水也能增加血液的浓度。苦难也能把一个人浸泡成熟，并成为精神上的强者。

缺少灯光照耀的姐姐，最终靠一盏灯活着。那盏灯，是她的孩子。也许，这个孩子会使她踏上另一条苦难的道路，一辈子也得不到温暖和幸福，但能让她一辈子活得有希望和信念。就像母亲改装的那只煤油灯，虽然光源微弱，却足以照亮一个世界。

洋槐树上的钟声

一

清晨和黄昏，那棵洋槐树都静静地立在村头，像一个天然的守钟人，守着挂在它枝杈上的那口"钟"。"钟"其实是一截钢管，钢管生了锈，轻轻一撞，铁锈就纷纷往下掉，那是时间褪下来的垢甲。

洋槐树旁，便是我教书的学堂。学堂很破旧，屋檐上的椽条，长期受雨水浸泡，已经腐朽。房顶上的瓦，经多次翻修，也已遮不住阳光。窗户呢，更是挡不住风的挑衅，胶纸一贴上去，疯狂的北风就伸出它的利爪，将胶纸撕成碎片。

冬天的风，是有毒的。它只要钻进教室，就把毒液泼洒在孩子们的脸上。不多一会儿，那些孩子们的脸就红了，紫了，僵硬了，全身哆嗦着躲在教室的角落，像一群受伤的幼鼠。

我站在讲台上，用我微弱的气息，给孩子们送去温暖，帮助他们疗伤。

在乡村学堂，求知是次要的，我得首先教会他们如何活下去，艰难地活下去。

二

那时候，我只有十八岁，刚刚中师毕业。当我捆着铺盖卷，跋山涉水，翻越十几里山路来到这所乡村小学时，我感受到的，是人生的迷茫，和对未来无边无际的惶恐。村长从自家的草堆上，抱来一捆干稻草，帮我把床铺上就转身走了。留给我的,除了一间黑洞洞的屋子,便是一个人内心的荒凉。

屋子紧挨着教室,左侧是办公室,右侧是学生们煮饭的厨房。入夜,一切都安静下来。窗外的北风使劲地拍打着我的窗户,像一个野蛮的盗贼,企图破窗而入。床底下,几只老鼠窃窃私语,商量着要在这个寒冷的冬夜,干一场让

女友

人类吃惊的大事。我躲在被窝里,像一只蚕,把自己裹紧。我害怕这个陌生的村子会突然蹦出一个怪物,把我吞噬掉。

但我没法入睡,也许是白天爬山的劳累,致使我元气大损。我一闭上眼,无边的黑暗便潮水般向我涌来,将我覆盖,淹没我的肉体,也淹没我的灵魂。我的整个人都轻飘飘的,像浮在水面上,随波逐流。没有人为我引路,我就这样飘啊飘,飘向我的暮年。

后半夜,天下起了雨。雨滴清脆地砸在瓦上,瓦在疼,我也在疼。屋外,远远地传来一阵狗吠声,间或,还夹杂着人走路的脚步声。我从被窝里探出头,竖起耳朵仔细聆听。那脚步声越来越近,越来越清晰。我的大脑屏幕上闪过一道亮光,心底升起一股暖流——我猜一定是村长给我送棉被来了。但遗憾的是,那脚步声突然消失了,村长并没有来。

雨越下越大,风尖利地怒吼着。我再一次用被子裹紧自己,在漫漫长夜中守候着黎明的到来。

三

黎明是在钟声中醒来的。

当我第一次敲响洋槐树上的那口"钟"时，也第一次敲响了我的青春。我举起锤子，不敢使劲去敲那口"钟"。面对那口"钟"，我像面对一个老人，面对一个衰老的村庄。那钟声是沉闷的，暗哑的，它已经没有力量穿透岁月，但足以敲醒整个颓败的村子，敲醒村子里沉睡的十几个孩童。

那些孩子，是被我的钟声召集到一起来的。在此之前，他们正揉着惺忪的眼，将羊放上山坡，将牛牵到河边饮水，把鸡鸭赶出圈笼……他们的人生还没开始，生活已经开始了。

听到我敲出的钟声后，他们都停下了正在干着的活儿，匆匆忙忙地赶到学堂。学堂对他们来说，已经很陌生。操场上长满了野草，课桌已经发霉，只有黑板上还能隐约看见上一位老师留下的两个字迹。我仔细辨认了一下，那是两个"人"字。人字，是最易写的一个字，却又是最难写的一个字。

树与盆

我把孩子们赶进教室，按照高矮顺序，给他们编好座位。可孩子们并不按我编排的座位入座，他们有自己的排序。他们排序的依据，是力气的大小，性格的强弱。力气大的，性格要强的，就坐前排。反之，就只能坐中间或后排。我看他们小小年纪，就已经学会了竞争那一套，我不知道该欣喜，还是悲哀。

我试图唤回他们的童真、慈悲和友善。

我关上书本，打开了心。我教他们重新认识泥土和天空，玉米和高粱，大豆和麦子，蚂蚁和鱼虾……但孩子们并不希望我教他们这些。我所教的这一切，他们自从来到这个世界，就早已见怪不惊。他们希望我讲的，是他们所不知道的东西。可我只是个中师生，跟他们一样，又是个农村孩子，学到的知识有限，视野狭窄。外面的很多事情，我也不懂。我们同是一群被世界遗忘了的孩子，这是我们共同的命运。

于是，我只能以我对外部世界的想象，来激发他们对未来人生的想象。我向他们虚构了很多我所不知道的东西。比如城市里的面包、长在马路边的一棵树、养在公园里的一只鸟……后来，我发现我所虚构的事物，都来源于乡村。这么说，我并没有走出我的生活常识和经验。不过，我已经在虚构中，把那群刁蛮的野孩子，越带越远。他们开始渐渐喜欢上了我。我成了他们逃离生活的一艘船。他们争先恐后地想登上我这艘满载希望的小船，驶向更加广阔的自由的世界。

孩子们那一双双饥渴而又无助的眼睛，深深地刺痛了我。

四

下课后，我带领孩子们在操坝上做游戏。他们紧跟在我身后，连成一条线，像一根绳子上拴着的蚂蚱。我们玩的是老鹰捉小鸡的游戏，我扮演的是"鸡妈妈"的角色，跟在我身后的那些稚嫩的"小鸡"，都是我的孩子。他们在我羽翼的保护下，躲避着老鹰的追捕，也躲避着命运的追捕。虽然，这些可怜的"小鸡"，一只也没有被叼走，但他们已经被老鹰紧紧地盯住，稍一疏忽，就有被吃掉的危险。我必须尽快让他们羽翼丰满，学会自我生存。我能保护他们一时，却不能保护他们一世。

上劳动课时，我带领他们去树林里捡干柴。我教他们如何爬树，去把树上的枯枝掰下来，然后，又教他们如何把掰下来的枯树枝码整齐，用绳子捆好，再将它们一捆捆搬回学校，放在屋檐下，储藏起来。这将是我们每天中午在学校煮饭用的燃料。孩子们在做这一切的时候，是团结的。团结使他们获得了力量，也充满了信心。我必须让他们明白，不管做任何事情，单凭个人的力量，是不够的。

有了大量的柴火，就有了可靠的物质基础。每天上午第四节课，我都要轮流让三四个学生去灶房生火煮饭。只有这样，才能保证他们的作息有规律。米、菜都是学生早晨从家里带来的，只需烧火煮熟，就可以吃了。每个学生都会煮饭，这是我感到自豪的地方。这说明，他们即使离开了父母，也不至于被饿死。

煮饭最难的是挑水。学校附近没有水井，每顿煮饭，都要跑到村头的那口古井里去挑。孩子们小，没有力气挑水，只能两人一组进行抬。水桶压在他们肩上，沉甸甸的。看见他们歪歪扭扭地走在路上，满头大汗，我就莫名地心酸。为了鼓励孩子们，我对他们说："自己动手，丰衣足食。你看，太阳都被你们装在桶里抬着呢。能抬起太阳的人，将来一定是干大事情的人。"孩子看看水桶里太阳的影子，咬咬牙，走得更加沉稳。身后，桶里的水洒了一路，阳光也跟着洒了一路，金光灿灿。

女友在乡下

下午的最后一次钟声响过，太阳就落山了。夕阳在天边撒下万道霞光，照着放学的孩子们。他们三三两两，有说有笑，走在晚风中，走在回家的路上。有几个女孩子，唱起了儿歌，歌声清脆，跟随晚风飘得很远，飘过山川与河流，

247

飘过童年与梦境。那些男孩子，更是性子野，在歌声的陪伴下跑到某块豌豆田里打滚，学蚯蚓找妈妈。泥巴糊满他们的身子，并充塞他们人生最初的记忆。只是可惜了那块青青的豌豆田，豌豆才刚刚上藤，就被这群无知的少年践踏了。最终等待他们的，无疑是豌豆田的主人厉声的责骂。

多少乡下孩子，就这么在别人的咒骂声中长大，长成一条汉子。

五

除却一点生存的技能外，我无法教会孩子们更多。在孩子们眼中，我是一个老师。可在村人们眼中，我不过是一个读过几天书的大男孩而已，或者说，是一个孩子王。我无法使这个贫穷的村子致富。甚至，我无法理解一个农人的鼾声。我对这个村庄来说，是脆弱的。

每天，孩子们放学后，学校重又空寂下来。我站在空空的讲台上，有种失重的感觉。讲台下空着的每一个位置，仿佛都是留给我自己的。我是我自己的学生，我也是我自己的老师。我无法走出我自己，更无法超越我自己。我排除不了内在的落寞和痛苦。

那口钟成了我唯一的知音。

每当我意志消沉，或思念家人的时候，就会走到洋槐树下，敲响那口钟，替自己壮胆。那钟声里，寄托着一个成年男人的情感。无数次，我把自己想象成一个修道的和尚。那所学堂，便是寺庙。那口钟，便是晨钟，也是暮鼓。多少个日月春秋，多少次斗转星移，我就那样盘坐在破屋里，青灯黄卷，面壁参禅。

夜深人静之时，我就把自己带来的一箱子书拿出来，一本接一本地读。那些书，曾是我的精神盛宴，我爱它们，胜过于爱自己。它们是《论语》、《史记》、《南华经》、

蚕豆花

《道德经》、《千家诗》、《古文观止》、《唐诗三百首》、《宋词三百首》……我从这些旧纸堆里，打捞生活的诗意，从而滋润我的心田和灵魂。这些书，不知被我翻过多少遍，有的书页，已被我翻得破损不堪。书中的段落，深深地刻进了我的记忆里。夏天，我吟诵古诗，来消解燠热；冬天，我背诵经文，来抵御寒冷。我在书中死去，又从书中复活。

是书，拯救了我。

熟读了几本书之后，便有了写的冲动。雁过留声，人过留迹。我不能把自己的青春岁月白白地荒废掉，我必须为它们留下点什么，至少，为我的晚年留下点回忆。于是，我开始在学生用的那种作业本上，记录我的生活。我写下了青春期的苦闷，写下了这个山村的贫瘠，写下了孩子们的茫然。当然，我也写下了这所破败的学堂，学堂旁苍老的洋槐树，洋槐树上苍老的钟声……

我把一个个写完的作业本，装订在一起，寄给在县城里上班的女友。女友看完我写的那一沓厚厚的字迹后，特意跑来这个偏僻的山村看望过我一次。她一见到我，就泪流满面。我带着她，在这个村子里转了一圈，并让她给孩子们上了一节课。那节课，她上得很艰难。我坐在学生们中间，静静地听她讲。讲到动情处，她几次掉下眼泪。下课的时候，她朗诵了一段我写的文字。她哭了，我也哭了，孩子们也哭了。

女友走的时候，我让她敲了一次钟。她使了很大的劲儿，钟声把树上的洋槐花，簌簌地震落一地。女友凝视着飘飞的白色花瓣，沉思良久。然后，她深情地对我说："你真不容易。"我说："活着，本就不轻松。"

六

学堂终于要拆了。

正是洋槐树开花的季节，老村长来找我谈过一次话。我们并肩坐在洋槐树下，风吹来，不时有花瓣落下。我捡起一朵，凑近鼻孔嗅嗅，有一丝淡淡的苦香。村长点燃一袋烟，淡蓝色的烟雾从槐树的枝丫中腾起，驱散了树上采花的蜜蜂。村长说："学堂要拆了，镇里已经下了文，要将学堂合并到镇上，一切为孩子们着想。"

听完村长的话，我的心里浮起一丝喜悦，也浮起一缕感伤。我从地上站起来，最后一次敲响了那口钟，我几乎用尽了全身的力气。大概村子里的人都听到了我敲出的钟声。那天黄昏，村民们停住手中的活儿，站在山坡上，朝学堂的方向望。孩子们都集中在洋槐树下，齐整整站成一排，像在跟那口钟行注目礼，作告别仪式。当钟声停止的时候，孩子们个个表情凝重。村长抽完他那袋烟，就拿来梯子，取下了那口老钟。他说："拿回村里作纪念。"

取下挂钟的洋槐树，像被锯掉了一截枝丫。它的痛，在我们每一个人的身上蔓延。

当天夜里，我收拾好自己的行装，正准备入睡，突然响起了敲门声。我打开门一看，是他们——我的那十几个学生。他们有的手提鸡蛋，有的手捧自己折叠的纸船——船上写满了我和全班同学的名字。借着微弱的灯光，我看到他们脸上挂着泪水。我把他们让进屋，屋子里顿时升起一股暖流。

那夜，我们围成一个圈，坐到很晚。

我最后给孩子们上了一节课——一节没有书本、没有粉笔，也没有黑板的课。

第二天，我离开学堂的时候，学生以及学生家长都跟来送我。他们一直把我送出很远，我几次叫他们回去，可他们就是不停下脚步。

我说："大家请回吧，等明年春天，我还会回来看槐花，看你们，看这块土地。"他们听我如此说，才止了步。

我背着沉沉的行囊，像背着洋槐树上的那口老钟。就在我快要走出村子的时候，我的耳朵隐约听到学堂传来一阵钟响。那钟声，是那样悠长，那样浑厚……听得我热泪滂沱。

我停下脚步，回头看了一眼。

身后，是一双双迷惘的眼睛，和一个个颤栗的灵魂。